Honoré de Balzac

Ausgewählte Novellen

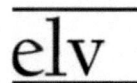

Balzac, Honoré de

Ausgewählte Novellen
Band 2

Reihe: *classic pages*

ISBN: 978-3-86267-115-1

Auflage: 1
Erscheinungsjahr: 2011
Erscheinungsort: Bremen, Deutschland

Europäischer Literaturverlag GmbH, Fahrenheitstr. 1, 28359 Bremen (www.elv-verlag.de).

Cover: "Couch on the Porch" (ca. 1914) von Frederick Childe Hassam.

Ausgewählte Novellen
Band 2

www.elv-verlag.de

Novellen

Ehelicher Frieden 7

Ein Drama am Ufer des Meeres 46

Das Haus Nucingen 65

Pierre Grassou 125

Ehelicher Frieden

Unsere Erzählung spielt in der Zeit, in der Napoleons vergängliche Herrschaft den höchsten Gipfel ihres Glanzes und ihrer Macht erreicht hatte. Es war gegen Ende des Monats November 1809. Der Kanonendonner und das Trompetengeschmetter der berühmten Schlacht bei Wagram hallte noch im Herzen der österreichischen Monarchie wieder. Der Friede war zwischen Frankreich und den Mächten des Festlandes unterzeichnet, Könige und Fürsten demütigten sich vor Napoleon, der sich die Freude machte, ganz Europa in seinem Gefolge zu sehen und eine prachtvolle Vorfeier der Macht zu veranstalten, die er später in Dresden entfalten sollte.

Die Zeitgenossen behaupten, dass Paris nie schönere Feste gesehen habe, als jene, die der Vermählung Napoleons mit einer Erzherzogin von Österreich vorangingen und ihr folgten. Nie hatten sich in den schönsten Tagen der älteren Monarchie so viele gekrönte Häupter an den Ufern der Seine gedrängt, nie war die französische Aristokratie reicher und glänzender erschienen als damals. Diamanten waren mit einer solchen Verschwendung in Schmuckstücken zur Schau getragen, Gold und Silber strahlte von so vielen Uniformen wieder, dass es schien, als wären alle Reichtümer des Erdballs in den Salons von Paris angehäuft worden.

Eine allgemeine Trunkenheit hatte sich gewissermaßen des ganzen Reiches bemächtigt, und alle Soldaten, den Herrn nicht ausgenommen, erfreuten sich als Emporkömmlinge der Schätze, die eine Million von Kriegern im Auslande zusammengerafft hatte.

Einige Damen aus den höheren Sphären der Gesellschaft trugen damals jene leichten Sitten und jene Lockerung der Moral zur Schau, die ehemals der Regierungszeit Ludwigs XV. den Stempel der Schande aufgedrückt hatten. Wollten sie den alten Ton der gesunkenen Monarchie nachahmen oder wollten sie das Beispiel befolgen, das gewisse Mitglieder der kaiserlichen Familie gegeben hatten, wie einige Häupter der Vorstadt Saint-Germain behaupteten, so viel ist gewiss, dass sich alle, Männer und Frauen, mit einer Unerschrockenheit in den Strudel der Genüsse stürzten, die an das Ende der Welt hätte glauben lassen können. Allein es gab damals einen besonderen Grund für diese Freisinnigkeit. Die Vorliebe des weiblichen Geschlechts für die Krieger war zu einer Art von Wahnsinn geworden. Diese Begeisterung, die den Wünschen Napoleons zusagte, wurde durch keine Zügel gehemmt. Der Kaiser ließ seinen Armeen selten Ruhe und die vorgeblichen Leidenschaften jener Zeit entwickelten sich daher mit einer ziemlich erklärlichen Schnelligkeit; die Ehen wurden auf eine so rasche Weise eingegangen, wie das oberste Haupt der Kolbacs, der Dolmans und der Epauletten, von denen die Frauen so sehr entzückt waren, selbst rasch in seinen Entscheidungen war. Die Herzen waren damals nomadisch, wie die Armeen. Die häufigen Friedensbrüche, die alle zwischen Europa und Frankreich abgeschlossenen Bündnisse nur als Waffenstillstand erscheinen ließen, führten ebenso häufige Trennungen zwischen den Kriegern und ihren Gattinnen herbei. In der Zeit von einem ersten bis zu einem fünften Bulletin der großen Armee sah sich daher manches Weib als Braut, Gattin, Mutter und Witwe.

War es die Aussicht auf eine nahe Witwenschaft, die Aussicht auf Mitgift oder die Hoffnung, den Glanz eines historischen Namens zu teilen, durch welche die Krieger so verführerische Reize für das weibliche Geschlecht erlangten? Wurde das schöne Geschlecht durch die Gewissheit, dass die Toten das Geheimnis der Leidenschaften nicht ausplaudern können, zu den Kriegern hingezogen? Oder muss man die Ursache für jenen süßen Fanatismus in dem edlen Reize suchen, den der Mut für das weibliche Geschlecht besitzt?

Vielleicht waren es diese Gründe zusammengenommen, die der künftige Geschichtsschreiber der Sitten des Kaiserreichs ohne Zweifel erwägen muss, vielleicht trugen alle jene Gründe zu dem Leichtsinn bei, mit dem sich die Damen der Liebe und der Ehe überlieferten. Wie dem auch sein mochte, es mag hinreichen, dass wir hier bemerken, wie durch den Ruhm und die Lorbeeren so manche Fehler geweckt wurden, wie das weibliche Geschlecht mit Eifer jene kühnen Abenteurer aufsuchte, die ihm damals als wahre Quellen der Ehre, der Reichtümer und der Freuden erschienen, und wie damals eine Epaulette in den Augen eines jungen Mädchens einer Hieroglyphe glich, die Glück und Freiheit bedeutete. Ein Zug, der jene Epoche charakterisiert, war eine gewisse zügellose Leidenschaft für alles Glänzende. Nie wurden so viele Feuerwerke veranstaltet; zu keiner Zeit hatten die Diamanten einen so hohen Wert erreicht. Die Männer waren ebenso begierig nach jenen klaren Kieseln wie die Frauen und schmückten sich mit ihnen, gleich diesen. Vielleicht hatte der Wunsch, die gemachte Beute in der leichtesten Gestalt mit sich führen zu können, die Juwelen bei der Armee in ein so hohes Ansehen gebracht. Der Mann erschien damals nicht so lächerlich, wie das jetzt der Fall sein würde, wenn die Krause seines Hemdes oder die Finger den Blicken schwere Diamanten darboten, und Murat, dieser echte Südländer, hatte den Soldaten das Beispiel eines abgeschmackten Luxus gegeben.

Der Graf von Gondreville, einer der Luculle jenes erhaltenden Senats, der nichts erhielt, hatte nur darum so lange gezögert, ein Fest zu Ehren des Friedens zu veranstalten, um desto glänzender Napoleon den Hof zu machen und alle die Schmeichler zu überstrahlen, die ihm zuvorgekommen waren. Die Gesandten aller mit Frankreich befreundeten Mächte, die wichtigsten Persönlichkeiten des Kaiserreichs, selbst einige Fürsten waren in dem prachtvollen Hotel des reichen Senators versammelt. Wenn der Tanz noch nicht in Schwung kommen wollte, so rührte das daher, weil man auf den Kaiser wartete; denn dieser hatte versprochen, dass er erscheinen werde, und hätte gewiss sein Wort gehalten, wäre nicht an demselben Abende zwischen ihm und Josephine ein Auftritt vorgefallen, der die Scheidung des gekrönten Gattenpaares voraussehen ließ. Die Nachricht von jenem unangenehmen Auftritt war noch nicht bis zu den Ohren der Hofleute gelangt, und auf die Heiterkeit des Festes, das der Graf von Gondreville gab, hatte daher nur der eine Umstand Einfluss, dass Napoleon nicht erschien. Die schönsten Frauen von Paris hatten sich in den geschmückten Salons eingefunden, um durch die Üppigkeit ihres Schmuckes und ihrer Schönheit vor den Augen des Kaisers zu glänzen.

Die auf ihre Reichtümer stolze Finanzwelt überstrahlte die glänzenden Generäle und hohen Offiziere des Kaiserreichs, die mit Kreuzen der Ehrenlegion und Titeln überhäuft waren; denn solche Feierlichkeiten waren stets Gelegenheit, die von den reichen Familien ergriffen wurden, um ihre Erbinnen den Augen der napoleonischen Prätorianer vorzuführen, in der Hoffnung, dass diese ihre Titel mit der prachtvollen Ausstattung der Erbinnen verbinden würden. Diejenigen Damen, die sich nur hinsichtlich ihrer Schönheit stark wussten, erschienen ebenfalls, um die Macht ihrer Reize zu versuchen. Es war dort, wie fast überall, die Freude nur eine Maske. Die heiteren und lachenden Gesichter, die ruhigen Stirnen verdeckten gehässige Berechnungen. Die Freundschaftsbezeigungen logen, und mehr als einer misstraute seinen Feinden weniger als seinen Freunden.

Diese kurzen Bemerkungen sind bestimmt, nicht nur die kleinen Verwicklungen des Auftritts, der sich vor unseren Augen entfalten wird, zu verraten, sondern auch das Fest einigermaßen kennenzulernen, bei dem sie sich ereigneten. Zugleich wollten wir den Ton schildern, der damals in den Salons von Paris herrschte, und das bisherige darf daher gewissermaßen nur als eine Vorrede oder als ein geschichtlicher Prolog betrachtet werden, den die anders gestalteten heutigen Sitten erforderten.

»Schauen Sie einmal nach jener gebrochenen Säule, die einen Kandelaber trägt! Sehen Sie die junge Dame, deren Haar nach chinesischer Art geflochten ist? Dort, links in der Ecke! Sie hat blaue Glockenblumen in dem Busche kastanienbrauner Haare, die in Garben über ihren Kopf herabfallen. Sehen Sie sie nicht? Sie ist so bleich, dass man glauben sollte, sie sei krank. Sie ist eine allerliebste Kleine. Jetzt richtet sie die Augen gerade auf uns. Ihre blauen Augen, die mandelartig gespalten sind und süß zum Entzücken, scheinen ganz besonders zum Weinen geschaffen. Aber sehen Sie doch! Jetzt beugt sie sich, um Madame Vaudremont durch die Masse von Köpfen hindurch zu erblicken, die in beständiger Bewegung sind und ihr die Aussicht abschneiden ...«

»Ja, jetzt habe ich sie, mein Lieber! ... Du hättest sie mir nur als die bleichste von allen hier versammelten Damen bezeichnen sollen, so würde ich sie schon erkannt haben, denn ich habe sie bereits bemerkt. Sie hat den schönsten Teint, den ich je bewundert habe. Von hier aus dürftest Du wohl die weiße Haut ihres Halses nicht genau sehen können und die Perlen nicht, die die Saphire ihres Halsschmuckes unterbrechen. Aber von hier aus scheint es, als sähe man Türkise auf Schnee gesät. Sie besitzt feine Sitten, oder ist sehr kokett. Welche Schultern! Welche Lilienweiße! ...«

»Wer ist es denn?«, fragte jener, der zuerst gesprochen hatte.

»Ich weiß es nicht.«

»Aristokrat! Sie wollen wohl alle für sich behalten ...«

»Das passt zu Dir, mich zu verspotten!«, versetzte der Soldat lächelnd. »Glaubst Du das Recht zu haben, einen armen Oberst, wie ich bin, zu verspotten, weil Du als glücklicher Nebenbuhler des armen Soulanges nicht eine einzige Pirouette machen kannst, ohne dass zugleich das Herz der Frau von Vaudremont tanzt? Oder deswegen, weil ich erst seit Monaten in dieses gelobte Land gekommen bin? ... Ihr seid ein unverschämtes Volk, ihr Verwaltungsbeamten, die Ihr auf euren Stühlen sitzen bleibt, während wir Kommissbrot essen müssen! Wohlan, Herr Requêtenmeister, lassen Sie uns einmal das Feld rekognoszieren, in dem Ihr nicht eher wieder ruhig herrschen sollt, bis wir abgezogen sind! Was Teufel! Jedermann muss leben.«

»Oberst, da Sie mit Ihrer ganzen Aufmerksamkeit die schöne Unbekannte beehrt haben, die ich hier zum ersten Male bemerke, so haben Sie doch die Güte, mir zu sagen, ob Sie sie bereits tanzen sahen.«

»Ei, mein lieber Martial, was fällt Dir ein? Wenn man Dich als Gesandten abschickte, so möchtest Du wohl schlechte Geschäfte machen. Siehst Du nicht drei Reihen der unerschrockensten Koketten von Paris zwischen meiner hübschen Dame und dem glänzenden Schwarm von Tänzern, der unter dem Kronleuchter summt? Hast Du Dich nicht der Hilfe Deines Lorgnons bedienen müssen, um sie in dem Winkel jener Säule zu entdecken, wo sie in ein tiefes Dunkel vergraben scheint? Trotz der fünfzig Kerzen, die um ihr blondes Haupt herumflackern, denn es ist zwischen ihr und uns eine solche Menge von Diamanten und funkelnden Blicken, von schwankenden Federn, Spitzen und Blumen, dass es ein wahres Wunder wäre, wenn irgendein Tänzer sie inmitten dieser blendenden Gestirne bemerken würde! Wie, Martial, hast Du nicht erraten, dass sie die Gattin irgendeines Unterpräfekten aus einem entlegenen Departement ist, die hier in Paris versuchen will, ihren Mann zum Präfekten zu machen? …«

»O, er soll es werden!«, rief lebhaft der Requêtenmeister aus.

»Ich bezweifle«, sagte der Oberst lachend, »denn sie scheint mir in der Intrige ebenso unbewandert, wie Du in der Diplomatie. Ich wette, Martial, dass Du nicht weißt, wie sie an ihre Stelle gekommen ist.«

Der Requêtenmeister blickte den Oberst auf seine Weise an, die ebenso viel Verachtung als Neugierde verriet.

»Nun«, fuhr der Oberst fort, »das arme Kind wird ohne Zweifel pünktlich neun Uhr gekommen sein. Vielleicht ist sie die Erste gewesen … Wahrscheinlich wird sie die Gräfin von Gondreville in große Verlegenheit versetzt haben, da diese nicht zwei Gedanken zusammenreimen kann; verstoßen von der Hausfrau, wird sie dann durch jede Neuangekommene von Stuhl zu Stuhl weiter gedrängt worden sein, bis in das helle Dunkel jenes kleinen Winkels, wo sie nun als Opfer ihrer Demut eingeschlossen ist, und als Opfer der Eifersucht jener Damen, deren eifrigstes Bestreben es gewesen ist, eine so gefährliche und reizende Gestalt in den Hintergrund zu versetzen. Sie wird keinen Freund gehabt haben, der sie ermutigt hätte, den Platz zu verteidigen, den sie dem ersten Plane gemäß eingenommen haben muss, und jede von diesen treulosen Tänzerinnen hat gewiss unter Androhung der schrecklichsten Strafe allen ihren Anhängern verboten, unsere schöne Freundin aufzufordern. Sieh nur, mein Lieber, diese zärtlichen und offenen Augen haben gewiss eine allgemeine Verschwörung gegen die Unbekannte veranlasst! ... Diese Verschwörung wird zustande gekommen sein, ohne dass eine einzige dieser Damen ein Wörtchen gesagt hätte, als: ›Meine Liebe, kennen Sie diese kleine blaue Dame?‹ – Höre, Martial, willst Du binnen einer Viertelstunde von mehr schmeichelhaften Blicken beglückt werden, als Du vielleicht in Deinem ganzen Leben einernten kannst, so tue, als wolltest Du den dreifachen Wall durchdringen, der unsere Andromeda umschließt ... Du wirst sehen, wie auch die Dümmste von diesen schönen Göttinnen sofort eine List erfindet, die fähig wäre, den Mann einzuhalten, der sich am entschiedensten zeigte, um die klagende Unbekannte in das Licht zu ziehen, denn Du wirst gestehen, dass sie ganz aussieht wie eine Elegie.«

»Sie glauben also, Oberst, dass es eine verheiratete Frau ist?«

»Nun, vielleicht ist sie Witwe.«

»Dann wäre sie nicht so traurig!«, sagte der Requêtenmeister lachend.

»Vielleicht ist sie Witwe, obgleich ihr Mann noch lebt!«, versetzte der Oberst.

»In der Tat gibt es unter den Damen viele solcher Witwen seit dem Frieden ...«, antwortete Martial. »Aber, Oberst, wir täuschen uns beide. Es liegt zu viel Unschuld in diesen Augen, als dass es eine Frau sein sollte. Es liegt noch zu viel Jugend und Frische auf der Stirn und auf den Schläfen! Welch kräftige Töne des Fleisches! Nichts ist an Lippen und Kinn verwelkt. Alles ist noch frisch wie die Knospe einer weißen Rose, aber auch alles durch Wolken der Trauer verhüllt. Die Dame weint ...«

»Wie? ...«, sagte der Oberst.

»Es kommt mir wenigstens so vor; aber sie weint nicht deshalb, weil sie ohne zu tanzen da sitzt«, versetzte Martial, »Ihr Kummer rührt nicht von heute her, und man sieht, dass sie sich absichtlich so schön gemacht hat. Ich möchte wetten, dass sie schon liebt.«

»Bah! Sie ist vielleicht die Tochter irgendeines kleinen Fürsten aus Deutschland!«, sagte der Oberst.

»Ach, wie unglücklich ist doch ein armes Mädchen, das allein und vergessen dasteht!«, versetzte Martial. »Kann man eine größere Anmut entfalten, als unsere kleine Unbekannte? Sie ist reizend! ... Und nicht eine von den höfischen und hässlichen Megären, die sie umgeben, und die so empfindsam scheinen möchten, richtet ein Wörtchen an sie! ... Spräche sie, so würden wir wenigstens ihre Zähne sehen! ...«

»O! Du wirst sauer, wie die Milch bei der geringsten Temperaturveränderung«, sagte der Oberst sanft, aber doch etwas geärgert, einen Nebenbuhler in seinem Freunde zu erkennen.

»Wie!«, sagte der Requêtenmeister, ohne die Bemerkung des Obersten zu hören und richtete sein Lorgnon auf alle Personen, die in seiner Nähe standen; »wie, ist denn niemand hier, der uns diese liebliche Blume nennen könnte, die erst jetzt ganz neu in diesen Garten verpflanzt ist? ...«

»Nun, es ist vielleicht ein Gesellschaftsfräulein ...!«, sagte der Oberst.

»Herrlich! Ein Gesellschaftsfräulein mit Saphiren, deren sich eine Königin nicht zu schämen brauchte! ... Das machen Sie andern weis, Sie werden wohl nicht stärker in der Diplomatie sein als ich, wenn Sie eine deutsche Prinzessin für ein Gesellschaftsfräulein halten.«

Der Oberst, der weniger gesprächig, dafür aber neugieriger war, ergriff einen kleinen rundlichen Mann beim Arm, dessen graue Haare und geistreiche Augen man in jedem Augenblicke in einem anderen Teile des Salons erblickte. Dieses wundersam behände Männchen mischte sich in alle Gruppen und wurde überall mit einer gewissen Achtung aufgenommen.

»Gondreville, mein lieber Freund«, sagte der Soldat zu ihm, »wer ist das allerliebste kleine Weibchen dort hinter Deinem gewaltigen vergoldeten Kandelaber?«

»Der Kandelaber? ... Er ist von Ravrio, mein Lieber, und Isabey hat die Zeichnung dazu geliefert ...«

»O, ich habe Deinen Geschmack schon anerkannt, und mich an dem prachtvollen Kandelaber erfreut; ich meine aber die Dame, die Dame ...«

»Ach so, die kenne ich nicht! ... Es ist ohne Zweifel eine Freundin meiner Frau.«

»Oder Deine Geliebte, alter Spitzbube! ...«

»Nein, auf Ehre nicht. Allein nur die Gräfin von Gondreville kann Leute einladen, die niemand kennt.«

Der kleine dicke Mann sprach diese Bemerkung mit einiger Bitterkeit aus und entfernte sich dann; aber auf seinen Lippen schwebte doch ein Lächeln innerer Zufriedenheit, die durch die Vermutung des Obersten hervorgerufen war. Dieser trat nun wieder zu dem Requêtenmeister, der sich indes einer benachbarten Gruppe angeschlossen hatte, um Erkundigungen über die Unbekannte einzuziehen. Der Oberst nahm den Requêtenmeister beim Arm und flüsterte ihm ins Ohr: »Mein lieber Martial, nimm Dich in acht. Frau von Vaudremont blickt Dich seit einigen Minuten mit einer verzweifelten Aufmerksamkeit an. Sie ist fähig, schon an der Bewegung Deiner Lippen zu erkennen, was Du mir sagst. Unsere Blicke sind überdies bereits zu bezeichnend gewesen. Sie hat dieselben bemerkt und ist ihrer Richtung gefolgt. Wenn ich nicht irre, so zerbricht sie sich in diesem Augenblick den Kopf mehr über unsere Dame, als wir selbst es tun.«

»Das ist eine alte Kriegslist! Was kümmert mich das übrigens. Ich mache es wie der Kaiser: Wenn ich Eroberungen mache, so behaupte ich dieselben auch.«

»Martial, Deine Eitelkeit verdient eine Lehre. Wie, Schurke, Du hast das Glück, mit Frau von Vaudremont verlobt zu sein, mit einer Witwe von zweiundzwanzig Jahren, die jährlich zweitausend doppelte Napoleons zu verzehren und Dir Diamanten von dreitausend Taler Wert an die Finger gesteckt hat ... und Du willst dennoch den Lovelac spielen, als wärst Du ein Oberst, der nächstens die Garnison vertauschen wird? ... Pfui! ... Bedenke doch wenigstens, was Du verlieren kannst! ...«

»Dann werde ich wenigstens meine Freiheit nicht verlieren«, versetzte Martial mit einem erzwungenen Lächeln. Er warf einen leidenschaftlichen Blick auf Frau von Vaudremont, die nur mit einem unruhigen Lächeln antwortete, denn sie hatte gesehen, wie der Oberst die Hand des Requêtenmeisters ergriff, um den kostbaren Ring zu betrachten, den sie diesem geschenkt hatte.

»Höre, Martial!«, versetzte der Oberst. »Wenn Du noch länger um meine junge Unbekannte herumflatterst, so unternehme ich die Eroberung der Frau von Vaudremont.«

»Das ist Ihnen erlaubt, reizender Kürassier, allein Sie werden den Platz nicht einnehmen.«

»Bedenke, dass ich Junggeselle bin«, sagte der Oberst, »dass mein Degen mein einziges Vermögen ist und Du mich durch eine solche Antwort durchaus herausfordern musst.«

»Brrr.« Diese scherzhafte Häufung von Konsonanten war die einzige Antwort auf die Drohung des Obersten, den sein Freund vom Kopf bis zu den Füßen maß, bevor er ihn verließ. Der Oberst war ein Mann von etwa fünfunddreißig Jahren und trug nach der Mode jener Zeit kurze Beinkleider von weißem Kaschmir und seidene Strümpfe, die die seltene Vollendung seiner Formen verrieten. Er hatte jenen hohen Wuchs, der die Kürassiere der kaiserlichen Garde auszeichnete. Seine Uniform erhöhte noch die Anmut seines Körpers, der durch den Dienst zu Pferde nicht entstellt war, sondern vielmehr die nötige Fülle erlangt hatte, die für seine körperlichen Verhältnisse passte. Ein schwarzer Schnauzbart vollendete den aufrichtigen Ausdruck seines nicht militärischen Antlitzes, dessen Stirn breit und offen war. Unter der Adlernase zeigten sich die purpurroten Lippen seines Mundes. In dem Benehmen des Obersten lag ein gewisser Adel, den er der Gewohnheit des Befehlens verdankte, und der sehr wohl einer Frau gefallen konnte, die keinen Sklaven aus ihrem Manne zu machen wünschte. Der Oberst lächelte, indem er dem Requêtenmeister, der einer seiner besten Freunde vom Kollegium her war, nachblickte und sah, wie wenig gut dieser gewachsen war.

Der Baron Martial de la Roche-Hugon war ein junger Provenzale von etwa dreißig Jahren, den Napoleon damals mit außerordentlichen Gunstbeweisen auszeichnete. Martial schien zu irgendeinem wichtigen Gesandtschaftsposten bestimmt. Er besaß in hohem Grade den Geist der Intrige, jene Beredsamkeit des Salons und jene Gewandtheit des Benehmens, die so leicht die weniger glänzenden Eigenschäften eines soliden Mannes ersetzten. Die lebhaften Züge seines Gesichts, dessen Hautfarbe unter den dichten Locken eines Waldes von schwarzen Haaren noch weißer erschien, als sie wirklich war, verrieten viel Geist und Anmut. – Die beiden Freunde waren gezwungen, sich zu trennen, indem sie sich herzlich die Hände drückten, denn die Töne des Orchesters gaben den Damen das Zeichen, dass die Quadrillen des vierten Contretanzes gebildet werden sollten, und alle Männer mussten sich daher aus dem weiten Raume entfernen, den sie bisher in der Mitte des Salons eingenommen hatten.

Die flüchtige Unterhaltung der Freunde war während der Ruhepause geführt worden, die stets die Contretänze trennt, und zwar vor einem Kamin von weißem Marmor, einer prachtvollen Zierde des größten der drei Salons im Hotel Gondreville. Die meisten Fragen und Antworten dieser Plauderei hatten die beiden Sprechenden einander ins Ohr geflüstert. Allein die Girandolen und Leuchter, mit denen der Kamin verschwenderisch geschmückt war, ergossen so reichliche Ströme von Licht über den Oberst und den Requêtenmeister, dass ihre zu lebhaft erleuchteten Gesichter trotz einer diplomatischen Selbstbeherrschung den Ausdruck der Gefühle den schlauen Augen der Frau von Vaudremont und den aufrichtigen Blicken der jungen Unbekannten nicht zu verhehlen vermochten. Bei Leuten, die gern die Gefühle anderer entdecken, bildet es eines der größten Vergnügen, beim Besuch von Gesellschaften die Gedanken auszukundschaften, und sie gelangen dadurch oft zu köstlichen Genüssen, während andere sich langweilen, ohne dass sie es wagen, ihre Langeweile zu gestehen. Um das geheime Interesse zu begreifen, das in der Unterhaltung liegt, mit der diese Erzählung beginnt, müssen wir notwendig ein Ereignis kennenlernen, das ein fast unbedeutendes scheinen könnte, das aber dennoch durch unsichtbare Bande die Personen dieses kleinen Dramas vereinigte, obgleich sie in den Salons zerstreut waren, die von dem Geräusch des glänzenden Festes widerhallten.

Dieses Ereignis hatte sich einige Minuten früher zugetragen, als der Oberst und Baron Martial miteinander sprachen. Etwa um elf Uhr abends, als die Tänzerinnen ihre Plätze einnahmen, sah die glänzende Versammlung im Hotel Gondreville die schönste Frau von Paris erscheinen, die Königin der Mode, die einzige, die noch bei der Versammlung gefehlt hatte. Sie hatte es sich zum Gesetz gemacht, nie eher zu erscheinen, als in dem Augenblick, wo sich die Salons in festlicher Erregung befanden, in jenem anmutigen Tumult, währenddessen es den Damen nicht möglich ist, ihre Aufmerksamkeit lange auf die Frische der verschiedenen Gesichter oder auf die Schönheit der Toiletten zu richten. Dieser flüchtige Augenblick ist gleichsam der Frühling eines Balles, eine Stunde später ist die Freude vergangen, die Ermattung tritt ein, und alles welkt. Frau von Vaudremont verfiel daher niemals in den großen Fehler, so lange auf einem Ball zu bleiben, bis die Blumen sich neigten, die Locken schlaff wurden, der Spitzenbesatz zerknittert war und das Antlitz jenen Ausdruck annahm, der die Folge einer durchschwärmten Nacht ist und nie verborgen bleibt. Sie hütete sich wohl, den Fehler ihrer Nebenbuhlerinnen zu begehen und das Ablassen ihrer Schönheit bemerken zu lassen. Sie wusste dagegen geschickt ihren Ruf als die koketteste Dame zu behaupten, indem sie sich stets ebenso glänzend von einem Ball zurückzog, als sie dort erschienen war. Die Damen flüsterten einander mit einem gewissen Neide zu, dass sie ebenso oft ihren Schmuck wechsle, als sie einen neuen Ball besuche. Diesmal stand es aber der Frau von Vaudremont nicht frei, sich nach ihrem Belieben von dem Ball wieder zu entfernen, auf dem sie als Siegesgöttin erschienen war. Einen Augenblick blieb sie an der Schwelle der Tür stehen, um beobachtende, aber flüchtige Blicke auf die ganze Damenwelt zu werfen, die Kostüme zu mustern und sich zu überzeugen, dass sie durch ihren Schmuck alle übrigen verdunkeln würde. Die berühmte und hübsche Kokette hatte sich dann der Bewunderung aller Anwesenden dargestellt, indem sie von einem der tapferen Obersten der großen Armee geführt wurde, der damals Liebling des Kaisers und überdies jung und schön war. Er hieß Graf von Soulanges. Die zufällige und vorübergehende Vereinigung dieser beiden Personen bot ohne Zweifel etwas Rätselhaftes dar; denn als der Diener an der Tür Herrn von Soulanges und Gräfin von Vaudremont anmeldete, erhoben sich einige Damen, die etwas zu weit abseits saßen, um neugierige Blicke auf die Eintretenden zu werfen. Auch einige Herren eilten aus den anstoßenden Salons vorbei und drängten sich an die Türen des Hauptsaales. Einer von jenen Witzbolden, an denen es bei so großen Gesellschaften nie fehlt, bemerkte, als er die Gräfin mit ihrem Kavalier eintreten sah, dass die Damen mit ebenso großer Neugierde auf einen seiner Geliebten ergebenen Mann schauten, wie die Männer ein schwer zu fesselndes hübsches Weib betrachteten.

Graf von Soulanges war ein junger Mann von etwa zweiunddreißig Jahren; er schien haltlos, war aber nervig. Seine hageren Formen und sein blasser Teint nahmen wenig zu seinen Gunsten ein. Obgleich seine schwarzen Augen eine sehr große Lebhaftigkeit besaßen, war er doch schweigsam. Indes galt er für einen sehr verführerischen Mann, und man gestand ihm große Beredsamkeit in Verbindung mit vielen Fähigkeiten zu.

Die Gräfin von Vaudremont war eine ziemlich große Erscheinung von angenehmer Körperfülle, blendend weißer Haut, trug ihr kleines anmutiges Köpfchen sehr schön und besaß den gewaltigen Vorteil, durch die Anmut ihres Benehmens Liebe einflößen zu können. Man empfand stets eine neue Freude, wenn man sie anblicken oder mit ihr sprechen konnte. Sie war eine von jenen Frauen, die alle Verheißungen erfüllen, welche ihre Schönheit gewährt.

Dieses rätselhafte und glänzende Paar, das für einige Augenblicke Gegenstand der allgemeinen Aufmerksamkeit geworden war, erlaubte der Neugierde nicht lange, sich mit ihm zu beschäftigen, denn der Oberst und die Dame schienen vollkommen zu begreifen, dass der Zufall sie in eine schwierige Lage gebracht habe. Als der Baron Martial die Gräfin und ihren Kavalier miteinander vorwärtsschreiten sah, mischte er sich in eine Gruppe von Männern, die den Kamin umstanden, und beobachtete zwischen den Köpfen hindurch, die gleichsam einen Wall um ihn bildeten, Frau von Vaudremont mit der ganzen eifersüchtigen Aufmerksamkeit, die das erste Feuer der Leidenschaft erregt. Eine innere Stimme schien ihm zu sagen, dass der Erfolg, auf den er stolz gewesen sei, noch immer nicht als ein ganz gewisser betrachtet werden könne. Allein das Lächeln kalter Höflichkeit, mit dem die Gräfin Herrn von Soulanges dankte, und die Verneigung, mit der sie ihn verabschiedete, als sie sich zu Frau von Gondreville setzte, entspannte die Muskeln wieder, die die Eifersucht auf dem jugendlichen Antlitz des Requêtenmeisters krampfhaft zusammengezogen hatte.

Als indes der eifersüchtige Provenzale bemerkte, dass Herr von Soulanges zwei Schritte von dem Sofa stehen blieb, in dem Frau von Vaudremont Platz genommen hatte, ohne auf den Blick zu achten, durch den die junge Kokette ihrem getäuschten Liebhaber zu sagen schien, dass sie beide eine lächerliche Rolle spielten, da zog er von Neuem die schwarzen Brauen zusammen, die seine blauen Augen beschatteten, fuhr, um sich Haltung zu geben, mit den Fingern durch die Locken seiner braunen Haare und beobachtete das Benehmen der Gräfin und des Herrn von Soulanges, ohne die Aufregung zu verraten, die sein Herz heftiger schlagen ließ. Der Requêtenmeister schien mit seinen Nachbarn zu plaudern, aber das Feuer einer heftigen Leidenschaft entflammte sein unruhiges Auge. Nun trat der Oberst zu ihm und reichte ihm die Hand, um seine Bekanntschaft zu erneuern, worauf er die kriegerische Odyssee seines Freundes anhörte, ohne sie zu hören, denn er blickte stets nur auf Herrn von Soulanges.

Dieser überschaute mit ruhigen Blicken die vierfache Reihe von Damen, die den gewaltigen Salon des Senators einrahmte. Er schien jene Einfassung von Diamanten, von Rubinen, von goldenen Ähren und reizenden Köpfen zu bewundern, deren Glanz fast die Helligkeit der Kerzen, das Kristall der Kronleuchter, die silberne Stickerei der Tapeten und die Vergoldung der Bronzen überstrahlte. Die sorglose Ruhe seines Nebenbuhlers brachte den Requêtenmeister außer Fassung, und unfähig, länger die aufwallende und geheime Ungeduld zu beherrschen, die sich seiner bemächtigte, trat er auf Frau von Vaudremont zu, um sie zu begrüßen. Als der Provenzale erschien, richtete Herr von Soulanges einen finsteren Blick auf ihn und wandte dann ungeduldig den Kopf.

Ein ernstes Schweigen herrschte in dem Salon. Die Neugierde war auf den höchsten Gipfel gestiegen. Die emporgereckten Köpfe zeigten die wunderlichsten Mienen, und jeder befürchtete oder erwartete einen von jenen Auftritten, vor denen sich jedoch wohlerzogene Leute stets zu hüten wissen. Plötzlich wurde das bleiche Antlitz des Grafen so rot, wie der Scharlach seiner Aufschläge, und seine Blicke senkten sich auf den Fußboden, damit sie den Gegenstand seiner Unruhe nicht erraten ließen. Gleichsam durch einen Zufall hatte er die Unbekannte erblickt, die bescheiden am Fuße des Kandelabers saß. Ein finsterer Gedanke bemächtigte sich seiner, und er ging mit trauriger Miene an dem Requêtenmeister vorüber, um sich in einen der Spielsalons zu flüchten. Der Baron Martial sowie die übrigen Versammelten glaubten, dass Soulanges ihm das Feld räume, um die Lächerlichkeit zu vermeiden, die sich entthronte Liebhaber stets zuziehen; nun erhob er stolz das Haupt, blickte ebenfalls nach dem köstlichen Kandelaber und bemerkte die Unbekannte. Er setzte sich mit gefälligem Anstande neben Frau von Vaudremont, hörte aber so zerstreut auf die Worte, die die Kokette hinter dem Fächer ihm zuflüsterte, dass er sie fast gar nicht verstand.

»Martial, Sie werden mir die Freude machen, den Diamant heute Abend nicht zu tragen, den ich Ihnen geschenkt habe. Ich habe meine Gründe und werde sie Ihnen erklären, wenn wir uns entfernen; denn Sie werden mir bald den Arm reichen, um mich zur Fürstin von Wagram zu begleiten.«

»Warum hatten Sie den Arm jenes hässlichen Obersten angenommen?«, fragte der Baron.

»Ich bin ihm in der Vorhalle begegnet …«, antwortete sie; »aber nun verlassen Sie mich, man sieht zu uns herüber …«

»Ich bin stolz darauf! …«, sagte Martial, erhob sich aber dennoch und ging. Nun trat er zu dem Kürassier-Oberst, und jetzt wurde die kleine blaue Dame das gemeinschaftliche Band der Unruhe, die sich zu gleicher Zeit, aber auf andere Art, der Gedanken des schönen Kürassier-Obersten bemächtigt hatte, wie auch des betrübten Herzens des Grafen von Soulanges und des flatterhaften Sinnes des Barons Martial und der Gräfin von Vaudremont.

Als sich die beiden Freunde nach den herausfordernden Schlussworten ihrer langen Unterhaltung trennten, trat der junge Requêtenmeister auf die schöne Frau von Vaudremont zu und wusste ihr einen Platz in der Mitte der glänzendsten Quadrille zu verschaffen. Begünstigt durch jene Art von Rausch, in die eine Frau fast immer versetzt wird, und durch das Schauspiel eines Balles, bei dem die Männer wenigstens ebenso geschmückt sind wie die Damen, glaubte Martial ungestraft dem Anreiz nachgeben zu können, der seine Blicke stets wieder zu jenem Winkel hinzog, in dem die Unbekannte gleichsam wie eine Gefangene saß. Es gelang ihm, der lebhaften Gräfin den ersten und den zweiten Blick zu entziehen, den er auf die blaue Dame warf, endlich aber wurde er auf der Tat ertappt. Er wollte sich mit Zerstreuung entschuldigen, rechtfertigte aber dadurch das ungeziemende Schweigen nicht, mit dem er auf die meistverführerische aller Fragen antwortete, die eine Frau aussprechen kann. Je nachdenkender er wurde, desto gereizter zeigte sich die Gräfin.

Während Martial nur widerwillig tanzte, ging der Oberst bei den Gruppen der Zuschauer umher, um Erkundigungen über die junge Unbekannte einzuziehen. Nachdem er die Gefälligkeit aller Anwesenden, selbst der Gleichgültigen, gemissbraucht hatte, wollte er einen Augenblick benützen, in dem die Gräfin von Gondreville frei schien, um sie selbst nach dem Namen der rätselhaften Dame zu fragen, als er eine leichte Lücke zwischen der Säule des Kandelabers und den Diwans, die zu beiden Seiten standen, bemerkte.

Der unerschrockene Kürassier benutzte den Augenblick, währenddessen der Contretanz einen großen Teil der Stühle leer ließ, die eine dreifache Festungslinie bildeten, welche jetzt nur noch von Müttern und Frauen eines gewissen Alters verteidigt wurde, und er wagte durch diese mit farbigen Schals und gestickten Taschentüchern bedeckten Palisaden durchzudringen.

Er begrüßte einige Witwen, und von Dame zu Dame, von Höflichkeit zu Höflichkeit, gelangte er endlich zu dem Platz der Unbekannten, den er erspäht hatte. Auf die Gefahr hin, an den Klauen und Chimären des gewaltigen Leuchters hängen zu bleiben, errang er sich eine Stelle unter den Flammen der Wachskerzen, während ihn Martial mit großer Unzufriedenheit anblickte. Der Oberst war zu gewandt, als dass er ohne Weiteres die kleine blaue Dame hätte anreden sollen, die zu seiner Rechten saß; dagegen wandte er sich zunächst an eine ziemlich hässliche, links von ihm sitzende Dame und sagte zu ihr: »Das ist ein herrlicher Ball, meine Dame! Welche Pracht, welches Leben! Auf Ehre, es sind hier nur schöne Damen versammelt. Warum tanzen Sie aber nicht? … Sie haben gewiss recht boshafte Körbe ausgeteilt.«

Die geschmacklose Unterhaltung, in die sich der Oberst einließ, hatte nur den Zweck, seine Nachbarin zur Rechten in ein Gespräch, zu ziehen. Sie blieb aber stumm und in Gedanken versunken und schenkte ihm nicht die geringste Aufmerksamkeit. Der Offizier wurde von einem sonderbaren Staunen ergriffen, als er die Unbekannte wie in einer vollkommenen Erstarrung sah. Er bemerkte sogar Tränen in dem blauen Kristall ihrer Augen, und sein Staunen kannte keine Grenzen mehr, als er bemerkte, dass die Aufmerksamkeit der betrübten jungen Dame nur durch Frau von Vaudremont gefesselt wurde.

»Madame ist ohne Zweifel verheiratet?«, fragte er endlich.

»Ja, mein Herr.«

»Ihr Herr Gemahl ist ohne Zweifel ebenfalls hier anwesend?«

»Ja, mein Herr.«

»Und warum bleiben Sie so an Ihrem Platz? Etwa aus Koketterie? …«

Die Unbekannte lächelte traurig.

»Geben Sie mir die Ehre, bei dem nächsten Contretanz meine Tänzerin zu sein! Ich werde Sie gewiss nicht an diesen Platz zurückführen; ich sehe neben dem Kamin eine leere Gondole, und dort sollen Sie für den Rest des Abends ihren Sitz haben. Während so viele Damen hier zu glänzen suchen und die Narrheit des Tages ihre Krönung feiert, begreife ich Sie nicht, warum Sie sich weigern wollten, die Königin des Balles zu werden, wozu Ihnen Ihre Schönheit die gerechtesten Ansprüche bietet.«

»Mein Herr, ich werde nie tanzen.« Die sanfte, aber kurze Betonung der lakonischen Antworten, die die Unbekannte gab, war so entmutigend, dass sich der Oberst gezwungen sah, den Platz zu verlassen. Martial hatte während des Tanzens nicht nur die letzte Bitte des Obersten erraten, sondern auch die abschlägige Antwort, die er erhielt, weshalb er lächelte und sein Kinn streichelte, indem er dabei den Diamant an seinem Finger erglänzen ließ.

»Worüber lachen Sie?«, fragte ihn die Gräfin.

»Über den Misserfolg des armen Obersten. Er hat einen Holzweg betreten …«

»Ich hatte Sie gebeten, den Diamant abzunehmen«, bemerkte darauf die Gräfin.

»Ich habe es nicht gehört.«

»Sie hören aber heute Abend auch gar nichts, Herr Baron! ...«, antwortete Frau von Vaudremont sehr gereizt.

»Sehen Sie den jungen Mann dort, der einen sehr schönen Diamanten am Finger trägt«, sagte in diesem Augenblicke die Unbekannte zu dem Obersten, der sich eben entfernen wollte.

»Es ist ein prachtvoller Diamant«, antwortete dieser. »Der junge Mann ist der Baron Martial de la Roche-Hugon, einer meiner vertrautesten Freunde.«

»Ich danke Ihnen, dass Sie mir diesen Namen genannt haben«, versetzte die Unbekannte. »Er scheint mir sehr liebenswürdig! ...«, fuhr sie fort.

»Ja, allein er ist ein wenig leichtsinnig.«

»Man könnte glauben, dass er mit der Gräfin von Vaudremont sehr vertraut sei! ...«, versetzte die junge Dame und sah den Obersten fragend an.

»Er wird sich mit ihr verheiraten.« Die Unbekannte erbleichte.

»Zum Teufel!«, dachte der Krieger, »sie liebt diesen verdammten Martial!«

»Ich glaubte, Frau von Vaudremont stehe seit längerer Zeit in einem Verhältnis mit Herrn von Soulanges? ...«, versetzte die junge Dame, indem sie sich von einem inneren Leiden erholte, das für einen Augenblick den übernatürlichen Glanz ihres Antlitzes aufgehoben hatte.

»Seit acht Tagen täuscht ihn die Gräfin«, antwortete der Oberst. »Sie müssen aber den armen Soulanges gesehen haben, als er eintrat ... Er versucht noch, den Glauben an sein Unglück von sich fernzuhalten ...«

»Ich habe ihn gesehen«, sagte die Dame in einem vielsagenden Tone. Dann fuhr sie fort: »Mein Herr, ich danke Ihnen für Ihre Mitteilung!« Die Betonung dieser Worte galt einer Verabschiedung gleich. – In diesem Augenblick ging der Contretanz seinem Ende entgegen, und der aus dem Felde geschlagene Oberst hatte kaum noch Zeit, sich aus den Festungslinien der Damen zurückzuziehen, indem er sich gewissermaßen zum Trost sagte: »Sie ist verheiratet! ...«

»Nun, mutiger Kürassier!«, sagte der Baron, indem er den Obersten mit sich in eine Fensternische zog, um die reine Luft des Gartens einzuatmen. »Wie weit sind Sie gekommen?«

»Sie ist verheiratet, mein Lieber.«

»Was schadet das?«

»Ha, der Teufel, ich halte auf die guten Sitten! ...«, antwortete der Oberst. »Ich will mich nur noch an solche Damen wenden, die ich heiraten kann ... Überdies, Martial, hat sie mir deutlich erklärt, dass sie nicht tanzen wolle.«

»Oberst, verwetten Sie Ihren Apfelschimmel gegen hundert Napoleons, dass sie heute Abend noch mit mir tanzt?«

»Abgemacht ...«, sagte der Oberst und reichte dem Gecken die Hand. »Unterdes werde ich zu Soulanges gehen, der vielleicht diese Dame kennt ... Es schien mir, als wäre sie hinsichtlich mancher Dinge unterrichtet.«

»Mein Tapferer, Sie haben verloren!«, sagte Martial lachend; »meine Augen sind eben mit den ihrigen zusammengetroffen und – ich verstehe mich darauf ... Aber, Oberst, Sie werden doch nicht böse werden, wenn sie mit mir tanzt, nachdem Sie einen Korb empfangen haben?«

»Nein, nein; der lacht am besten, der am längsten lacht! ... Übrigens, Martial, bin ich ein guter Spieler und ein guter Feind, weshalb ich Dich darauf aufmerksam mache, dass sie Diamanten liebt.«

Nach diesem Gespräch trennten sich die beiden Freunde abermals. Der Oberst begab sich zum Spielsalon und bemerkte den Grafen von Soulanges an einem Bouillottetische.

Obgleich zwischen den beiden Obersten nur jene Freundschaft des äußerlichen Umgangs bestand, wie sie durch die Gefahren des Krieges und die Pflichten eines gleichen Dienstes herbeigeführt wird, schmerzte es den Kürassier-Oberst dennoch, den Grafen von Soulanges, den er als einen klugen jungen Mann kannte, bei einem Spiel zu finden, das ihn zugrunde richten konnte. Die Haufen von Gold und Banknoten, die auf dem unglückseligen grünen Tisch lagen, bezeugten die Wut des Spiels. Ein Kreis schweigender Männer umstand die ernsten Spieler, die beim Bouillotte saßen. Einige Worte wurden hier und da laut, wenn man aber die unbeweglichen Spieler sah, so hätte man glauben sollen, dass sie nur mit den Augen sich unterhielten. Als der Oberst, der durch die bleifarbene Blässe des Herrn von Soulanges erschreckt wurde, sich diesem näherte, war der Graf eben gewinnender Teil. Der österreichische Gesandte und ein berühmter Bankier erhoben sich, nachdem sie bedeutende Summen verloren hatten. Der Graf von Soulanges wurde noch finsterer, als er es vorher gewesen war, während er eine ungeheure Menge Gold und Banknoten einstrich. Er zählte seinen Gewinn nicht einmal.

Ein bitterer Spott zeigte sich auf seinen Lippen. Er schien das Glück und das Leben zu bedrohen, anstatt ihnen zu danken, wie so viele andere getan haben würden.

»Mut«, sagte der Oberst zu ihm; »Mut, Soulanges!« Dann glaubte er ihm einen wahren Dienst zu leisten, indem er ihn vom Spiel wegführte und sagte: »Kommen Sie, ich habe Ihnen eine angenehme Neuigkeit mitzuteilen, aber nur unter einer Bedingung.«

»Und die ist?«, fragte Soulanges.

»Dass Sie mir auf die Frage antworten, die ich an Sie richten werde.«

Der Graf von Soulanges erhob sich rasch. Er schob seinen ganzen Gewinn höchst sorglos in sein Taschentuch, das er auf krampfhafte Weise zusammenzog. Sein Gesicht zeigte einen so verzweifelten Ausdruck, dass keiner seiner Mitspieler eine Äußerung der Missbilligung über die abgebrochene Partie zu tun wagte, und die Züge der übrigen schienen sich sogar noch zu erheitern, als seine finsteren und unwilligen Blicke aus dem Kreis verschwanden, den eine Bouillote-Lampe um den Tisch beschrieb. Ein Diplomat, der bisher unter den Zuschauenden gestanden hatte, sagte indes, als er den Platz einnahm, den der Oberst verlassen hatte: »Diese verteufelten Soldaten verstehen sich doch untereinander, wie die Weißkäufer auf einem Jahrmarkt!« Ein einziges bleiches und verlebtes Gesicht wandte sich gegen den neuen Teilnehmer am Spiel, indem es ihm einen Blick zuwarf, der erglänzte und erlosch, wie das Feuer eines Diamanten, den man spielen lässt. Dieses Gesicht war das des Fürsten von Bénévent.

»Mein Lieber!«, sagte der Oberst zu Soulanges, den er mit sich in eine Ecke gezogen hatte, »heute Morgen hat der Kaiser mit großem Lobe von Ihnen gesprochen, und Ihre Beförderung in der Garde ist nicht mehr zweifelhaft. Der Herrscher hat ausgesprochen, dass diejenigen, die während des Feldzuges in Paris zurückgeblieben wären, nicht als in Ungnade gefallen angesehen werden dürften ... Nun ...?«

Der Graf von Soulanges schien nichts von diesen Worten verstanden zu haben.

»Nun hoffe ich«, versetzte der Oberst, »dass Sie mir sagen werden, ob Sie die kleine allerliebste Person kennen, die am Fuße des Kandelabers sitzt.«

Bei diesen Worten leuchtete aus den Augen des Grafen ein ungewöhnliches Feuer. Er ergriff mit außerordentlicher Heftigkeit die Hand des

Obersten und sagte mit einer offenbar erregten Stimme zu ihm: »Mein tapferer Kamerad, wenn Sie es nicht wären … wenn ein Anderer diese Frage an mich richtete … so würde ich ihm mit diesem Haufen Goldes den Schädel zerschmettern … Verlassen Sie mich, ich bitte Sie darum … Ich möchte mir lieber heute Abend eine Kugel durch das Hirn jagen, als … Ich hasse alles, was ich sehe … daher will ich auch sogleich fort; denn diese Freude, diese Musik, diese lachenden Schafgesichter sind mir grauenhaft.«

»Mein armer Freund …«, sagte der Oberst mit sanfter Stimme und drückte freundschaftlich die Hand des Grafen, »Sie sind so aufgeregt … Was würden Sie sagen, wenn ich Ihnen mitteilte, dass Martial jetzt noch so wenig an Frau von Vaudremont denkt, dass er sich vielmehr in jene kleine Dame verliebt hat?«

»Wenn er mit ihr spricht«, sagte Soulanges, indem er vor Wut seine Worte stotternd vorbrachte, »so werde ich ihn zusammenklappen wie eine Brieftasche, und verkröche er sich unter dem Rock des Kaisers …«

Bei diesen Worten sank der Graf halb ohnmächtig in den Armstuhl, zu dem ihn der Oberst geführt hatte. Dieser zog sich langsam zurück, nachdem er bemerkt hatte, dass Herr von Soulanges von einem zu heftigen Zorn ergriffen sei, als dass ihn die Scherze oder die Sorgfalt einer oberflächlichen Freundschaft zu beruhigen vermöchten. Als sich der schöne Kürassier in den großen Tanzsaal begab, war Frau von Vaudremont die Erste, auf die seine Blicke fielen. Er gewahrte in ihren gewöhnlich so ruhigen Zügen einige Spuren einer schlecht verhehlten Aufregung. Der Oberst bemerkte einen leeren Stuhl neben ihr und eilte zu ihr hin.

»Ich möchte wetten, dass Sie sehr aufgeregt sind«, sagte er.

»O, es ist eine Kleinigkeit, Oberst. Ich wollte mich eigentlich schon von hier entfernt haben, denn ich habe versprochen, auf dem Ball der Großherzogin von Berg zu erscheinen, und vorher muss ich noch einen Besuch bei der Fürstin von Wagram machen. Herr de la Roche-Hugon weiß es, aber er belustigt sich damit, noch immer mit den alten Witwen von früheren Zeiten zu schwatzen.«

»Das ist nicht die Ursache Ihrer Unruhe … Ich wette hundert Louisdors, dass Sie hier bleiben.«

»Sie Unverschämter! …«

»Also habe ich die Wahrheit gesagt.«

»Bösewicht!«, versetzte die schöne Gräfin und schlug mit ihrem Fächer auf die Finger des Oberst.

»Nun, woran dachte ich denn? ... Ich bin fähig, Sie zu belohnen, wenn Sie die Wahrheit erraten.«

»Ich kann die Wette nicht eingehen, denn ich habe zu viele Vorteile.«

»Anmaßender! ...«

»Sie befürchten, Martial zu den Füßen einer Dame zu sehen ...«

»Welcher Dame?«, fragte die Gräfin, indem sie sich überrascht stellte.

»Der Dame, die neben dem Kandelaber sitzt ...«, antwortete der Oberst und deutete nach der Ecke, in der die schöne Unbekannte saß, die keinen Blick von der Gräfin wandte.

»Ja, Sie haben es erraten!«, antwortete die Kokette und verbarg ihr Antlitz hinter ihrem Fächer, indem sie sich stellte, als spiele sie mit demselben. »Die alte Frau von Marigny, die, wie Sie wissen, boshaft ist wie ein alter Affe«, fuhr sie fort, nachdem sie einen Augenblick geschwiegen hatte, »hat mir eben gesagt, dass Herr de la Roche-Hugon einige Gefahr laufen würde, wenn er der Unbekannten den Hof machen wollte, die sich, wie ein Störenfried, auf diesem Balle gezeigt hat. Ich möchte lieber den Tod sehen, als dieses Antlitz, das so grausam schön und zugleich so bleich, so unbeweglich ist, wie eine Geistererscheinung. Frau von Marigny«, fuhr sie dann fort, »die auf den Bällen erscheint, um alles zu sehen, während sie zu schlafen scheint, hat mich ungemein beunruhigt. Gewiss, Martial soll mir den Possen, den er mir gespielt, teuer bezahlen. Ersuchen Sie ihn indes, Oberst, da er Ihr Freund ist, mir keinen Kummer zu machen.«

»Ich habe eben mit einem Manne gesprochen, der an nichts weniger denkt, als ihm eine Kugel durch den Kopf zu jagen, wenn er mit der kleinen Dame spricht. Und jener Mann, meine Dame, hält sein Wort. Indes kenne ich Martial. Gefahren ermutigen ihn nur. Überdies haben wir eine Wette miteinander gemacht ...« Diese Worte sprach der Oberst mit leiser Stimme.

»Sollte es wahr sein? ...«, antwortete Frau von Vaudremont, während sie einen gefallsüchtigen Blick auf ihn richtete.

»Würden Sie mir die Ehre erweisen, bei dem nächsten Contretanz mit mir anzutreten? ...«

»Nicht bei dem ersten, aber bei dem zweiten; jetzt will ich erst sehen, was aus dieser Intrige werden kann, und will wissen, wer die kleine blaue Dame ist. Sie sieht sehr geistreich aus.«

Der Oberst erriet, dass Frau von Vaudremont jetzt allein sein wollte, und entfernte sich, zufrieden, den beabsichtigten Angriff auf geschickte Weise begonnen zu haben.

Es gibt bei allen Bällen Damen, die, ähnlich der Frau von Marigny, das Amt alter Seemänner übernehmen, die am Ufer des Meeres den Stürmen zuschauen, mit denen sich junge Matrosen herumschlagen. Frau von Marigny, die an den Personen dieses Auftritts Teil zu nehmen schien, vermochte nun in diesem Augenblick sehr leicht den grausamen Kampf zu erraten, der in dem Herzen der Gräfin vor sich ging. Vergebens fächerte sich die junge Kokette auf die anmutigste Art Kühlung zu, vergebens lächelte sie den jungen Leuten entgegen, von denen sie begrüßt wurde, und wandte alle weibliche List an, um ihre Aufregung zu verbergen, die alte Witwe, eine der klügsten Herzoginnen am Hofe Ludwigs XV., schien die Geheimnisse zu durchblicken, die sich hinter den Zügen der Gräfin bargen. Die alte Dame schien fast jene unmerklichen Bewegungen des Augensterns wahrzunehmen, die die Wallungen des Herzens verraten. Die leichtesten Falten, die die weiße und reine Stirn runzelten, das unmerkliche Zittern der Züge, das Spiel der anklägerischen Augenbrauen, die fast unsichtbare Bewegung der Lippen, dies alles wusste die alte Herzogin so gut zu lesen, wie die geschriebenen Worte eines Buches. Die Kokette außer Dienst saß in einem Armstuhl, den sie vollkommen ausfüllte, und plauderte mit einem Diplomaten, der sie aufgesucht hatte, weil sie in unvergleichlicher Weise Anekdoten vom alten Hofe erzählen konnte, aber sie beobachtete dabei mit ununterbrochener Aufmerksamkeit die junge Kokette, die ihr wie eine neue Auflage ihres eigenen Ichs vorkam. Sie fand sie ganz nach ihrem Geschmack, als sie sah, dass sie so gut ihren Kummer verberge und die Schmerzen ihres Herzens zu verhehlen wisse.

Frau von Vaudremont fühlte sich in der Tat ebenso schmerzlich ergriffen, als sie sich heiter stellte. Sie hatte geglaubt, in Martial einen Mann von Talent anzutreffen, der ihr Leben durch die Genüsse des Hofes, nach denen sie sich sehnte, verschönern sollte. Sie erkannte in diesem Augenblick einen Irrtum, der ebenso grausam für ihren Ruf, wie für ihre Eigenliebe war. Es ging ihr, wie den übrigen Frauen jener Epoche, indem die plötzliche Regung der Leidenschaften die Lebhaftigkeit der Gefühle nur vermehren konnte. Die Herzen, die viel und schnell leben, dulden nicht weniger, als die, die sich in einer einzigen Leidenschaft verzehren. Mehr als ein Fächer verbarg damals kurze, aber schreckliche Qualen. Die Vorliebe der Gräfin für Martial war allerdings erst tags zuvor entstanden, allein auch der unerfahrenste Chirurg weiß, dass die Abtrennung eines lebenden Gliedes weit schmerzhafter ist, als die eines abgestorbenen. Bei Frau von Vaudremonts Neigung zu Martial kamen die Aussichten auf die Zukunft hinzu, während ihre frühere Leidenschaft ohne Hoffnung war und durch die Gewissensbisse des Grafen von Soulanges vergiftet wurde.

Die alte Herzogin wusste alles zu erraten und beeilte sich nun, den Gesandten zu entlassen, von dem sie belagert wurde, denn in Gegenwart entzweiter Geliebten und Liebhaber erbleicht jedes andere Interesse, selbst bei einer alten Frau. Frau von Marigny richtete daher, um den Kampf anzufachen, einen sardonischen Blick auf Frau von Vaudremont. Dieser schreckliche Blick ließ die junge Kokette befürchten, ihr Los möge in die Hände der Witwe geraten. Es gibt in der Tat Blicke, die ein Weib dem andern zuwirft, die gleichsam tragische Fackeln sind, welche den nächtlichen Ausgang eines Dramas beleuchten. Man müsste die Exherzogin genauer kennen, um den ganzen Schrecken zu würdigen, den das Spiel ihrer Physiognomie der Gräfin einflößte. Frau von Marigny war hochgewachsen, und wenn man sie sah, so musste man sagen: »Die Frau ist gewiss hübsch gewesen!« Sie verbarg die Runzeln ihrer Wangen durch eine so starke Auflage von Rot, dass sie fast gar nicht sichtbar wurden, allein ihre Augen empfingen keinen künstlichen Glanz durch dieses satte Karmin, sondern wurden dadurch nur noch düsterer. Sie trug eine Menge von Diamanten und kleidete sich mit hinreichendem Geschmack, um nicht lächerlich zu erscheinen. Ihr Mund war durch ein künstliches Gebiss verschönt und daher keineswegs eingefallen, sondern zeigte nur einen ironischen Zug, der ihr eine Ähnlichkeit mit Voltaire gab. Ihre spitze Nase deutete auf scharfen Witz, aber dennoch milderte die ausgesuchte Feinheit ihres Benehmens den Spott ihrer Einfälle so sehr, dass man sie nicht der Bosheit beschuldigen konnte.

Ein triumphierender Blick belebte die beiden grauen Augen der alten Dame und schien den Salon zu durchfliegen, um das Rot der Hoffnung auf die bleichen Wangen der kleinen Dame zu ergießen, die zu den Füßen des Kandelabers seufzte. Diesen durchdringenden Blick begleitete ein Lächeln, das zu sagen schien: »Das hatte ich Ihnen bereits verheißen!«

Diese unvorsichtige Enthüllung einer Verbindung, die zwischen Frau von Marigny und der Unbekannten bestand, vermochte dem geübten Auge der Gräfin von Voudremont nicht zu entgehen. Sie erblickte ein Geheimnis und wollte es durchdringen. Die Neugierde verringerte ihren vorübergehenden Schmerz.

In diesem Augenblick hatte der Baron de la Roche-Hugon die ganze Reihe der alten Witwen durchgemacht, um den Namen der blauen Dame zu erfahren, aber gleich vielen Altertümlern hatte er sein ganzes Latein bei diesen unglücklichen Nachforschungen verloren. In seiner Verzweiflung hatte er sich sogar an die Gräfin von Gondreville gewandt; aber auch von ihr nur wenig befriedigende Antwort erhalten: »Es ist eine Dame, die mir von der ehemaligen Herzogin von Marigny vorgestellt wurde …«

Nun wandte sich der Requêtenmeister schnell zu dem Armstuhle, den die alte Dame einnahm, und überraschte sie bei jenem Blick des Einverständnisses, der mit der Unbekannten gewechselt wurde. Die Färbung, die sich über die Wangen der einsamen Dame ergoss, verlieh ihr einen solchen Glanz, dass der Requêtenmeister, bewegt durch den Anblick einer so mächtigen Schönheit, zu Frau von Marigny zu treten beschloss, obgleich er seit einiger Zeit ziemlich schlecht mit ihr gestanden hatte. Als die Herzogin den Baron um ihren Armstuhl herumschweifen sah, lächelte sie mit sardonischer Bosheit und blickte mit einer so triumphierenden Miene auf Frau von Voudremont, dass der Oberst darüber lächelte. »Sie nimmt eine freundliche Miene an, die alte Zigeunerin«, dachte er, »sie wird mir ohne Zweifel einen bösen Streich spielen wollen.« … »Meine Dame«, sagte er, »wie man mir gesagt hat, sind Sie beauftragt, über einen köstlichen Schatz zu wachen.«

»Sehen Sie mich für einen schwarzen Hund mit glühenden Augen an?«, fragte die alte Dame und ergötzte sich für einen Augenblick an der Verlegenheit des jungen Mannes. »Aber von welchem Schatze sprechen Sie?«, fuhr sie dann mit einer süßen Stimme fort, durch die Martial neue Hoffnung erhielt.

»Von der kleinen unbekannten Dame, die durch den Neid der koketten Damen in jene Ecke verdrängt ist … Sie sind ohne Zweifel mit ihr bekannt? ….«

»Ja«, sagte die Herzogin und lächelte wieder boshaft. »Warum tanzt sie nicht? Sie ist so schön! Wollen Sie, dass wir Friede miteinander schließen? Wenn Sie mich über das belehren wollen, was ich gern erfahren möchte, so gebe ich Ihnen mein Ehrenwort darauf, dass Ihr Gesuch um Zurückgabe der Waldungen von Marigny bei dem Kaiser kräftig unterstützt werden soll.«

»Herr Baron«, antwortete die alte Dame mit einem trügerischen Ernst, »fuhren Sie mir die Gräfin von Vaudremont zu. Ich verspreche Ihnen, dass ich ihr das ganze Geheimnis enthüllen will, das unsere Unbekannte so anziehend macht. Alle Männer, die auf dem Ball anwesend sind, scheinen ebenso neugierig geworden zu sein, wie Sie. Aller Augen richten sich unwillkürlich nach jenem Kandelaber, neben dem das arme Kind so bescheiden sitzt. Sie erntet alle Huldigungen, die man ihr hat entreißen wollen. Der muss glücklich sein, der mit ihr tanzen wird! ...«
Bei diesen Worten unterbrach sie sich, indem sie einen Blick auf die Gräfin von Vaudremont richtete, der deutlich sagte: «Wir sprechen von Ihnen.« Dann fuhr sie fort: »Ich denke, dass Sie den Namen der Unbekannten lieber aus dem Munde der schönen Gräfin hören werden, als aus dem meinigen.« Die Haltung der Herzogin war so herausfordernd, dass Frau von Vaudremont sich erhob, zu ihr kam, sich auf den Stuhl setzte, den ihr Martial anbot, und dann, ohne auf ihn zu achten, lachend sagte: »Ich errate, meine Dame, dass Sie von mir sprechen, aber ich muss meine Schwäche anerkennen und gestehen, dass ich nicht erkenne, ob Sie Gutes oder Böses von mir reden.«

Frau von Marigny drückte mit ihrer trockenen und verschrumpften Hand die hübsche Hand der jungen Dame und antwortete mit leiser Stimme und im Tone des Mitleids: »Arme Kleine!«

Die beiden Frauen blickten einander an. Frau von Vaudremont begriff, dass der Baron von Martial überflüssig sei, und verabschiedete ihn mit einem gebieterischen Blick, der ihm sagte: »Verlassen Sie uns augenblicklich!«

Den Requêtenmeister freute es wenig, die Gräfin von den Künsten der gefährlichen Sybille gefesselt zu sehen und richtete einen jener männlichen Blicke auf sie, die so viel Macht über ein liebendes Herz besitzen, aber auch einer Frau so lächerlich erscheinen, wenn sie kalt gegen den geworden sind, in den sie verliebt war.

»Wollen Sie vielleicht dem Kaiser nachäffen? ...«, sagte Frau von Vaudremont und wandte ihren Kopf, um den Requêtenmeister spöttisch anzusehen.

Er kannte die Welt zu gut, besaß zu viel Feinheit und guten Geschmack, als dass er sich einem Bruch mit der hübschen Kokette hätte aussetzen wollen; überdies rechnete er auf die Eifersucht, die er bei ihr erwecken wollte, als auf das beste Mittel, das Geheimnis ihrer plötzlichen Kälte zu entdecken. Er entfernte sich umso williger, als in diesem Augenblick ein neuer Contretanz alle Tänzerinnen in Bewegung setzte. Die heiteren Töne des Orchesters erklangen und man hätte die durcheinander wogende Menge mit einer Wolke tausendfarbiger Schmetterlinge vergleichen können, die sich bei dem harmonischen Konzert der Vögel eines Gebüschs über einer Waldwiese erheben.

Der Baron schien den antretenden Quadrillen zu weichen und stützte sich auf den Marmor einer Konsole. Er kreuzte die Arme über der Brust und blieb einige Schritte vor den beiden Damen stehen, die sich heimlich miteinander unterhielten. Von Zeit zu Zeit folgte er den Blicken, die beide wiederholt auf die Unbekannte richteten, und der Baron befand sich in einer schrecklichen Unentschlossenheit, während er die Gräfin mit jener neuen Schönheit verglich, die noch mehr gehoben wurde durch das Geheimnis, das sie umgab. Er schwankte, ob er ein reicher Mann werden oder eine Laune befriedigen solle.

Der Glanz der Lichter ließ so kräftig das schwermütige und düstere Antlitz unter seinen schwarzen Haaren hervorstechen, dass man ihn mit einem bösen Geist hätte vergleichen können, und mehr als ein fernstehender Beobachter mochte sich wohl sagen, »Der arme Teufel scheint auch nicht zu seiner Freude hier zu sein!«

Die rechte Schulter leicht an die vergoldete Einfassung der Tür zwischen dem Spielzimmer und dem Tanzsaale gestützt, konnte der Oberst unbemerkt lachen. Er freute sich über den berauschenden Lärm des Balles. Er sah hundert hübsche Köpfe, die je nach den Launen des Tanzes hin und her schwebten. Er las in manchen Zügen, ebenso wie in denen der Gräfin und seines Freundes Martial, die Geheimnisse der Seelen. Dann wandte er sein Gesicht und verglich das düstere Aussehen des Grafen Soulanges, der noch immer in dem Armstuhle saß, wo er ihn verlassen hatte, mit den sanften und klagenden Zügen der unbekannten Dame, auf deren Antlitz abwechselnd die Freuden der Hoffnung und die Angst eines unwillkürlichen Schreckens erschienen. Der glückliche Kürassier hatte so viele Geheimnisse zu erraten, Reichtum von einer keimenden Liebe zu hoffen, die Lehren zu merken, die der gekränkte Ehrgeiz gibt, das Schauspiel einer heftigen Leidenschaft zu beobachten und das Lächeln von hundert hübschen Damen über Soulanges, Martial, die Gräfin oder die Unbekannte mit seinen Blicken zu erfassen, und er war daher so heiter, als sei er der König des Festes. Das lebhafte Bild gab ihm ein vollkommenes Gleichnis der Welt und des Lebens; aber er lachte, ohne dass er hinter das Wesen dieser Dinge zu kommen versucht hätte. Es war etwa Mitternacht, und die Unterhaltungen, das Spiel, der Tanz, die Selbstsucht, die Bosheit und die verschiedenartigsten Pläne, alles war auf jenem Siedepunkt angelangt, wo sich einem jungen Manne der Ruf entringt: »Es ist doch eine hübsche Sache um einen Ball! ...«

»Mein kleiner Engel«, sagte Frau von Marigny zu der Gräfin, »ich bin weit älter, als ich scheine, denn ich zähle fünfundsechzig Jahre; ich habe fast ein Jahrhundert gelebt. Sie, meine Liebe, stehen jetzt in einem Alter, in dem ich tausend Fehler begangen habe, und da ich Sie jetzt bittere Qualen erdulden sah, so fiel es mir ein, Ihnen einige liebevolle Winke zu geben. Wer Fehler im zweiundzwanzigsten Jahre begeht, verdirbt sich dadurch seine Zukunft, zerreißt das Kleid, das er erst anziehen soll. Ach, meine Liebe, wir lernen erst zu spät uns des Gewandes zu bedienen, ohne es zu zerknittern ... Fahren Sie fort, mein schönes Kind, sich redliche Feinde zu machen und diejenigen als Freunde zu erwerben, die den Geist der Welt nicht besitzen, und Sie sollen sehen, was für ein angenehmes Leben Sie führen werden!«...

»Ach, Herzogin, es macht uns recht viel Mühe, glücklich zu werden! Nicht wahr?«, rief die Gräfin kindlich aus.

»Meine Kleine, man muss es nur verstehen, in Ihrem Alter zwischen dem Vergnügen und dem Glück die Wahl treffen zu können. Hören Sie mich an! Sie wollen Martial heiraten. Er ist aber auf der einen Seite nicht dumm genug, um ein Ehemann zu werden, und auf der anderen Seite nicht gut genug, um sie glücklich zu machen. Er hat Schulden, meine Liebe! ... Er ist ganz der Mann, der Ihr Vermögen verzehren könnte. Er ist ein Ränkeschmied, der sich ausgezeichnet in die Geschäfte einleben kann, er weiß angenehm zu plaudern, aber er besitzt zu viele Vorteile, als dass er ein wahres Verdienst haben wollte. Er wird nicht weit gehen. Überdies, sehen Sie ihn nur an! ... Werfen Sie nur einen Blick auf ihn! ... Liest man es nicht auf seiner Stirn, dass er in diesem Augenblick keineswegs das hübsche junge Weib sieht, sondern nur die Besitzerin von zwei Millionen? ... Er liebt Sie nicht, meine Liebe; er berechnet Sie, als ob es sich um eine Multiplikation handelte. Wenn Sie sich verheiraten wollen, so nehmen Sie einen bejahrten Mann, der zugleich Ansehen genießt. Eine Witwe darf ihre Wiederverheiratung nicht zu einem Geschäft der Liebe machen. Fängt man je eine Maus zweimal in derselben Falle? Jetzt muss ein neuer Kontrakt eine Spekulation sein, und wenn Sie sich wieder verheiraten, so müssen Sie dabei wenigstens die Hoffnung haben, sich dereinst Frau Marschallin nennen zu hören!« In diesem Augenblick richteten sich die Augen der beiden Damen natürlich auf das hübsche Antlitz des Obersten. »Wollen Sie die schwierige Rolle einer Kokette spielen und sich nicht wieder verheiraten …«, fuhr die Herzogin gutmütig fort; »ach, meine arme Kleine, dann verstehen Sie besser als jede andere, die Wolken eines Ungewitters zu häufen und auch wieder zu zerstreuen … Allein ich beschwöre Sie, machen Sie sich nie eine Freude daraus, den ehelichen Frieden zu stören, die Eintracht der Familien und das Glück der glücklichen Frauen zu vernichten. Ich habe diese gefährliche Rolle gespielt, meine Liebe … und etwas zu spät habe ich erkennen gelernt, dass, wie jener Diplomat gesagt hat, ein Lachs besser ist als tausend Frösche! Ja, meine Liebe, um einen Triumph der Eigenliebe zu feiern, meuchelt man oft arme tugendhafte Geschöpfe; denn es gibt wirklich tugendhafte Frauen, meine Liebe. Lernen Sie einsehen, dass eine wahrhafte Liebe tausendmal mehr Genüsse gewährt, als die vergänglichen Leidenschaften, die man erregt. Gewiss, ich bin hierhergekommen, um Ihnen eine Predigt zu halten … Ja, Sie, mein guter kleiner Engel, sind die Ursache, weshalb ich in diesem Salon erschienen bin, der nach Pöbel stinkt. Sieht man hier nicht sogar Schauspieler? … Man empfing diese Leute auch sonst, meine Liebe, aber in seinem Boudoir; in einem Salon jedoch, pfui! … Ja, ja, sehen Sie mich nicht so erstaunt an. – Hören Sie mich an! Wollen Sie über die Männer lachen«, fuhr die alte Dame fort, »so begeistern Sie nur die Herzen derer, die keine feste Bestimmung haben, die keine Pflichten zu erfüllen haben … Das ist eine Lehre, die ich meiner alten Erfahrung verdanke; nutzen Sie dieselbe. Dieser arme Soulanges zum Beispiel, dem Sie den Kopf verdreht haben, den Sie seit fünfzehn Monaten, Gott weiß wie, berauscht haben … ihn haben Sie für sein ganzes Leben unglücklich gemacht. Er ist verheiratet. Er wird von einem kleinen Weibe angebetet, das er auch liebte, aber getäuscht hat. Soulanges leidet zuweilen an Gewissensbissen, die grausamer sind, als seine Freuden süß waren, und Sie, kleiner Schlaukopf, haben ihn getäuscht! Kommen Sie nun und sehen Sie Ihr Werk!« Die alte Herzogin fasste die Hand der Frau von Vaudremont, und beide erhoben sich.

»Sehen Sie!«, sagte Frau von Marigny zu ihr, indem sie mit den Augen auf die bleiche und zitternde Unbekannte zeigte. »Das ist meine Nichte, die Gräfin Soulanges! … Sie hat heute endlich meinen Bitten nachgegeben und ihr Schmerzenszimmer verlassen, in dem ihr der Anblick ihres Kindes nur einen sehr schwachen Trost gewährt … Sehen Sie sie an …

Sie erscheint Ihnen reizend. Beurteilen Sie nun, was sie damals war, als Glück und Liebe noch ihren Glanz über dieses jetzt gewelkte Antlitz verbreiteten!«

Die Gräfin wandte schweigend das Haupt und schien in ernstes Nachdenken versunken. Die Herzogin führte sie allmählich bis an die Tür des Spielzimmers, blickte hinein, als suche sie jemand, und sagte dann mit einer fast geisterhaften Stimme zu der jungen Kokette: »Und dort sehen Sie Soulanges! …«

Die junge und glänzende Gräfin schauderte zusammen als sie in der am wenigsten erhellten Ecke des Spielzimmers ein bleiches und verzerrtes Antlitz erblickte. Herr von Soulanges hatte sich in den, Armstuhl zurückgelehnt. Die Erschlaffung seiner Glieder und die Bewegungslosigkeit seiner Stirn deuteten auf einen hohen Grad des Schmerzes. Er war allein. Die Spieler kamen und gingen an ihm vorüber, ohne ihm mehr Aufmerksamkeit zu widmen, als einem leblosen Wesen. Er war in der Tat mehr ein Schatten, als ein Mensch.

Der Anblick der trauernden Gattin und des düstern und finstern Gatten, die inmitten dieses Festes voneinander getrennt waren, wie die beiden Hälften eines durch den Blitz getroffenen Baumes, erfüllte die Gräfin mit großem Schrecken und böser Vorahnung. Sie fürchtete ein Bild dessen zu sehen, was die eigene Zukunft für sie aufbewahrte. Ihr Herz war noch nicht so weit verhärtet, dass ihm Empfindsamkeit, und Nachsicht gänzlich fremd geworden, und sie presste die Hand der Herzogin, während sie ihr mit einem freundlichen Lächeln dankte, in dem eine gewisse kindliche Anmut lag.

»Mein Kind«, sagte ihr jetzt die alte Frau ins Ohr, »bedenken Sie fortan, dass wir es ebenso gut verstehen müssen, die Huldigungen der Männer von uns zu weisen, als sie zu erlangen …« –

»Sie gehört Ihnen, wenn Sie kein Dummkopf sind!« Diese Worte flüsterte Frau von Marigny dem Obersten ins Ohr, während sich die schöne Gräfin ganz dem Mitleid hingab, das der Anblick des Herrn von Soulanges ihr einflößte. Sie liebte ihn noch aufrichtig genug, um ihn seinem Glücke wiedergeben zu wollen, und im Herzen versprach sie sich, die unwiderstehliche Macht anzuwenden, die ihre Verführungskünste noch auf ihn ausübten, um ihn in die Arme seiner Frau zurückzuführen. »O, die Strafreden, die ich ihm halten werde! …«, sagte sie zu Frau von Marigny. »Sie werden das nicht tun, meine Schöne, wie ich hoffe!«, sagte die Herzogin, während sie sich zu ihrem Armstuhl zurückbegab. »Wählen Sie sich dagegen einen braven Ehemann und verschließen Sie meinem Neffen die Tür. Vermeiden Sie, ihm in Gesellschaften zu begegnen, und wenn er von seiner Krankheit geheilt ist, so bieten Sie ihm Ihre Freundschaft ... Glauben Sie mir, mein Engel, eine Frau empfängt nie von einer anderen Frau das Herz ihres Mannes. Sie wird hundertmal glücklicher sein, wenn sie glauben kann, es durch sich selbst wiedererlangt zu haben, und ich glaube, meiner Nichte ein herrliches Mittel gewährt zu haben, durch das sie die Freundschaft ihres Mannes wiedererlangen kann, indem ich sie hierher führte. – Ich verlange keine andere Mithilfe von Ihnen, als dass Sie unsern schönen Kürassier-Oberst mit Neckereien der Liebe überhäufen.« Bei diesen Worten zeigte sie auf den Freund des Requêtenmeisters, und die Gräfin lachte.

»Nun, meine Dame, wissen Sie endlich den Namen der Unbekannten?«, fragte der Baron auf etwas gereizte Art die Gräfin, als diese wieder allein war.

»Ja«, antwortete Frau von Vaudremont. Es lag dabei in ihren Zügen ebenso viel Schlauheit als Heiterkeit. Das Lächeln, das über ihre Lippen und ihre Wangen Leben verbreitete, der feuchte Glanz ihrer Augen war mit jenen Irrlichtern zu vergleichen, die den verspäteten Wanderer täuschen. Martial glaubte sich noch immer geliebt; er nahm jene kokette Haltung an, in der sich ein Mann so selbstgefällig in der Nähe der von ihm Geliebten wiegt, und sagte mit Geckenhaftigkeit: »Werden Sie mir nicht böse werden, wenn es scheint, als legte ich großen Wert darauf, den Namen der Unbekannten zu erfahren ...«

»Und werden Sie mir nicht böse werden«, versetzte Frau von Vaudremont, »wenn ich Ihnen infolge einer letzten Spur von Liebe den Namen nicht sage und Ihnen zugleich verbiete, die geringste Annäherung an jene junge Dame zu wagen? Sie könnten vielleicht Ihr Leben aufs Spiel setzen.«

»Meine Dame, Ihre Liebe zu verlieren ist schmerzlicher, als das Leben zu verlieren ...«

»Martial! ...«, sagte die Gräfin ernst, »es ist Frau von Soulanges! Und ihr Mann würde Ihnen eine Kugel durch das Hirn jagen, wenn Sie ein solches haben, sobald Sie ...«

»Ach!«, fiel ihr der Geck lachend in die Rede, »der Oberst lässt den in Frieden leben, der ihm Ihr Herz entrissen hat, und er sollte sich für seine Frau schlagen? ... Welche Umkehrung der Grundsätze! ... Ich bitte Sie, lassen Sie mich mit der kleinen Dame tanzen. Sie werden auf diese Weise am schnellsten den Beweis erhalten, wie wenig Liebe das eiskalte Herz besitzt, das Sie verabschiedet haben, denn wird der Oberst böse darüber, dass ich seine Gattin zum Tanzen veranlasse ...«

»Sie liebt aber ihren Mann ...«

»Das ist wieder ein Einwurf, der ...«

»Sie ist aber verheiratet ...«

»Köstliche Einwände in Ihrem Munde!«

»Ach!«, sagte die Gräfin mit einem bitteren Lächeln, »Ihr bestraft uns bitter für unsere Fehltritte und unsere Reue! Dann beklagt Ihr Euch noch über unsern Leichtsinn! So wirft der Herr seinen Sklaven die Sklaverei vor. Welche Ungerechtigkeit!«

»Betrüben Sie sich nicht!«, sagte Martial lebhaft. »Oh, ich bitte Sie darum, verzeihen Sie mir! Hören Sie! Ich denke nicht mehr an Frau von Soulanges.«

»Sie verdienten, dass ich Sie zu ihr schickte!«

»Ich gehe schon ...«, sagte der Baron lachend; »allein ich werde verliebter in Sie zurückkehren, als ich es je gewesen bin, und Sie werden sehen, dass sich auch das hübscheste Weib von der Welt eines Herzens nicht bemächtigen kann, das Ihnen gehört.«

»Das heißt, Sie wollen das Pferd des Obersten gewinnen?«

»Ha, der Verräter!«, antwortete er lachend und drohte seinem lächelnden Freunde mit dem Finger.

Nun näherte sich der Oberst, und der Baron trat ihm seinen Platz neben der Gräfin ab, zu der er noch spöttisch sagte: »Meine Dame, dieser Herr hat sich gerühmt, dass er an einem Abend Ihre Liebe erwerben könne!«

Er entfernte sich, während er sich freute, die Eigenliebe der Gräfin erweckt und dem Obersten ein Bein gestellt zu haben; ungeachtet seiner gewöhnlichen Schlauheit, hatte er doch nicht den ganzen Spott erraten, der in den Reden der Frau von Vaudremont lag; er hatte nicht einmal bemerkt, dass sie ebenso viele Schritte seinem Freunde entgegengetan habe, als dieser ihr entgegengegangen war.

Als sich Martial dem glänzenden Kandelaber näherte, hinter dem die Gräfin von Soulanges saß, trat deren Gemahl mit wilden Blicken in die Tür des Salons und zeigte zwei Augen, in denen das Feuer der Leidenschaft flammte. Die alte Herzogin, die auf alles aufmerksam war, näherte sich ihrem Neffen mit der Lebendigkeit einer jungen Frau und bat ihn um seinen Arm und um seine Kutsche, um sich entfernen zu können, indem sie eine schreckliche Langeweile vorschützte und sich schmeichelte, auf solche Weise ein peinliches Aufsehen zu vermeiden. Bevor sie ging, gab sie noch ihrer Nichte ein Zeichen des Einverständnisses, indem sie zugleich auf den kühnen Kavalier deutete, der sich bereit machte, sie anzureden. Ihr strahlender Blick schien zu sagen: »Da ist er, räche Dich!«

Frau von Vaudremont fing den Blick der Tante und den der Nichte auf. Ein plötzliches Licht fiel in ihr Herz, und die junge Kokette befürchtete, von der alten, in Ränken so erfahrenen Dame genarrt worden zu sein.

»Diese treulose Herzogin«, dachte sie, »wird es vielleicht ergötzlich gefunden haben, mir eine moralische Vorlesung zu halten und zugleich einen schlechten Streich nach ihrer Weise zu spielen.« Bei diesem Gedanken wurde die Eigenliebe der Frau von Vaudremont vielleicht noch lebhafter ins Spiel gezogen, als ihre Neugierde, den Knäuel dieser Intrigen entwirrt zu sehen. Der innere Sturm, von dem sie ergriffen wurde, raubte ihr die Selbstbeherrschung. Der Oberst erklärte sich nun zu seinem Vorteil die Verlegenheit, die sich in den Reden und in der Haltung der Gräfin zeigte, und wurde deshalb noch glühender und drängender.

Neue Geheimnisse, gleich anziehend wie die früheren, belebten nun diese bewegte Szene. Die Leidenschaften der beiden Paare, deren Abenteuer diese Erzählung wiedergibt, sprangen auf alle Teilnehmer des glänzenden Balles über und veranlassten die verschiedensten Färbungen der Teilnahme.

Die alten abgestumpften Diplomaten, denen es so viel Freude machte, das Spiel der Mienen zu beobachten und die angesponnenen Ränke zu erraten und zu verfolgen, hatten noch nie eine so reiche Ernte der Unterhaltung gefunden, dennoch ließ das Schauspiel so vieler, lebhafter Leidenschaften, ließen die Zänkereien der Liebe, diese süßen Äußerungen der Rache, diese grausamen Gunstbeweise, diese entflammten Blicke, ließ das ganze glühende Leben, das rund um sie her ergossen war, sie nur umso lebhafter ihre Ohnmacht erraten.

Endlich war es dem Baron gelungen, in der Nähe der Gräfin von Soulanges einen Sitz zu finden. Seine Augen schweiften verstohlen über einen Hals, der frisch war wie der Tau, wohlduftend wie ein Blumenbeet. Er bewunderte in der Nähe die Schönheiten, die ihn schon aus der Ferne überrascht hatten, er konnte einen kleinen, schön bekleideten Fuß sehen, und eine geschmeidige anmutige Taille mit den Augen messen.

Damals knüpften die Frauen die Gürtel ihrer Kleider dicht unter dem Busen, wie man es bei den griechischen Statuen erblickt! Diese Mode war grausam für jene Frauen, deren Wuchs irgendeinen Fehler hatte. Martial warf flüchtige Blicke auf den Busen und wurde entzückt durch die Vollendung der himmlischen Formen der Gräfin. Er war trunken vor Liebe und Hoffnung. »Sie haben heute Abend noch nicht ein einziges Mal getanzt?«, fragte er mit sanfter und schmeichelnder Stimme; »hoffentlich ist dies nicht die Schuld der Herren.« – »Es ist nun bald zwei Jahre, dass ich mich nirgends gezeigt habe, und ich bin unbekannt in der Welt …«, antwortete Frau von Soulanges; denn sie hatte den Blick nicht begriffen, durch den ihre Tante sie aufforderte, sich gefällig gegen den Baron zu zeigen. Dieser ließ aus Gewohnheit den schönen Diamant spielen, der den Ringfinger seiner linken Hand schmückte. Das Feuer, das die geschliffenen Flächen des Steines ausstrahlten, schien ein plötzliches Licht in das Herz der jungen Gräfin zu werfen. Sie errötete und blickte den Baron mit einem unbeschreiblichen Ausdruck an.

»Tanzen Sie gern?«, fragte der Provenzale, um es zu versuchen, die Unterhaltung wieder anzuknüpfen.

»Sehr gern, mein Herr.«

Bei dieser Antwort trafen ihre Blicke einander; denn der junge Mann wurde von dem süßen und zum Herzen sprechenden Tone überrascht, der eine unbestimmte Hoffnung bei ihm erweckte, und hatte daher schnell die Augen der Gräfin geprüft.

»Würden Sie es nicht als eine Verwegenheit von meiner Seite betrachten, wenn ich Sie bäte, bei dem nächsten Contretanz mit mir anzutreten?«

Eine kindliche Verlegenheit rötete die bleichen Wangen der Gräfin, wie einige Tropfen eines roten Weines sich allmählich in einem Glase klaren Wassers verbreiten und dasselbe röten.

»Aber, mein Herr … ich habe bereits einem Tänzer eine abschlägige Antwort gegeben, einem Oberst …«

»Vielleicht dem langen Kavallerie-Oberst dort?«

»Ganz recht.«

»Der ist mein Freund, befürchten Sie nichts. Ich hoffe, Sie werden mir meine Bitte gewähren.«

»Ja, mein Herr …«

Der zitternde Klang ihrer wohltönenden Stimme deutete auf eine so neue und tiefe Bewegung, dass selbst das abgestumpfte Herz Martials dadurch schwankend gemacht wurde. Er fühlte sich von der Blödigkeit eines Schulknaben ergriffen. Er verlor seine Sicherheit, und sein südländisches Blut geriet in Flammen. Er wollte sprechen, allein seine Ausdrücke erschienen ihm im Vergleich zu den geistreichen und feinen Antworten der Frau von Soulanges ohne Anmut. Es war ein Glück für ihn, dass der Contretanz begann, denn als er neben seiner schönen Tänzerin stand, fühlte er sich wieder erleichtert. Es gibt viele Männer, für die der Tanz eine Art weltmännischer Gewandtheit ist, und die, indem sie die Anmut ihres Körpers zu entfalten suchen, stärker auf das Herz der weiblichen Welt einzuwirken glauben, als durch ihren Geist. Der Provenzale wollte ohne Zweifel in diesem Augenblick alle seine Verführungskünste entfalten, wenn man dies aus der Sorgfalt schließen darf, die er auf alle seine Bewegungen verwandte. Aus Eitelkeit hatte er seine Eroberung zu der Quadrille geführt, zu der sich die glänzendsten Damen des Salons aufgestellt hatten, während sie eine besondere Wichtigkeit darauf legten, schöner zu tanzen, als die Tänzerinnen aller anderen Quadrillen.

Während das Orchester das Vorspiel der ersten Figur beendete, empfand der Baron eine unglaubliche Befriedigung des Stolzes, als er bemerkte, dass Frau von Soulanges die schönste Tänzerin unter allen sei, die sich auf den Linien dieses glänzenden Vierecks aufgestellt hatten. Ihre Toilette überstrahlte selbst die der Frau von Vaudremont, die sich infolge eines vielleicht absichtlich gesuchten Zufalles mit dem Obersten dem Baron und der blauen Dame gegenübergestellt hatte. Die Blicke aller Männer hafteten für einen Augenblick auf Frau von Soulanges, und ein schmeichelhaftes Gemurmel deutete darauf, dass alle Tänzer mit ihren Damen gegenwärtig von ihr sprachen. Blicke des Neides und der Bewunderung wurden mit einer solchen Lebhaftigkeit gegen die junge Dame abgeschossen, dass diese gleichsam beschämt wurde durch einen Triumph, dem sie sich gern entzogen hätte, bescheiden ihre Augen senkte, errötete und dadurch noch reizender wurde. Wenn sie ihre weißen Augenlieder aufschlug, so geschah es nur, um ihren Tänzer anzublicken, als hätte sie den Ruhm dieser Huldigungen auf ihn zurückzuführen und ihm sagen wollen, dass sie die seinigen allen anderen vorzöge. Sie legte Unschuld in ihre Koketterie oder schien sich vielmehr einem neuen Gefühl, einer kindlichen Bewunderung mit jener Aufrichtigkeit zu überlassen, die man nur in jugendlichen Herzen antrifft.

Wenn sie tanzte, so konnten die Zuschauer leicht glauben, dass die Verschlingungen der launenhaften Pas, die sie auf eine reizende Weise ausführte, nur für Martial vollbracht wären, denn die luftige Sylphide wusste gleich der verständigen Kokette ihre Augen zu rechter Zeit gegen ihn zu erheben oder auch mit verstellter Bescheidenheit wieder zu senken.

Als eine Bewegung des Tanzes Martial dem Obersten entgegenführte, sagte er lachend zu ihm: »Ich habe Dein Pferd gewinnen …«

»Ja, aber Du hast achtzigtausend Livres Rente verloren«, entgegnete ihm der Oberst und zeigte auf die strengen Blicke der Frau von Vaudremont.

»Was kümmert mich das«, antwortete Martial mit leichtem Trotz. »Frau von Soulanges ist Millionen wert!«

Nach Schluss des Contretanzes wurde mehr als eine Bemerkung von den Zuschauern und Mittänzern den Nachbarn und Bekannten ins Ohr geflüstert. Die weniger hübschen Damen sprachen mit ihren Tänzern über die Moral und spielten dabei auf die keimende Zuneigung des Barons und der Gräfin von Soulanges an. Selbst die Schönsten wunderten sich über den Leichtsinn, mit dem dies Bündnis abgeschlossen war. Die Männer begriffen umso weniger das Glück des kleinen Requêtenmeisters, da er gar nichts Verführerisches an sich zu haben schien. Einige nachsichtigere Damen sagten, dass man nicht so voreilig urteilen dürfe, und die Jugend sei sehr zu beklagen, wenn ein ausdrucksvoller Blick und ein anmutiger Tanz hinreichten, um so ernste Anklagen darauf zu stützen.

Nur Martial kannte den Umfang seines Glückes. In der letzten Figur hatten die Damen der Quadrille die Windmühle zu bilden. Seine Finger drückten die der Gräfin, und er glaubte durch die feinen parfümierten Handschuhe hindurch zu fühlen, dass die Finger des jungen Weibes seinem verliebten Druck antworteten.

»Meine Dame«, sagte er in dem Augenblicke zu ihr, als der Contretanz endete, »kehren Sie nicht in jene abscheuliche Ecke zurück, in der Sie bis jetzt Ihre Schönheit und Ihren Schmuck verborgen haben. Die Bewunderung ist der einzige Zoll, den Sie durch Ihre Diamanten erreichen können, die Ihren weißen Hals und Ihre so schön geflochtenen Haare schmücken. Machen Sie mit mir eine kleine Runde durch die Salons und genießen Sie einen Anblick des ganzen Festes.«

Frau von Soulanges folgte dem geschickten Verführer, der dachte, dass sie ihm umso sicherer angehören würde, wenn es ihm gelänge, sie vor der Welt bloßzustellen. Sie machten nun eine angenehme Wanderung zwischen den Gruppen hindurch, die die prachtvollen Salons des Hotels erfüllten. Die Gräfin von Soulanges blieb furchtsam einen Augenblick an der Tür eines jeden Salons stehen und trat nicht eher ein, bis sie einen durchdringenden Blick nach allen Männern geworfen hatte. Diese Besorgnis erfüllte den Requêtenmeister mit noch größerer Freude, denn er sah, dass sie sich nicht eher beruhigte, bis er gesagt hatte: »Ermutigen Sie sich, er ist nicht da.«

So gelangten sie bis in eine Gemäldegalerie von ungemeinem Umfange, die in einem Flügel des Hotels lag, und wo man sich zum Voraus des großartigsten Anblicks eines Imbisses erfreute, der für dreihundert Personen aufgetragen war. Der Requêtenmeister erriet, dass das Mahl bald beginnen werde, und zog daher die Gräfin mit sich nach einem Boudoir, das er ausfindig gemacht hatte. Es war ein länglich-rundes Zimmer, das nach dem Garten ging. Die seltensten Blumen und Sträucher bildeten gewissermaßen ein Dickicht, durch dessen Blätter hindurch das Auge die glänzenden Tapeten erblickte. Das Geräusch des Festes erstarb hier wie das Geräusch der Welt in der Nähe eines heiligen Asyls. Die Gräfin zitterte beim Eintreten und weigerte sich hartnäckig, dem jungen Manne zu folgen; nachdem sie aber einen Blick in einen Spiegel geworfen und in demselben ohne Zweifel Verteidiger erblickt hatte, ließ sie sich anmutig auf eine wollüstige Ottomane nieder.

»Was für ein köstliches Gemach«, sagte sie und bewunderte eine himmelblaue Tapete, die durch Perlen gehoben wurde.

»Hier atmet alles Liebe und Wollust …«, sagte Martial. Dann betrachtete er bei dem geheimnisvollen Halbdunkel, das in dieser süßen Einsamkeit herrschte, die Gräfin, und bemerkte in ihren stark erregten Zügen einen Ausdruck der Verwirrung, der Scham und der Sehnsucht, durch den er bezaubert wurde. Sie lächelte, und dieses Lächeln schien dem Kampfe aller Gefühle, die in ihrem Herzen miteinander rangen, ein Ende zu machen; der Baron war entzückt. Auf die verführerischste Weise der Welt ergriff sie die linke Hand ihres Anbeters und zog den Ring von seinem Finger, auf den sie bereits so feurige Blicke der Sehnsucht geworfen hatte.

»Das ist ein recht schöner Diamant! …«, sagte sie sanft und mit dem unschuldigen Ausdruck eines jungen Mädchens, das die ganze Macht seiner ersten Lockung fühlen lässt. Martial war durch die unwillkürliche, aber berauschende Berührung, die ihm von den Fingern der Gräfin beim Abziehen des Ringes zuteilgeworden war, erregt und betrachtete ihn mit Blicken, die ebenso sehr funkelten wie der Ring.

»Behalten Sie ihn als Erinnerung an diese himmlische Stunde und aus Liebe für …«

Er vermochte seine Worte nicht auszusprechen, denn der Ausdruck der Begeisterung, der in ihren Zügen lag, erregte ihn zu lebhaft. Er küsste ihre Hand.

»Sie schenken ihn mir? …«, fragte sie mit erstaunten Blicken.

»Ich möchte Ihnen die ganze Welt darbringen können …«

»Scherzen Sie nicht vielleicht? …«, fragte sie dann abermals, und man erkannte in dem Ausdruck dieser Worte ihre lebhafte Freude.

»Nehmen Sie meinen Diamanten nur an!«

»Und Sie werden ihn nie von mir wieder verlangen?«, fragte die Gräfin.

»Nie!«

Sie steckte den Ring an ihren Finger. Martial glaubte, dass nun nichts mehr an seinem Glück fehle und machte eine kühne Bewegung; allein die Gräfin erhob sich plötzlich und sagte mit einer hellen Stimme, die durchaus keine Erregung verriet: »Mein Herr, ich nehme diesen Diamanten mit umso weniger Bedenken an, da er mir gehört.«

Der Requêtenmeister wusste nicht, was er sagen sollte, und blieb unbeweglich, mit weit geöffnetem Munde sitzen.

»Herr von Soulanges hat ihn vor sechs Monaten aus meinem Schmuckkasten genommen und dann vorgegeben, dass er ihn verloren habe.«

»Sie irren sich, meine Dame«, sagte Martial in gereiztem Tone; «denn ich habe den Ring von Frau von Vaudremont.«

»Ganz recht!«, erwiderte sie lächelnd, »mein Mann hat den Ring entführt, hat ihn ihr gegeben, und sie hat ihn wieder verschenkt. Gewiss, mein Herr, ich würde nie gewagt haben, ihn um denselben Preis wiederzuerwerben, um den ihn die Gräfin erworben hat, wenn er nicht mir gehörte … Aber, sehen Sie hier«, fuhr sie dann fort und ließ eine kleine Feder aufspringen, die unter dem Steine verborgen war, »hier befinden sich noch die Haare des Herrn von Soulanges.«

Sie brach in ein lautes und spöttisches Gelächter aus und eilte dann mit einer solchen Schnelligkeit in den Garten, dass jeder Versuch, sie wieder einzuholen, überflüssig erscheinen musste. Überdies war Martial so niedergeschlagen, dass er keine Lust hatte, das Abenteuer fortzusetzen. In der Tat hatte das Lachen der Frau von Soulanges ein Echo in dem Boudoir gefunden, und der junge Geck bemerkte zwischen zwei Orangenbäumen den Obersten und Frau von Vaudremont, die ebenfalls herzlich lachten.

»Willst Du mein Pferd haben, um dieser boshaften Person nachzusetzen?«, fragte der Oberst.

Der Baron stimmte in dies Lachen ein, denn es war offenbar das Klügste, was er tun konnte. Er erkaufte das vollkommene Schweigen der beiden Zeugen dieses Auftritts durch die Demut, mit der er die Scherze der künftigen Gattin des Obersten und des Obersten selbst ertrug, nachdem dieser an dem heutigen Abend sein Kampfross gegen eine junge, reiche und hübsche Frau eingetauscht hatte.

Die Gräfin von Soulanges erreichte es mit einiger Mühe, dass ihr Wagen vorfuhr, und kehrte nun, gegen zwei Uhr morgens, nach Hause zurück. Während sie von der Chaussée d'Antin nach der Vorstadt Saint-Germain fuhr, in der sie wohnte, wurde sie von einer lebhaften Unruhe ergriffen.

Bevor sie das Hotel de Gondreville verließ, hatte sie nochmals die Salons durchsucht, ohne ihre Tante oder ihren Mann anzutreffen, deren Abfahrt ihr unbekannt geblieben war. Schreckliche Ahnungen quälten ihr edles Herz. Sie hatte die Leiden erkannt, die ihr Mann seit dem Tage fühlte, an dem ihn Frau von Voudremont an ihren Triumphwagen spannte, und hoffte vertrauensvoll, dass ihr die Reue bald ihren Mann wieder zuführen würde. Mit einem unglaublichen Widerstreben hatte sie daher in den Plan eingewilligt, den ihre Tante, Frau von Marigny, entworfen, und befürchtete jetzt, einen Fehler begangen zu haben.

Der Besuch des Balles hatte ihr aufrichtiges Herz betrübt. Erst war sie durch das leidende und finstere Aussehen des Grafen von Soulanges erschreckt worden, dann aber noch mehr durch die Schönheit ihrer Nebenbuhlerin. Zuletzt hatte noch die Verderbnis der Welt ihr Herz beengt. Während sie über den Pont-Royal fuhr, warf sie die entweihten Haare, die unter dem Diamant lagen und ihr ehedem als ein Unterpfand reiner Liebe waren dargebracht worden, weg. Sie weinte, indem sie sich der lebhaften Leiden entsann, deren Beute sie seit langer Zeit gewesen, und mehr als einmal seufzte sie, wenn sie daran dachte, dass

Frauen, die den ehelichen Frieden erlangen wollen, ohne Klagen im Innersten ihres Herzens Qualen verschließen mussten, die so grausam waren wie die ihrigen.

»Ach!«, dachte sie, »wie mögen es die Frauen haben, die nicht lieben? Worin beruht die Quelle ihrer Gleichgültigkeit? Ich möchte meiner Tante nicht glauben, dass die Vernunft hinreicht, um sie bei einer solchen Ergebenheit zu erhalten.« Sie seufzte nochmals, als ihr Jäger den eleganten Tritt niederschlug, von dem sie unter das Vordach ihres Hotels sprang. Hastig eilte sie die Treppe hinauf und trat in ihr Zimmer, zuckte aber vor Schrecken zusammen, als sie ihren Mann auf einem Stuhl neben dem Kamin sitzen sah. Er zeigte ihr ein erzürntes Antlitz. »Seit wann besuchen Sie die Bälle ohne mich, meine Liebe? ... Ohne mich davon zu benachrichtigen? ...«, fragte er mit erregter Stimme. »Wissen Sie, dass eine Frau nie den gebührenden Platz findet, wenn sie ohne ihren Mann irgendwo erscheint? ... Sie wurden außerordentlich zurückgesetzt, indem man Sie in jenen dunklen Winkel drängte! ...«

»O mein guter Leon«, sagte sie in einem schmeichelnden Ton. »Ich vermochte dem Glück nicht zu widerstehen, Dich zu sehen, ohne dass Du mich sähest. Meine Tante hat mich auf den Ball geführt und ich war dort sehr glücklich!«

Diese Worte verbannten plötzlich aus den Blicken des Grafen die erzwungene Strenge. Es war leicht zu erraten, dass er sich selbst die lebhaftesten Vorwürfe mache, dass er die Rückkehr seiner Frau gefürchtet habe und überzeugt sei, sie habe auf dem Balle sich von einer Untreue überzeugt, die er ihr hoffte, verbergen zu können. Er folgte daher dem Gebrauch solcher Liebenden, die ihre Schuld erkennen, und versuchte den gerechten Zorn der Gräfin zu vermeiden, indem er sich erzürnt gegen sie stellte. Überrascht blickte er nun schweigend seine Gattin an. Sie schien ihm schöner als je, in dem glänzenden Schmuck, der in diesem Augenblick ihre Reize hob.

Was dagegen die Gräfin betraf, so freute sie sich, ihren Mann lächeln zu sehen und ihn zu dieser nächtlichen Stunde in einem Zimmer zu finden, das er seit einiger Zeit weniger häufig besucht hatte. Sie errötete und richtete verstohlene Blicke auf ihn, in denen aber ein Reichtum der Liebe und Hoffnung lag. Soulanges wurde umso trunkener durch sein Glück und seine Liebe, da dieser Auftritt auf die Qualen folgte, die er während des Balles erlitten hatte, und ergriff die Hand seiner Frau, um sie dankbar zu küssen.

»Hortense, was trägst Du denn an Deinem Finger, das mich so hart an die Lippen drückt?«, fragte er lachend.

»Es ist mein Diamant, den Du verloren zu haben glaubtest. Ich habe ihn heute Abend in einem Schubfach meiner Toilette wiedergefunden.«

Der Graf bewunderte eine so große Nachsicht, und am folgenden Morgen konnte Frau von Soulanges unter den wiedergefundenen Diamanten neue Haare legen, die nicht wieder weggeworfen wurden, wie die früheren.

Ein Drama am Ufer des Meeres

Die jungen Leute haben fast alle einen Zirkel, mit dem sie sich darin gefallen, die Zukunft zu messen; wenn ihr Wille sich mit der Kühnheit des Winkels vereint, den sie öffnen, so gehört ihnen die Welt. Aber diese Erscheinung des Seelenlebens gilt nur bis zu einem bestimmten Alter. Dieses Alter, das bei jedem Manne die Jahre zwischen zweiundzwanzig und achtundzwanzig umfasst, ist das Alter der großen Gedanken, der ersten Konzeptionen, weil es das Alter der ungeheuren Wünsche ist, das Alter, in dem man an nichts zweifelt: Wer zweifelt, bekennt seine Unfähigkeit. Nach diesem Alter, das so schnell wie die Saatzeit verläuft, kommt das der Erfüllung. Es gibt gewissermaßen zwei Jugendalter: Die Jugend, in der man glaubt, und die Jugend, in der man handelt; bei den von der Natur begünstigten Menschen vereinigen sie sich oft, und das sind, wie Cäsar, Newton und Bonaparte, die größten unter den großen Menschen.

Ich berechnete, wie viel ein Gedanke an Zeit braucht, um sich zu entwickeln, und, meinen Zirkel in der Hand, auf einem Felsen stehend, hundert Klafter über dem Ozean, dessen Wellen in der Brandung spielten, maß ich meine Zukunft, indem ich sie mit Werken ausfüllte wie ein Ingenieur, der, auf einem leeren Feld, Befestigungen und Paläste absteckt. Das Meer war schön; ich hatte mich eben nach dem Schwimmen angezogen; ich erwartete Pauline, meinen Schutzengel, die in einem Granitbecken badete, der reizendsten Wanne, die die Natur für ihre Seenixen geschaffen hat. Wir befanden uns am äußersten Ende von Le Croisic, einer lieblichen Halbinsel der Bretagne; wir waren weit vom Hafen, an einer Stelle, die der Fiskus für so unzugänglich gehalten hat, dass der Zollbeamte dort fast niemals vorbeikommt. In den Lüften zu schwimmen, nachdem man im Meer geschwommen hat! Ach, wer hätte nie in der Zukunft geschwommen? Warum dachte ich? Warum kommt ein Unglück? Wer weiß es? Die Gedanken überfallen dein Herz oder deinen Kopf, ohne dich zu befragen. Keine Kurtisane war je grillenhafter noch gebieterischer, als es die Konzeption für die Künstler ist; man muss sie im rechten Augenblick wie das Glück bei der Stirnlocke fassen. Hinaufgeklettert auf meinen Gedanken, wie Astolph auf seinen Hippogryph, ritt ich also durch die Luft, um dort ganz nach meinem Willen zu schalten. Als ich um mich her nach einem Vorzeichen suchen wollte für die kühnen Gebilde, die meine tolle Eingebung mir zu unternehmen riet, übertönte ein holder Schrei, der Schrei einer Frau, die uns in der Stille einer Einöde ruft, der Schrei einer Frau, die, belebt und fröhlich, aus dem Bade steigt, das Murmeln des unaufhörlich beweglichen Saumes, den Ebbe und Flut an den Buchten des Ufers abzeichneten. Als ich diese Seelenregung vernahm, glaubte ich zwischen den Felsen den Fuß eines Engels gesehen zu haben, der, seine Flügel ausbreitend, gerufen hatte: »Du wirst Erfolg haben!« Ich stieg hinab, strahlend, leicht; ich kletterte hüpfend wie ein Stein, der einen steilen Abhang hinunterrollt. Als sie mich sah, sagte sie: »Was hast du?« Ich antwortete nicht; meine Augen wurden feucht. Tags vorher hatte Pauline meine Schmerzen begriffen, so wie sie jetzt meine Freude begriff, mit der magischen Feinfühligkeit einer Harfe, die den Veränderungen der Atmosphäre unterworfen ist. Das menschliche Leben hat schöne Augenblicke! Wir gingen schweigend den Strand entlang. Der Himmel war ohne Wolken, das Meer ohne Furchen; andere hätten darin nichts gesehen als zwei blaue Steppen, eine über der anderen; aber wir, wir, die wir uns verstanden, ohne des Worts zu bedürfen, wir, die wir zwischen Himmel und Meer, diesen beiden Winkeln des Unendlichen, die Illusionen spielen lassen konnten, von denen man sich in der Jugend nährt, wir drückten uns die Hände bei der geringsten Bewegung, die sich zeigte, sei es auf der Wasserfläche, sei es in den Luftwellen. Wir nahmen diese flüchtigen Erscheinungen für den körperlichen Ausdruck unser beider Gedanken. Wer hat nie im Genuss den Augenblick unbegrenzter Freude gekostet, wo die Seele sich von den Fesseln des Fleisches gelöst zu haben scheint und sich gleichsam dem Weltall hingegeben fühlt, von dem sie gekommen ist? Der Genuss ist nicht unser einziger Führer in diesen Regionen. Gibt es nicht Stunden, wo die Gefühle sich ineinanderschlingen und dann losstürmen, wie zwei Kinder sich oft bei der Hand fassen und dann zu laufen anfangen, ohne zu wissen warum? Gingen auch wir so einher?

In dem Augenblick, wo die Dächer der Stadt am Horizont auftauchten, auf dem sie eine graue Linie abzeichneten, begegneten wir einem armen Fischer, der nach Le Croisic zurückkehrte; er war barfuß; seine Leinwandhosen waren unten zerrissen, durchlöchert, schlecht geflickt; er trug ein Hemd aus Segelleinwand, zerfranste Hosenträger und einen Lumpen als Rock. Dieses Elend tat uns weh, gleich als wenn eine Dissonanz mitten in unsere Harmonien gedrungen wäre. Wir sahen uns an, um uns gegenseitig zu bedauern, dass wir in diesem Augenblick nicht die Kraft hatten, aus den Schätzen von Abulkassim zu schöpfen. Wir bemerkten eine prächtige Hummer und eine Seespinne, die an einer Schnur befestigt waren, welche der Fischer in seiner rechten Hand hin und her bewegte, während er in der andern sein Segel- und Fanggerät hielt. Wir gingen auf ihn zu, in der Absicht, ihm seinen Fisch abzukaufen, ein Gedanke, der uns beiden gleichzeitig kam, und der sich in Paulines Lächeln ausdrückte, auf das ich mit einem leichten Druck ihres Armes antwortete, den ich an meine Brust zog. Das sind Geringfügigkeiten, die hernach die Erinnerung zu einem Gedicht gestaltet, wenn wir uns, beim Schein des Feuers, der Stunde erinnern, wo dieses Nichts uns bewegt hat, des Orts, wo es sich zugetragen hat, und des Wahns, dessen Wirkungen noch nicht festgestellt sind, der sich aber oft aus den Dingen entwickelt, die uns umgeben, in den Augenblicken, wo das Leben leicht und unser Herz voll ist. Die schönsten Stätten sind unsere eigne Schöpfung. Welcher Mensch, der ein wenig Dichter ist, hat nicht in seiner Erinnerung ein Fleckchen Erde, das dort einen größeren Platz einnimmt als all' die berühmten Bilder aus fremden Ländern, die man nur unter hohen Kosten aufgesucht hat. Das ist die Stätte seiner stürmischsten Gedanken, seiner kühnsten Hoffnungen.

In diesem Augenblick warf die Sonne, gleich gestimmt mit jenen Gedanken der Liebe oder der Sehnsucht, auf die fahlen Hänge des Felsens einen brennenden Schein; einige Gebirgsblumen zogen die Aufmerksamkeit auf sich; Ruhe und Schweigen steigerten noch den Eindruck dieser düsteren Kluft, die nur durch unsern Traum belebt wurde; wie schön wurde sie mit ihrer dürftigen Vegetation, ihren glühenden Kamillen, ihren haarigen, sammetartigen Blättern! Welch endloses Fest, prächtiger Schmuck, selige Steigerung der menschlichen Kräfte! Schon einmal hatte der See von Bienne, der Blick auf die Insel Saint-Pierre so zu mir gesprochen; der Felsen von Le Croisic wird vielleicht die letzte dieser Freuden gewesen sein! Doch was wird dann aus Pauline werden?

»Sie haben heute Morgen einen schönen Fang gemacht, mein Lieber?«, sage ich zu dem Fischer.

»Ja, mein Herr«, antwortete er, indem er stehen blieb und uns das gebräunte Gesicht der Leute zeigte, die stundenlang den Rückstrahlungen der Sonne über dem Wasser ausgesetzt sind.

Dieses Gesicht kündigte eine tiefe Resignation an, die Geduld des Fischers und seine wilden Sitten. Dieser Mann hatte eine Stimme ohne

Klang, gutmütige Lippen, keinerlei Ehrgeiz, irgendetwas Dürftiges, Armseliges. Jede andere Physiognomie hätte uns missfallen.

»Wohin bringen Sie das zum Verkauf?«

»Nach der Stadt.«

»Wie viel wird man Ihnen für den Hummer geben?«

»Fünfzehn Sous.«

»Für die Seespinne?«

»Zwanzig Sous.«

»Warum solch ein Unterschied zwischen dem Hummer und der Seespinne?«

»Mein Herr, die Seespinne ist sehr viel feiner; und dann ist sie boshaft wie ein Affe und lässt sich nur selten fangen.«

»Wollen Sie uns das Ganze für hundert Sous lassen?«, sagte Pauline.

Der Mann war wie versteinert.

»Du wirst es nicht dafür bekommen!«, sagte ich lachend; »ich gebe zehn Frank. Man muss für seine Gemütsregungen zu zahlen wissen, was sie wert sind.«

»Nun gut!«, antwortete sie, »ich werde es doch haben, ich gebe zehn Frank zwei Sous.

»Zehn Sous.«

»Zwölf Frank.«

»Fünfzehn Frank.«

»Fünfzehn Frank fünfzig Centimes«, sagte sie.

»Hundert Frank.«

»Hundertundfünfzig.«

Ich verneigte mich. Wir waren in diesem Augenblick nicht reich genug, um den Preis noch höher zu treiben. Unser guter Fischer wusste nicht, ob er sich über eine Täuschung ärgern oder sich freuen sollte; es gelang uns nur mit Mühe, ihm den Namen unserer Wirtin zu geben und ihm aufzutragen, den Hummer und die Seespinne zu ihr zu bringen.

»Verdienen Sie Ihren Lebensunterhalt?«, fragte ich ihn, um zu erforschen, welcher Ursache sein Elend zuzuschreiben war.

»Mit viel Mühe und Not«, sagte er. »Der Fischfang vom Meeresufer aus ist für den, der weder Barke noch Netz hat und ihn nur mit Falle oder

Angel betreiben kann, ein unsicherer Erwerb. Sehen Sie, man muss auf den Fisch oder die Muschel lauern, während die großen Fischer sie aus dem offenen Meere holen. Es ist so schwer, auf diese Weise seinen Lebensunterhalt zu verdienen, dass ich der Einzige bin, der an der Küste fischt. Ich verbringe ganze Tage, ohne etwas mitzubringen. Damit ich einen Fang machen kann, muss schon eine Seespinne verschlafen haben oder ein Hummer weit genug verschlagen sein, um zwischen den Felsen stecken zu bleiben. Manchmal kommen Lubinen hierher nach der Flut; dann fasse ich sie.«

»Nun, wie viel verdienen Sie im Ganzen täglich?«

»Elf oder zwölf Sous. Ich würde damit durchkommen, wenn ich allein wäre; aber ich habe meinen Vater zu ernähren, und der arme Mann kann mir nicht helfen: Er ist blind.«

Bei diesen Worten, die so schlicht gesprochen waren, sahen wir uns schweigend an, Pauline und ich.

»Sie haben eine Frau oder eine gute Freundin?«

Er warf uns einen der jammervollsten Blicke zu, den ich je gesehen habe, während er erwiderte: »Wenn ich eine Frau hätte, müsste ich doch meinen Vater im Stich lassen. Ich kann nicht ihn ernähren und noch Frau und Kinder dazu.«

»Nun gut, mein armer Kerl, warum versuchen Sie nicht damit Geld zu verdienen, dass Sie am Hafen Salz tragen oder in den Salzteichen arbeiten?«

»Ach, mein Herr, ich würde diese Arbeit nicht drei Monate aushalten. Ich bin nicht kräftig genug, und wenn ich stürbe, müsste mein Vater betteln gehn. Ich brauche einen Beruf, der nicht mehr verlangt als ein wenig Geschicklichkeit und viel Geduld.«

»Und wie bringen es zwei Personen fertig, mit zwölf Sous täglich zu leben?«

»Oh, mein Herr, wir essen Buchweizenkuchen und Entenmuscheln, die ich von den Klippen losmache.«

»Wie alt sind Sie denn?«

»Siebenunddreißig.«

»Waren Sie auch mal fort von hier?

»Ich bin einmal nach Guérande gegangen, um mich zum Militär zu stellen, und habe mich nach Savenay begeben, um mich von Herren untersuchen zu lassen, die mich gemessen haben. Wenn ich einen Zoll mehr hatte, war ich Soldat. Ich wäre bei der ersten Strapaze krepiert, und mein armer Vater würde heute betteln.«

Ich habe viele Dramen ersonnen. Pauline war bei einem Menschen, der so litt wie ich, an starke Gemütsbewegungen gewöhnt; und dennoch! Noch niemals hatte weder sie noch ich Worte vernommen, die uns so bewegt hätten wie die des Fischers. Wir gingen einige Schritte schweigend, ermaßen beide die stumme Tiefe dieses unbekannten Lebens und bewunderten den Adel dieser Ergebenheit, die sich selbst nicht kannte; die Kraft dieser Schwäche setzte uns in Erstaunen; der sorglose Edelmut machte uns klein. Ich sah ganz instinktiv dieses arme Wesen an der Klippe geschmiedet, wie ein Galeerensklave an seine Kugel, und dort seit zwanzig Jahren auf Muscheln lauern, um sein Leben zu fristen, bestärkt in seiner Geduld durch ein einziges Gefühl. Wie viel Stunden wurden so verbracht in einem Winkel des Strandes! Wie viel Hoffnungen durch ein Körnchen, durch einen Wetterwechsel vernichtet! Er hing am Rande einer Granitplatte und hielt den Arm ausgestreckt wie ein indischer Fakir, während sein Vater, auf einem Schemel sitzend, in Stille und Dunkelheit darauf wartete, dass er die gemeinsten Muscheln und Brot bekam, wenn es dem Meer so beliebte.

»Trinken Sie manchmal Wein?«, fragte ich ihn.

»Drei oder viermal im Jahr.«

»Nun, dann sollen Sie heute welchen trinken, Sie und Ihr Vater, und wir werden Ihnen ein Weißbrot schicken.«

»Sie sind sehr gütig, mein Herr.«

»Wir werden Ihnen Mittagessen geben, wenn Sie uns am Meeresufer entlang bis nach Batz bringen wollen, wo wir uns den Turm ansehen werden, der das Wasserbecken und die Küste zwischen Batz und Le Croisic beherrscht.«

»Mit Vergnügen«, sagte er zu uns. »Gehen Sie gradeaus weiter und folgen Sie dem Weg, auf dem Sie sich befinden; ich treffe Sie dort, nachdem ich mich meines Geräts und meines Fischfangs entledigt habe.«

Wir machten ein Zeichen des Einverständnisses, und er schritt lustig nach der Stadt zu. Diese Begegnung erhielt unsere seelische Erregung, aber sie hatte unsere Fröhlichkeit gedämpft.

»Armer Mann«, sagte Pauline in jenem Ton, der der Teilnahme einer Frau das Verletzende nimmt, was Mitleid haben kann, »schämt man sich nicht, sich glücklich zu fühlen angesichts dieses Elends?«

»Nichts ist schmerzlicher, als unerfüllbare Wünsche zu haben«, antwortete ich ihr. »Diese beiden armen Wesen, der Vater und der Sohn, sie werden nicht mehr davon wissen, wie stark unser Mitgefühl für sie war, als die Welt weiß, wie schön ihr Leben ist, denn sie sammeln Schätze im Himmel.«

»Armes Land!«, sagte sie, indem sie auf ein Feld hinwies, das rings umgeben war von einer Mauer ausgedörrter Steine, von Kuhfladen, die symmetrisch aufgeschichtet waren. »Ich habe gefragt, was das wäre. Eine Bäuerin, die mit dem Aufschichten beschäftigt war, hat mir geantwortet, dass sie Holz mache. Stelle dir vor, mein Freund, dass, wenn diese Fladen getrocknet sein werden, die armen Leute sie sammeln, sie aufstapeln und damit einheizen. Im Winter verkauft man sie, wie man Lohkuchen verkauft. Was glaubst du wohl, wie viel die bestbezahlte Näherin verdient? Fünf Sous den Tag«, sagte sie nach einer Pause, »aber man gibt ihr zu essen.«

»Sieh nur, sage ich zu ihr, »die Seewinde dörren oder vernichten alles; es ist nicht ein Baum da; die Trümmer der außer Dienst gesetzten Fahrzeuge werden an die Reichen verkauft, denn die Transportkosten hindern die Leute ohne Zweifel daran, das Holz als Feuerung zu benutzen, an der es gerade der Bretagne mangelt. Dieses Land offenbart seine Schönheit nur den großen Seelen, gefühllose Menschen können darin nicht leben; es kann nur bewohnt werden von Dichtern oder von Teichmuscheln. Hat nicht der Salzspeicher auf diesen Felsen gesetzt werden müssen, damit er bewohnt wurde? Auf der einen Seite das Meer, hier Sand, darüber der Äther.«

Wir hatten die Stadt bereits hinter uns und befanden uns in einer Art Wüste, die Le Croisic von Bourg de Batz trennt. Stellen Sie sich, mein teurer Onkel, eine Steppe von zwei Quadratmeilen vor, angefüllt von dem schimmernden Sand, der am Meeresufer zu finden ist. Hier und da erhoben einige Felsen ihre Häupter, und Sie hätten gemeint, gigantische Tiere vor sich zu haben, die sich in den Dünen lagerten. Längs des Meeres wurden einige Riffe sichtbar, um die das Wasser spielte, indem es ihnen das Aussehen großer weißer Rosen gab, die über der Wasserfläche dahinschweben und sich auf das Ufer setzen wollen. Beim Anblick dieser Savanne, die zur Rechten von dem Ozean begrenzt, zur Linken von dem großen See umsäumt wird, der sich aus dem Durchbruch des Meeres zwischen Le Croisic und den sandigen Höhen von Guérande gebildet hat, an deren Fuße Salzteiche, entblößt von aller Vegetation, sich ausbreiten, bei diesem Anblick sah ich Pauline an und fragte sie, ob sie den Mut in sich fühle, der Sonnenhitze zu trotzen, und die Kraft, durch den Sand zu marschieren.

»Ich habe Schnürstiefel an, vorwärts«, sagte sie zu mir, indem sie auf den Turm von Batz zeigte, der die Sicht mit seinem gewaltigen Bau versperrte, welcher sich dort gleich einer Pyramide erhob, aber einer spindelförmigen, zierlich geschnittenen Pyramide, einer so fantastischen Pyramide, dass sie der Vorstellung erlaubte, die bedeutendste Ruine einer großen asiatischen Stadt vor sich zu sehen. Wir machten einige Schritte, um uns auf ein Stück Felsen zu setzen, das noch im Schatten lag; aber es war elf Uhr vormittags, und dieser Schatten, der bei unsern Füßen aufhörte, schwand reißend.

»Wie ist diese Stille schön«, sagte sie zu mir, »und welche Tiefe gewinnt sie durch das gleichmäßige Rauschen des Meeres an dieser Küste!«

»Wenn du dein Augenmerk«, antwortete ich ihr, »auf die drei Unermesslichkeiten richten willst, die uns umgeben, Wasser, Luft und Sand, und lauschst ausschließlich dem Klang, den Ebbe und Flut immer wieder hervorbringen, – du erträgst diese Sprache nicht, du glaubst einen Gedanken zu erfassen, der dich zu Boden drückt. Gestern, bei Sonnenuntergang, erlebte ich diese Sensation; sie hat mich niedergeschmettert.«

»O ja, sprechen wir«, sagte sie nach einer langen Pause. »Schweigen ist unerträglich. Ich glaube den Ursprung der Harmonien zu erfassen, die uns umgeben«, begann sie wieder. »Diese Landschaft, die nur drei scharf abgegrenzte Farben hat: das strahlende Gelb des Sandes, das Blau des Himmels und das gleichmäßige Grün des Meeres, ist groß, aber nicht wild, ist unendlich, aber nicht öde; sie ist monoton, aber nicht ermüdend; sie hat nur drei Elemente und ist doch mannigfach.«

»Nur die Frauen verstehen ihre Eindrücke so wiederzugeben«, erwiderte ich, »du würdest einen Dichter zur Verzweiflung bringen, teure Seele, die ich so wohl begriffen habe!«

»Die übermäßige Mittagshitze legt über jene drei Ausdrucksformen des Unendlichen eine verzehrende Farbe«, begann Pauline wieder. »Ich begreife hier die Dichtungen und die Leidenschaften des Orients.«

»Und ich begreife hier die Verzweiflung.«

»Ja«, sagte sie, »diese Düne ist ein erhabenes Kloster.«

Wir hörten den eiligen Schritt unseres Führers; er hatte Sonntagskleider angezogen. Wir richteten einige Worte an ihn; er glaubte zu bemerken, dass unsere Seelenverfassung sich geändert habe; und mit jener Zurückhaltung, die das Unglück verleiht, beobachtete er Stillschweigen. Obgleich wir uns von Zeit zu Zeit die Hand drückten, um uns unsere beiderseitigen Gedanken und Eindrücke mitzuteilen, schritten wir während einer halben Stunde schweigend einher, sei es, dass wir von der Hitze niedergedrückt waren, die in leuchtenden Wellen aus der Mitte der Sandwüste ausstrahlte, sei es, dass die Schwierigkeit des Marsches unsere Aufmerksamkeit in Anspruch nahm. Wir gingen Hand in Hand wie zwei Kinder; wir hätten nicht zwölf Schritte machen können, wenn wir uns den Arm gegeben hätten. Der Weg, der nach Bourg de Batz führt, war nicht abgesteckt; es genügte ein Windstoß, um die Spuren zu verwischen, die Pferdehufe oder Karrenräder zurückließen; aber das geübte Auge unseres Führers erkannte an etwas tierischem Kot, an ein paar Stückchen Pferdemist unsern Weg, der bald zum Meere hinablief, bald zur Höhe der Hänge hinanstieg oder um die Felsen herumführte. Zu Mittag hatten wir nicht mehr als den halben Weg zurückgelegt.

»Wir wollen uns dort unten ausruhen, sage ich, indem ich auf ein aus Felsen gebildetes Vorgebirge zeige, hoch genug, um vermuten zu lassen, dass wir dort eine Grotte finden würden.

Als er mich dies vorschlagen hörte, schüttelte der Fischer, der der Richtung meines Fingers gefolgt war, den Kopf und sagte zu mir: »Da ist jemand. Alle die von Bourg de Batz nach Le Croisic gehen oder von Le Croisic nach Bourg de Batz, machen einen Umweg, um dort nicht vorbeizukommen.« Die Worte dieses Mannes waren halblaut gesprochen und ließen ein Geheimnis ahnen.

»Ist es denn ein Dieb, ein Mörder?

Unser Führer antwortete uns nur durch ein tiefes Atemholen, das unsere Neugierde verdoppelte.

»Aber wenn wir da vorbeigehen, wird uns ein Unglück zustoßen?«

»O nein!«

»Gehen Sie mit uns dort lang?«

»Nein, mein Herr.«

»Wir werden dennoch hingehen, wenn Sie uns versichern, dass keine Gefahr für uns damit verbunden ist.«

»Das sage ich nicht«, antwortete der Fischer lebhaft. »Ich sage nur, dass der, der dort anzutreffen ist, Ihnen nichts sagen und Ihnen nichts Böses antun wird. O mein Gott! Er wird sich nicht einmal von seinem Platze rühren.

»Wer ist es denn?«

»Ein Mensch!«

Niemals sind zwei Silben so tragisch ausgesprochen worden.

In diesem Augenblick hatten wir uns auf zwanzig Schritt jenem Riff genähert, über das das Meer hinwegspülte; unser Führer schlug den Weg ein, der um die Felsen herumführte; wir gingen geradeaus weiter; aber Pauline fasste mich unter den Arm. Unser Führer beschleunigte seine Schritte, um zur gleichen Zeit mit uns die Stelle zu erreichen, wo die beiden Wege sich wieder vereinigten. Er nahm ohne Zweifel an, dass wir, nachdem wir den Menschen gesehen hätten, in beschleunigtem Schritt weitergehen würden. Dieser Umstand reizte unsere Neugierde, die nun so stark wurde, dass unsere Herzen klopften, als wenn uns ein Gefühl von Furcht befallen hätte. Trotz der Hitze des Tages und der Müdigkeit, die uns der Marsch durch den Sand verursacht hatte, waren unsere Seelen noch befangen in der unaussprechlichen Wollust eines harmonischen Entzückens; sie waren voll von jener reinen Freude, die man nicht anders wiedergeben kann als durch den Vergleich mit dem, was man beim Anhören einer lieblichen Musik empfindet, dem ›andiamo mio ben‹ von Mozart. Zwei echte Empfindungen, die sich miteinander vereinen, gleichen sie nicht zwei schönen Singstimmen? Um die Bewegung richtig würdigen zu können, die uns ergriffen hatte, muss man den halb wollüstigen Zustand mitempfinden, in den uns die Ereignisse dieses Vormittags versetzt hatten. Betrachte bewundernd eine Weile lang eine hübsch gefärbte Turteltaube, die auf einem biegsamen Zweige sitzt, nahe einer Quelle, und du wirst einen Schmerzensschrei ausstoßen, wenn du einen Sperber auf sie herabstoßen siehst, der ihr seine stählernen Krallen bis ins Herz gräbt und sie mit der mörderischen Geschwindigkeit davonträgt, die das Pulver der Kugel mitteilt. Als wir einen Schritt innerhalb des Raumes getan hatten, der sich vor der Grotte befand, eines freien Platzes, hundert Fuß über dem Ozean und geschützt gegen sein Toben durch einen Wasserfall abgebröckelter Felsen, da durchzuckte uns ein Schauder, fast wie wenn ein plötzlicher Lärm mitten in einer stillen Nacht uns aufschreckt. Auf einem Granitstück sitzend hatten wir einen Mann gesehen, der uns anblickte. Sein

Blick, dem Feuer einer Kanone gleichend, kam aus zwei blutunterlaufenen Augen, und seine stoische Unbeweglichkeit war nur zu vergleichen mit der unveränderlichen Stellung der Granithaufen, die ihn umgaben. Seine Augen machten eine langsame Bewegung, sein Körper blieb starr, als wäre er versteinert; und dann, nachdem er jenen Blick auf uns geworfen hatte, der uns lebhaft erschütterte, wandte er seine Augen zurück zur Weite des Ozeans, sah unverwandt daraufhin, trotz des Lichts, das daraus hervorstrahlte, so wie man sagt, dass die Adler in die Sonne sehen, ohne ihre Augenlider zu senken, und behielt sie fest darauf gerichtet. Versuchen Sie, mein teurer Onkel, sich einen jener alten Eichbaumstümpfe in Erinnerung zu rufen, deren knotiger Stamm, gestern vom Sturm seiner Äste beraubt, sich fantastisch an einem einsamen Weg erhebt, und Sie werden ein Bild jenes Menschen haben. Das waren die zerrütteten Formen eines Herkules, das Antlitz eines olympischen Jupiters, aber zerstört vom Alter, von der harten Arbeit des Seemanns, von Kummer, von grober Kost und wie von einem Blitzschlag geschwärzt. Als ich seine behaarten und schwieligen Hände ansah, erblickte ich Nerven, die eisernen Venen glichen. Alles an ihm kündigte eine starke Konstitution an. In einem Winkel der Grotte bemerkte ich einen Haufen Moos und auf einer grob behauenen Platte ein rundes angebrochenes Brot, das auf einer Steinkruke wie ein Deckel lag. Noch niemals, wenn meine Vorstellung mich zu den Wüsteneien trug, wo die ersten Anachoreten der Christenheit lebten, hat sie mir eine Gestalt von so gewaltiger Religiosität oder so schrecklicher Bußfertigkeit gezeigt, wie es bei diesem Menschen der Fall war. Sie, mein teurer Onkel, der Sie oft den Beichtstuhl versorgt haben, Sie haben vielleicht niemals eine so herrliche Gewissensqual gesehen, aber diese Gewissensqual war ertränkt in den Fluten des Gebets, des Gebets, das in stumme Verzweiflung übergeht. Dieser Fischer, dieser Seemann, dieser plumpe Bretone war geadelt durch ein unbekanntes Gefühl. Hatten diese Augen denn geweint? Diese Hand einer grob gehauenen Statue hatte sie geschlagen? Diese raue Stirn mit dem Ausdruck einer spröden Redlichkeit, auf der die Kraft dennoch die Spuren jener Güte zurückgelassen hatte, die die Mitgift aller wahren Stärke ist, diese runzelndurchzogene Stirn, stand sie in Harmonie mit einem großen Herzen? Warum lebte dieser Mensch zwischen den Granitfelsen? Eine ganze Welt von Gedanken stieg uns zu Kopf. Wie es unser Führer angenommen hatte, gingen wir schweigend vorbei, in Eile, und er sah uns von Schrecken ergriffen oder von Erstaunen erfüllt wieder, aber er berief sich uns gegenüber mit keinem Wort auf die Richtigkeit seiner Voraussage.

»Sie haben ihn gesehen?«, sagte er.

»Wer ist dieser Mann?«, sage ich.

»Man nennt ihn den ›Mann des Gelübdes‹«

Stellen Sie sich vor, mit welcher Bewegung sich bei diesem Worte unsere beiden Köpfe nach dem Fischer wandten! Er war ein einfacher Mann; er verstand unsere stumme Frage, und nun erzählte er uns in seiner Sprache, deren Volkstümlichkeit ich zu erhalten versuche.

»Gnädige Frau, die Leute von Le Croisic wie die von Batz glauben, dass dieser Mann irgendeine Schuld trägt und dass er eine Buße tut, die ihm von einem berühmten Pfarrer auferlegt ist, zu dem er beichten gegangen ist, noch weiter als bis Nantes. Andere glauben, dass Cambremer, so ist sein Name, ein Unglückspilz sei, und dass er jeden anstecke, der ihm in die Nähe kommt. Noch andere beobachten, bevor sie um seinen Felsen herumgehen, woher der Wind kommt! Wenn es Nordwestwind ist, würden sie ihren Weg nicht fortsetzen, und wenn es gälte, ein Stück des heiligen Kreuzes zu holen; sie kehren um, sie haben Furcht. Andere, die Reichen von Le Croisic, sagen, dass Cambremer ein Gelübde getan hat, daher sein Name ›Mann des Gelübdes‹. Er ist dort Tag und Nacht, ohne jemals fortzugehen. Diese Gerüchte haben etwas Vernünftiges an sich. – Sehen Sie«, sagte er, während er sich umwandte, um uns etwas zu zeigen, was wir nicht bemerkt hatten, »er hat dort links ein Holzkreuz errichtet, um anzukündigen, dass er sich unter den Schutz Gottes, der Heiligen Jungfrau und der Heiligen begeben hat. Er hat noch kein Wort gesprochen, seitdem er sich unter freiem Himmel eingeschlossen hat; er lebt von Brot und Wasser, welches ihm jeden Morgen die Tochter seines Bruders bringt, ein kleiner Knirps von zwölf Jahren, der er sein Hab und Gut vermacht hat und die ein reizendes Geschöpf ist, zart wie ein Lamm, ein allerliebstes, sehr drolliges Mädel. Sie hat Ihnen«, sagte er, indem er seinen Daumen zeigte, »blaue Augen so groß und darüber einen Engelschopf. Wenn man sie fragt: ›Sag doch, Pérotte (das will bei uns soviel heißen wie Pierrette; Sankt Peter ist ihr Schutzheiliger, Cambremer heißt Peter, er ist ihr Pate gewesen) – sag doch, Pérotte, was sagt dir denn dein Onkel?‹ – ›Er sagt mir nix‹, antwortet sie, ›gar nix, nix.‹– ›Schon gut! Was macht er dir?‹ – ›Er küsst mir am Sonntag die Stirn.‹ – ›Du hast keine Furcht?‹ – ›A wa‹, sagt sie, ›er ist mein Pate.‹ Er hat niemand anders haben wollen, der ihm zu essen bringen soll. Pérotte behauptet, dass er lächelt, wenn sie kommt; sie ist der Sonnenstrahl in seiner Düsternis.‹

»Aber Sie reizen«, sage ich, »unsere Neugierde, ohne sie zu befriedigen. Wissen Sie, was ihn dorthin geführt hat? Ist es der Kummer, ist es die Reue, ist es eine Manie, ist es ein Verbrechen, ist es ...«

»Ach, mein Herr, es gibt niemand außer meinem Vater und mir, die die Wahrheit dieser Sache wissen. Meine verstorbene Mutter war im Dienst bei einem Gerichtsbeamten, dem Cambremer auf Geheiß des Priesters alles gesagt hat, welcher ihm nur unter dieser Bedingung Absolution erteilen wollte, nach dem, was die Leute im Hafen sagen. Meine arme Mutter hat Cambremer belauscht, ohne es zu wollen; weil die Küche des Gerichtsherrn neben dem Saal lag, hat sie mitgehört! Sie ist tot; der Richter, der ihn verhört hat, ist ebenfalls verstorben. Meine Mutter hat uns das Versprechen abgenommen, meinem Vater und mir, den Leuten hier im Lande nichts zu verraten, aber das kann ich Ihnen sagen, dass an dem Abend, wo unsere Mutter uns das erzählt hat, mir die Haare zu Berge standen.

»Nun gut! Erzähl' uns das, mein Freund wir werden darüber mit niemandem sprechen.«

Der Fischer sah uns an und fuhr also fort: »Peter Cambremer, den Sie da gesehen haben, ist der Älteste der Cambremers, die, Väter und Söhne, alle Seeleute sind; ihr Name sagt es, das Meer hat immer unter ihnen geduckt. Dieser, den Sie gesehen haben, war Bootsfischer geworden. Er hatte also Barken, ging auf Sardellenfang, er betrieb auch die Hochseefischerei für die Händler. Er würde ein Schiff ausgerüstet und den Kabeljaufang betrieben haben, wenn er nicht seine Frau so sehr geliebt hätte, die eine schöne Frau war, eine Brouin aus Guérande, ein prächtiges Mädchen, die auch ein gutes Herz hatte. Sie liebte Cambremer so, dass sie niemals wollte, dass ihr Mann sie länger verließ, als es für den Sardellenfang nötig war. Sie wohnten dort unten, sehen Sie!«, sagte der Fischer, indem er auf eine Anhöhe stieg, um uns ein Inselchen in dem kleinen Binnenmeer zu zeigen, das sich zwischen den Dünen, über die wir gingen, und den Salzteichen von Guérande befindet, »sehen Sie dieses Haus? Es gehörte ihm. Jaquette Brouin und Cambremer hatten nur ein Kind, einen Jungen, den sie geliebt haben ... wie soll ich sagen? Ja, wie man eben das einzige Kind liebt; sie waren ganz vernarrt in ihn. Ihr kleiner Jacques hätte, mit Verlaub, in den Kochtopf machen können, und sie hätten es für Zucker gehalten. Wie viel Male haben wir sie doch gesehen, auf dem Markt, wenn sie das schönste Spielzeug für ihn kauften. Das war Unvernunft, alle Welt sagte es ihnen. Als der kleine Cambremer sah, dass ihm alles erlaubt war, wurde er ein sehr böses Kind. Wenn man zum Vater Cambremer sagte: ›Ihr Sohn hätte beinahe den kleinen Soundso getötet!‹, dann lachte er und sprach: ›Bah, das wird ein mutiger Seemann! Er wird die Flotten des Königs befehlen.‹ Oder: ›Peter Cambremer, wissen Sie, dass Ihr Junge der kleinen Pougaud ein Auge ausgestochen hat?‹ - ›Er wird die Mädchen lieben‹, antwortete Peter dann. Er fand alles gut. Nun, als der Bengel zehn Jahr alt war, prügelte er sich mit aller Welt und amüsierte sich damit, den Hühnern den Hals abzuschneiden, er schlitzte den Schweinen den Bauch auf und sielte sich dann in dem Blute rum wie ein Steinmarder. ›Das wird ein glänzender Soldat‹, sprach Cambremer, ›er mag gern Blut sehn.‹ Sehen Sie, was mich betrifft, ich habe mich alles dessen erinnert«, sagte der Fischer. »Und Cambremer auch«, fügte er nach einer Pause hinzu. »Mit fünfzehn oder sechzehn Jahren war Jacques Cambremer ... was, ein Raubtier, ein Haifisch? Er ging nach Guérande, um sich zu amüsieren, oder nach Savenay, um zu poussieren. Dann begann er seine Mutter zu bestehlen, die ihrem Manne nichts zu sagen wagte. Cambremer war ein Mann, der imstande war, zwanzig Meilen zu machen, um jemandem zwei Sous zurückzugeben, die man ihm auf eine Rechnung zu viel bezahlt hatte. Nun, eines Tages wurde die Mutter vollständig ausgeraubt. Während sein Vater auf Fischfang war, trug der Sohn das Büfett weg, die Schüsseln, die Wollsachen, die Wäsche, er ließ nichts zurück als die vier Wände. Er hatte alles verkauft, um davon in Nantes zu schlemmen. Die arme Frau hat darüber Tag und Nacht geweint. Sie hätte es dem Vater bei seiner Rückkehr sagen müssen, sie fürchtete den Vater, nicht ihretwegen, keineswegs! Als Peter Cambremer wiederkam und sein Haus mit Möbeln eingerichtet sah, die man seiner Frau geliehen hatte, sagte er: ›Was soll denn das sein?‹ Die arme Frau war mehr tot als lebendig, sie sprach: ›Wir sind bestohlen worden.‹ - ›Wo ist denn Jacques?‹ - ›Jacques ist angeheitert. Niemand wusste, wo der Kauz hin ist.‹ - ›Er amüsiert sich zu viel!‹, sagte Peter. Sechs Monate später erfuhr der arme Vater, dass sein Sohn von der Justiz in Nantes gefasst worden war. Er macht den Weg zu Fuß dorthin, kommt schneller hin als zu Wasser, nimmt seinen Sohn in Gewahrsam und bringt ihn her. Er fragt ihn nicht: ›Was hast du gemacht?‹ Er sagt zu ihm: ›Wenn du hier nicht zwei Jahre vernünftig mit deiner Mutter und mit mir zusammenlebst, zum Fischen gehst und dich wie ein anständiger Mensch benimmst, bekommst du es mit mir zu tun.‹ Der Rasende, der auf die Dummheit seiner Eltern baute, hat ihm ein Gesicht geschnitten. Darauf versetzt ihm Peter eine Maulschelle, die den Jacques sechs Monate aufs Bett geworfen hat. Die arme Mutter war halb tot vor Kummer. Eines Abends schläft sie friedlich an der Seite ihres Mannes, da hört sie einen Lärm, erhebt sich und bekommt einen Messerstich in den Arm. Sie schreit, man sucht nach Licht. Peter Cambremer sieht seine Frau verwundet; er glaubt, dass es ein Dieb ist, als wenn es hierzulande Diebe gäbe, wo man ohne Furcht zehntausend Franken in Gold von Le Croisic nach Saint-Nazaire bringen kann, ohne dass einen die Leute fragen, was man unterm Arme trägt. Peter sucht Jacques, er kann seinen Sohn nicht finden. Am nächsten Morgen hat dieses Ungeheuer nicht noch die Stirn, zurückzukommen mit der Erklärung, dass er nach Batz gegangen wäre! Brauche ich Ihnen zu sagen, dass seine Mutter nicht wusste, wo sie ihr Geld verstecken sollte? Cambremer seinerseits brachte das seine zu Herrn Dupotet in Le Croisic. Die Streiche ihres Sohnes hatten sie Hunderte von Talern, Hunderte von Franken und Goldstücken gekostet, sie waren gewissermaßen ruiniert, und das war hart für Leute, die ungefähr zwölftausend Franken hatten, einschließlich ihrer Insel. Niemand weiß, wie viel Cambremer in Nantes gegeben hat, um seinen Sohn wieder zu bekommen. Das Unglück richtete die Familie zugrunde. Der Bruder von Cambremer hatte Pech gehabt. Um ihn zu trösten, erzählte ihm Peter, dass Jacques und Pérotte (die Tochter des jüngsten Cambremer) sich heiraten würden. Dann beschäftigte er ihn, um ihm seinen Lebensunterhalt zu verschaffen, bei seinem Fischfang; denn Joseph Cambremer war darauf angewiesen, von seiner Hände Arbeit zu leben. Seine Frau war vom Fieber dahingerafft worden; es mussten die Nährmonate für Pérotte bezahlt werden. Die Frau von Peter Cambremer schuldete eine Summe von hundert Franken verschiedenen Personen für diese Kleine, für Wäsche, Sachen, und zwei oder drei Monatsgelder der großen Frelu, die ein Kind von Simon Gaudry hatte und Pérotte nährte. Die Cambremer hatte ein spanisches Goldstück in die Matratze eingenäht und drauf gestickt: ›Für Pérotte‹. Sie hatte eine gute Erziehung genossen, sie schrieb wie ein Kanzlist, und sie hat ihren Sohn lesen gelehrt, das ist es, was ihn zugrunde gerichtet hat. Niemand hat gewusst, wie das zuging, aber dieser Lumpen-Jacques hatte das Gold gerochen, hatte es gegriffen und war nach Le Croisic schmausen gegangen. Der gute Cambremer kam eigens mit seiner Barke nach Hause. Beim Aussteigen sieht er ein Stück Papier flattern, greift es, bringt es seiner Frau, die auf den Rücken fällt, als sie ihre eigenen Schriftzüge wieder erkennt. Cambremer sagt nichts, geht nach Le Croisic, erfährt dort, dass sein Sohn beim Billard ist; alsdann lässt er die gute Frau, die das Café hat, rufen und sagt zu ihr: ›Ich habe Jacques geheißen, nicht ein Goldstück für seine Zeche bei Ihnen auszugeben; geben Sie es mir wieder, ich warte an der Tür und werde Ihnen gutes Silber dafür geben.‹ Die gute Frau brachte ihm das Goldstück. Cambremer nimmt es und sagt: ›Ist gut!‹ und kehrt nach Hause zurück. Die ganze Stadt hat das zu wissen bekommen. Aber jetzt kommt das, was ich allein weiß und worüber die anderen nur eine ungefähre Vermutung haben. Er sagt seiner Frau, sie solle ihr Zimmer, das unten liegt, in Ordnung bringen; er macht Feuer im Kamin, zündet zwei Lichter an, stellt zwei Stühle auf die eine Seite des Herdes und einen Schemel auf die andere, heißt seine Frau, ihm seinen Hochzeitsanzug reichen, und befiehlt ihr, sich auch fein zu machen. Er kleidet sich an. Als er fertig ist, holt er seinen Bruder und trägt ihm auf, vor dem Hause Wache zu stehn, um ihm zu melden, wenn er an einem der beiden Ufer Lärm hört, dem hier und dem an den Sümpfen von Guérande. Er kommt zurück, als er glaubt, dass seine Frau angezogen ist, er lädt ein Gewehr und versteckt es in der Kaminecke. Da kommt Jacques; er kommt spät; er hatte bis zehn Uhr gezecht und gespielt; er hatte den Weg über die Landzunge von Carnouf genommen. Sein Onkel hört ihn rufen, holt ihn vom Teichufer und bringt ihn rüber, ohne ein Wort zu sprechen. Wie er eintritt, sagt sein Vater zu ihm: ›Setz dich dahin‹, wobei er auf den Schemel weist. ›Du stehst‹, sagt er, ›vor deinem Vater und deiner Mutter, gegen die du dich vergangen hast, und die über dich zu richten haben.‹ Jacques begann zu schreien, weil das Gesicht Cambremers seltsam verzerrt war. Die Mutter saß stocksteif da. ›Wenn du schreist, wenn du dich rührst, wenn du nicht wie ein Mast auf deinem Schemel sitzt‹, sagte Peter, indem er sein Gewehr auf ihn richtete, ›schieße ich dich wie einen Hund nieder.‹ Der Sohn wurde stumm wie ein Fisch; die Mutter hat nichts gesprochen. ›Hier ist ein Stück Papier‹, sagte Peter zu seinem Sohn, ›in das ein Goldstück eingewickelt war; das Goldstück war im Bett deiner Mutter; deine Mutter allein wusste den Platz, wo sie es hingelegt hatte; ich habe das Papier am Wasser gefunden, als ich hier an Land ging; heute Abend hast du dies Goldstück der Mutter Fleurant gegeben, und deine Mutter hat ihr Goldstück nicht mehr in ihrem Bett gesehen. Erkläre dich.‹ Jacques sagte, dass er das Goldstück seiner Mutter nicht weggenommen, dass er dieses Stück noch von Nantes her habe. ›Um so besser‹, sagte Peter. ›Wie kannst du uns das beweisen?‹ - ›Ich hab' es gehabt.‹ - ›Du hast das nicht von deiner Mutter genommen?‹ - ›Nein.‹ - ›Kannst du das bei deiner ewigen Seligkeit beschwören?‹ Er wollte schwören; seine Mutter richtete ihre Augen auf ihn und sagte zu ihm: ›Jacques, mein Kind, nimm dich in acht, schwöre nicht, wenn das nicht wahr ist; du kannst dich bessern, kannst bereuen; noch ist es Zeit.‹ Und sie weinte. ›Ihr zwei beiden seid es‹, sagte er zu ihr, ›die immer mein Verderben gewollt haben.‹ Cambremer erbleichte und sprach: ›Das, was du eben zu deiner Mutter gesagt hast, macht deine Rechnung voll. Kommen wir zur Sache. Schwörst du?‹ - ›Ja.‹ - ›Sieh mal an‹, sagte er, ›war auf deinem Goldstück dieses Kreuz, dass der Sardellenhändler, der es mir gegeben hat, auf das unsere gesetzt hat?‹ Jacques wurde nüchtern und begann zu weinen. ›Genug geschwätzt‹, sagte Peter. ›Ich spreche dir nicht davon, was du vordem gemacht hast, ich will nicht, dass ein Cambremer dazu bestimmt sein soll, auf dem Platz von Le Croisic zu sterben. Sprich dein Gebet, und beeilen wir uns! Es wird ein Priester kommen, um dir die Beichte abzunehmen.‹ Die Mutter war rausgegangen, um nicht die Aburteilung ihres Sohnes mit anzuhören. Als sie draußen war, kam der Onkel Cambremer mit dem Rektor von Piriac, dem Jacques nichts sagen wollte. Er war schlau, er kannte seinen Vater genug, um zu wissen, dass er ihn nicht ohne Beichte töten würde. ›Danke sehr, mein Herr, entschuldigen Sie uns‹, sagte Cambremer zu dem Priester, als er den Starrsinn Jacques sah. ›Ich wollte meinem Sohn eine Lektion erteilen, und wollte Sie bitten, darüber nicht zu sprechen. Du‹, sagte er zu Jacques, ›wenn du dich nicht besserst, dann mache ich ohne Beichte ein Ende mit dir.‹ Er schickte ihn zu Bett. Das Kind glaubte ihm und bildete sich ein, dass es sich mit seinem Vater wieder aussöhnen könne. Er schlief ein. Der Vater blieb auf. Als er sah, dass sein Sohn in tiefstem Schlafe lag, bedeckte er ihm den Mund mit Hanf, band ihn mit einem Stück Schleier fest zu; dann fesselte er ihm die Hände und Füße. Er raste, er schwitzte Blut, wie Cambremer dem Gerichtsbeamten später gesagt hat. Was soll ich Ihnen sagen? Die Mutter warf sich dem Vater zu Füßen. – ›Er ist gerichtet‹, sprach er, ›du wirst mir ihn in die Barke bringen helfen.‹ Sie weigerte sich. Cambremer brachte ihn allein hinein, warf ihn auf den Boden, band ihm einen Stein um den Hals, dann verließ er die Bucht, ging auf die See hinaus und kam zur Höhe des Felsens, wo er sich jetzt aufhält. Als dann die gute Mutter sich hierher von ihrem Schwager hatte bringen lassen, da hatte sie gut um Gnade rufen! Das war so viel, als wenn man mit einem Stein nach einem Wolf wirft. Es war Mondschein, sie hat es gesehen, wie der Vater ihr Herzenskind ins Meer warf, und da kein Lüftchen wehte, hat sie es aufklatschen hören. Dann Stille, keine Welle, keine Furche; das Meer wacht gut! Cambremer ging an Land, um seine wimmernde Frau zum Schweigen zu bringen, er fand sie wie tot, es war den beiden Brüdern unmöglich, sie zu tragen, man musste sie in die Barke bringen, die soeben den Sohn getragen hatte, und dann fuhren sie sie über Le Croisic nach Hause. Ah, ja! Die schöne Brouin, wie man sie nannte, hat keine acht Tage mehr gemacht; als sie im Sterben lag, bat sie ihren Mann, die verfluchte Barke zu verbrennen. Er hat es getan. Und er, er ist ganz wirr geworden, er wusste nicht mehr, was er wollte; er schwankte beim Gehen wie ein Mann, der keinen Wein vertragen kann. Dann hat er eine Reise von zehn Tagen gemacht und ist heimgekehrt zu jenem Platze, wo Sie ihn gesehen haben, und seitdem er dort ist, hat er kein Wort gesprochen.«

Der Fischer hatte nur ein paar Augenblicke gebraucht, um uns diese Geschichte zu erzählen, und er hat sie noch viel einfacher gesagt, als ich sie niedergeschrieben habe. Die Leute aus dem Volke überlegen wenig, wenn sie etwas erzählen; sie nennen das Ding beim Namen, das auf sie Eindruck gemacht hat, und geben es so wieder, wie sie es empfinden.

»Ich gehe nicht mehr nach Batz«, sagte Pauline, als wir den oberen Rand des Sees erreicht hatten. Wir kehrten über die Salzteiche nach Le Croisic zurück, durch das Labyrinth hindurch, aus dem uns der Fischer hinausführte, der selbst schweigsam wie wir geworden war. Unsere Seelenverfassung hatte sich gewandelt. Wir waren alle beide in finstre Gedanken versunken, erschüttert von diesem Drama, welches die plötzliche Ahnung erklärte, die uns beim Anblick Cambremers befallen hatte. Wir wussten die eine wie der andere genügend von der Welt, um von diesem Leben zu dritt alles zu erraten, was uns unser Führer davon verschwiegen hatte. Das Unglück dieser drei Wesen hellte sich uns vor Augen, als wenn wir sie in den Szenen eines Dramas gesehen hätten, das dieser Vater durch die Sühne seines notgedrungenen Verbrechens krönte. Wir wagten nicht zu dem Felsen zurückzublicken, wo sich der unglückliche Mensch befand, der einem ganzen Lande Furcht einflößte. Wolken verhüllten den Himmel; am Horizont stieg Dampf empor, wir gingen inmitten der allerdüstersten Natur, die ich jemals angetroffen habe. Wir schritten durch eine Landschaft, die leidend, krankhaft erschien; Salzsümpfe, die man mit vollem Recht die Skrofeln der Erde nennen könnte. Dort ist der Boden in ungleiche Vierecke eingeteilt, die alle von gewaltigen Böschungen aus grauer Erde eingerahmt werden, und die mit einem brackigen Wasser angefüllt sind, auf dessen Oberfläche das Salz erscheint. Diese Schluchten, von Menschenhand hergerichtet, sind innen in Streifen eingeteilt, längs deren mit langen Rechen ausgerüstete Arbeiter schreiten, um damit diese Salzlake abzuschäumen und das Salz, wenn es zu Haufen geschüttet werden kann, auf runde Schwellen zu bringen, die in Abständen angebracht sind. Zwei Stunden schritten wir an diesem traurigen Schachbrett entlang, wo das Salz mit seinem Überfluss die Vegetation erstickt und wo wir dann und wann einige »Paludiers« bemerkten, wie man die Leute, die das Salz fördern, genannt hat. Diese Leute, oder vielmehr dieser Stamm von Bretonen, trägt eine besondere Kleidung, eine weiße Jacke, ganz ähnlich der der Bierbrauer. Sie heiraten untereinander. Es gibt kein Beispiel dafür, dass eine Tochter dieses Stammes einen anderen Mann als einen Paludier geheiratet hätte. Der fürchterliche Anblick dieser Sümpfe mit ihrem gleichmäßig abgetragenen Schlamm und dieser grauen Erde, der Schrecken der bretonischen Flora, stand im Einklang mit der Trauer unserer Seele. Als wir die Gegend erreicht hatten, wo man den Meeresarm überschreitet, der von dem Einbruch des Wassers in diesen Grund gebildet wird und von dem ohne Zweifel die Salzsümpfe gespeist werden, bemerkten wir mit Vergnügen die spärliche Vegetation, die der Küstensand trägt. Bei der Überfahrt sahen wir mitten im See die Insel liegen, wo einst die Cambremer wohnten; wir wandten den Kopf weg.

Als wir nach unserm Gasthaus kamen, bemerkten wir ein Billard, das in einem kleinen Saal stand, und als wir erfuhren, dass dies das einzige öffentliche Billard war, das es in Le Croisic gab, trafen wir in der Nacht unsere Reisevorbereitungen; am nächsten Tag waren wir in Guérande. Pauline war noch in trauriger Stimmung, während ich bereits das Herannahen jenes Feuers fühlte, das jetzt in meinem Hirn brennt. Ich wurde von den Visionen, die ich von diesen drei Wesen hatte, so grausam gemartert, dass Pauline zu mir sagte: »Louis, schreibe das nieder, dann wirst du das Fieber überwinden.

So habe ich Ihnen denn dieses Abenteuer beschrieben, mein teurer Onkel; aber es hat mich schon um die Ruhe gebracht, die ich meinen Bädern und unserm Aufenthalt hier verdankte.

Das Haus Nucingen

Ihr wisst, wie dünn die Scheidewände sind, die in den vornehmen Pariser Speiselokalen die kleinen Einzelräume voneinander trennen. Bei Véry zum Beispiel befindet sich mitten im großen Saal eine Scheidewand, die je nach Bedarf entfernt und wieder eingesetzt werden kann. Nicht hier war der Schauplatz dessen, was ich berichten will, sondern an einem andern schönen Ort, den ich jedoch nicht nennen mag. Wir waren zu zweit, und ich sage daher mit Henry Monniers Prudhomme: ›Ich möchte sie nicht kompromittieren.‹ In so einem behaglichen kleinen Salon saßen wir und ließen uns die prächtigen Leckereien eines vorzüglichen Mahles schmecken, wobei wir uns, da wir uns über die geringe Stärke der Wände vergewissert hatten, nur mit leiser Stimme unterhielten. Schon waren wir beim Braten angelangt, und noch immer war das Nachbarzimmer leer, nur das Knistern des Kaminfeuers drang zu uns herüber. Als es aber acht Uhr schlug, wurde es drüben laut; man hörte sprechen und Füße scharren; die Kellner schienen Kerzen herbeigebracht zu haben, und es war klar: Der Salon nebenan war besetzt worden. Als ich die Stimmen vernahm, erkannte ich, mit welchen Leuten wir es zu tun hatten. Es waren vier der kecksten Kormorane, die sich je auf den ewig wechselnden Fluten der Gegenwart geschaukelt, liebenswürdige junge Leute, deren Lebensweg recht ungewiss, deren Vermögen und Besitztum man nicht kennt, und die sich dennoch nichts abgehen lassen. Diese geistigen Kondottieri des heutigen Kampfes ums Dasein, der grausamer ist als alle andern Kriege, überlassen die Sorgen ihren Gläubigern, behalten für sich das Vergnügen und kümmern sich um nichts als ihre Kleidung. Übrigens sind sie tapfer genug, wie Jean Bart auf einem Pulverfass ihre Zigarre zu rauchen – vielleicht allerdings nur, um nicht aus der Rolle zu fallen. Sie sind spöttischer als die boshafteste kleine Tageszeitung: Spötter, die sich selbst verspotten! Ungläubig und scharfsinnig, verstehen sie sich darauf, stets etwas Gewinnbringendes aufzuspüren, sind begehrlich und verschwenderisch, neidisch auf andere, aber mit sich zufrieden; augenscheinlich große Politiker, die alles zergliedern, alles erraten, ist es ihnen doch noch nicht gelungen, sich einen Weg in jene Welt zu bahnen, in der sie zu glänzen beabsichtigen. Ein Einziger von den vieren hat sich emporgeschwungen, aber nur bis an den Fuß der Leiter. Bei solchem Hinaufkommen ist Geld das wenigste, und so ein Streber weiß erst nach sechs Monaten der Kriecherei und Speichelleckerei, was alles ihm zum Weiterkommen fehlt. Jener eine Emporkömmling, namens Andoche Finot, brachte es fertig, vor denen, die ihm nützlich sein konnten, auf dem Bauch zu liegen und zu denen, die er nicht mehr nötig hatte, unverschämt zu sein. Ähnlich den Groteskgestalten im Ballett von Gustave ist er Marquis von hinten und Schurke von vorn. Dieser Geschäftsprälat hat einen Schleppenträger: Emile Blondet, Zeitungsredakteur, ein Mann von Geist, doch flatterhaft, begabt und faul, kurz, ein Blender. Er lässt sich gehen und lässt sich ausnutzen, ist bald nichtswürdig, bald redlich – aus Laune; ein Mann, den man gern hat, aber nicht achten kann. Zierlich und anschmiegend wie eine Tänzerin, ist Emile unfähig, seine Feder oder sein Herz dem zu verweigern, der eins von beiden erbäte; er ist der bezauberndste jener Weibmänner, von denen ein geistvoller und fantastischer Kopf gesagt hat: ›Ich liebe sie mehr in Seidenschuhen als in Stiefeln.‹ Der dritte, Couture, lebt von der Spekulation. Er pfropft Geschäft auf Geschäft, der Erfolg des einen deckt den Misserfolg des andern; er lebt von heute auf morgen, vom Spiel oder irgendeinem geschäftlichen Gewaltstreich; er schwimmt hierhin und dorthin, um im endlosen Meer der Pariser Geschäftswelt eine Insel zu finden, umstritten genug, um es wagen zu können, von ihr Besitz zu ergreifen. Augenscheinlich hat er seinen rechten Platz noch nicht gefunden. Was den Letzten, den boshaftesten der vier, anlangt, so genügt sein Name: Bixiou! Ach, es ist nicht mehr der Bixiou von 1825, sondern jener von 1836, der menschenfeindliche Spaßmacher voll Begeisterung und Bosheit; ein Teufel, voll Wut, sich unwürdig verschwendet zu haben, voll Wut, aus der letzten Revolution ohne Beute hervorgegangen zu sein; ein wahrer ›Pierrot des Funambules‹, der seine Zeit und ihre Skandalgeschichten wie kein Zweiter kennt und sie mit spaßigen Einfällen ausschmückt; ein Clown, der den andern auf die Schultern springt, um ihnen ein Henkerszeichen zu hinterlassen.

Der erste Hunger schien gestillt, und unsere Nachbarn gelangten in ihrer Mahlzeit gleich uns zum Dessert; dank unsers ruhigen Verhaltens glaubten sie sich allein. Bei Champagner, Zigarren und gastronomischen Genüssen entspann sich alsbald eine vertrauliche Unterhaltung. Dieses Gespräch, das kalt und geistvoll jede Gefühlsregung unterdrückte und dem Gelächter einen schrillen Ton herber Ironie beimengte, gefiel sich in Anklagen gegen alle, deren Leben dem Eigennutz gedient. Jenes Pamphlet, das Diderot nicht zu veröffentlichen wagte, ›Rameaus

Neffe‹, einzig dieses Buch, das nur geschrieben wurde, um Wunden zu entblößen, kann zum Vergleich mit dieser rücksichtslosen Rede herangezogen werden, die ich erlauschte. Es war eine Rede, bei der das Wort nicht einmal das verschonte, was der Gedanke noch in Zweifel zog; sie baute auf Trümmern Beweise auf, verneinte alles und bewunderte nur das, was der Skeptizismus anerkennt: des Goldes Allwissenheit und Allmacht. Nachdem die üble Nachrede zunächst den weiteren Bekanntenkreis angegriffen, begann sie die nahen Freunde aufs Korn zu nehmen. Eine Handbewegung von mir genügte zum Zeichen, dass ich noch zu bleiben verlangte, denn Bixiou ergriff das Wort. Wir hörten nun eine jener boshaften Improvisationen, die diesem Künstler seinen Ruf als überlegenen Geist verschafften. Trotzdem der Vortrag oft unterbrochen, fallen gelassen und wieder aufgenommen wurde, hat mein Gedächtnis ihn festgehalten. Ich gebe hier in Inhalt und Form genau wieder, was ich hörte; mag es auch literarischen Anforderungen nicht genügen, so gibt dieses Potpourri doch ein getreues Bild der dunklen Farben unserer Zeit, und die Verantwortlichkeit muss ich dem Redner selbst zuschieben. Mienenspiel und Gesten schienen prächtig mit dem jeweiligen Tonfall übereinzustimmen, mit dem Bixiou die vorgeführten Personen zeichnete, denn seine drei Zuhörer ließen des Öfteren Beifallsrufe ertönen.

»Und Rastignac hat dich zurückgewiesen?«, sagte Blondet zu Finot.

»Glatt.«

»Hast du ihm auch mit den Zeitungen gedroht?«, fragte Bixiou.

»Er hat gelacht«, erwiderte Finot.

»Rastignac ist der direkte Erbe des seligen de Marsay, er wird politisch wie gesellschaftlich seinen Weg machen«, sagte Blondet.

»Doch wie ist er zu seinem Vermögen gekommen?«, fragte Couture. »1819 war er noch, gemeinsam mit dem berühmten Bianchon, in einer elenden Pension des Quartier Latin; seine Familie nährte sich von gerösteten Maikäfern und trank billigen Landwein, um ihm hundert Franken im Monat senden zu können; das Gut seines Vaters war keine tausend Taler wert; überdies hatte er noch zwei Schwestern und einen Bruder, und jetzt ...«

»Und jetzt hat er jährlich eine Rente von vierzigtausend Franken«, sagte Finot; »jede seiner Schwestern hat sich gut verheiratet und eine reiche Mitgift bekommen, und die Nutznießung des väterlichen Gutes hat er seiner Mutter überlassen ...«

»Im Jahre 1827 sah ich ihn noch ohne einen Sou«, sagte Blondet.

»Im Jahre 1827!«, sagte Bixiou.

»Nun«, erwiderte Finot, »heute sehen wir ihn auf dem besten Wege, Minister, Pair von Frankreich oder sonst irgendetwas Großes zu werden! Seit drei Jahren hat er seine Beziehungen zu Delphine gütlich gelöst, er wird sich nur unter guten Aussichten verheiraten, und er kann unter den edelsten Töchtern des Landes wählen. Der Bursche hatte Verstand genug, sich an eine reiche Frau zu halten.«

»Meine Freunde, haltet ihm mildernde Umstände zugute«, sagte Blondet; »kaum dass er den Krallen des Elends entronnen, fiel er in die Hände eines geriebenen Schlaubergers.«

»Du scheinst Nucingen gut zu kennen«, sagte Bixiou; »in der ersten Zeit fanden Delphine und Rastignac ihn sehr ›lenkbar‹, für ihn schien die Frau ein Spielzeug, ein Schmuck seines Hauses zu sein. Und das ist es, was den Mann in meinen Augen hebt: Nucingen scheut sich nicht, auszusprechen, dass seine Frau gewissermaßen die Repräsentantin seines Vermögens ist, eine unveräußerliche, aber untergeordnete Sache im Leben der Politiker und Finanzmänner, die mit Hochdruck arbeiten. Ich selbst habe ihn sagen hören, Bonaparte sei damals, als er mit Josephine anknüpfte, dumm gewesen wie ein Spießbürger und habe sich dann, als er den Mut gehabt, sie als Sprungbrett zu benutzen, dadurch lächerlich gemacht, dass er sie zu seinem Kameraden zu machen suchte.«

»Jeder höhere Mensch sollte über die Frau die Anschauungen des Orientalen haben«, sagte Blondet. »Der Baron hat die Anschauungen des Morgen- und Abendländers in reizvolles Pariserisch übertragen. Marsay, der nicht lenkbar war, war ihm unerträglich, aber Rastignac hat ihm sehr gefallen, und er hat ihn ausgenutzt, ohne dass dieser es ahnte. Alle Lasten seiner Ehe bürdete er ihm auf. Rastignac musste die Launen Delphines auf sich nehmen, er führte sie ins Bois, er begleitete sie ins Theater. Dieser kleine Großpolitiker von heute hat lange Zeit sein Leben damit verbracht, Billetdoux zu schreiben und zu lesen. Anfänglich wurde Eugen wegen eines Nichts gescholten, er freute sich mit Delphine, wenn sie heiter war, bekümmerte sich, wenn sie traurig war, er trug die Lasten ihrer Migränen, ihrer Bekenntnisse; er schenkte ihr seine ganze Zeit, seine kostbare Jugend, um die Hohlheit, den Müßiggang dieser Pariserin auszufüllen. Delphine und er hielten große Beratungen über Kleider und Schmuck, er ertrug das Feuer ihres Zornes und den Übermut ihrer Laune, während sie – gewissermaßen als Ausgleich – sich für den Baron bezaubernd machte. Der Baron seinerseits lachte sich ins Fäustchen, dann, als er sah, dass Rastignac unter dem Gewicht seiner Lasten zusammenbrach, gab er sich den Anschein, Verdacht zu schöpfen, und verband die beiden Liebenden durch ihre gemeinsame Angst von Neuem.«

»Ich gebe zu, dass eine reiche Frau in der Lage ist, Rastignac anständig auszustatten, aber woher hat er sein Vermögen genommen?«, fragte Couture. »Ein so großes Vermögen wie das seine muss irgendwoher kommen, und niemand hat ihn jemals verdächtigt, auf ein gutes Geschäft geraten zu sein?«

»Er hat geerbt«, sagte Finot.

»Von wem?«, fragte Emile Blondet.

»Von Dummköpfen am Wege«, entgegnete Couture.

»Er hat nicht alles genommen, liebe Jungen«, sagte Bixiou:

»... ›Beruhigt euch über den falschen Alarm,
Ein jeder reicht heute dem Schwindel den Arm.‹

Ich will euch den Ursprung seines Vermögens berichten. Zunächst ist unser Freund kein Bursche, wie Finot gesagt hat, sondern ein Gentleman, der das Spiel und die Karten kennt und den die Galerie achtet. Rastignac hat all den Verstand, den man haben muss, um im gegebenen Augenblick zu handeln, er ist wie ein Söldner, der seinen Mut nur gegen drei Unterschriften und sonstige Sicherheit verkauft. Er scheint gedankenlos, schwatzhaft, leichtfertig, unbeständig, ohne feste Anschauungen; sobald sich ihm aber etwas Ernstes bietet, ein Plan, eine Berechnung, so wird er sich nicht verzetteln, wie Blondet da, der sich auf Kosten des lieben Nachbarn streitet. Rastignac rafft sich auf, konzentriert sich, prüft den Punkt, an dem der Angriff einzusetzen hat, und greift dann mit allen Mitteln an. Mit der Tapferkeit eines Murat sprengt er den Block, die Aktionäre, die Gründer, kurzum den ganzen Haufen auseinander; hat der Angriff seine Wirkung getan, so kehrt er zu seinem behaglichen, sorglosen Leben zurück und wird wieder der schwelgerische Südfranzose, der nichtssagende, tatenlose Rastignac, der sich erst mittags zu erheben braucht, weil er im gegebenen Augenblick wach zu sein verstand.«

»Sehr schön, aber komm endlich zu seinem Vermögen!«, bemerkte Finot.

»Bixiou wird uns nur das eine sagen«, entgegnete Blondet, »Rastignacs Vermögen – das ist Delphine von Nucingen, eine beachtenswerte Frau, die Ehrgeiz und Vorsicht vereint.«

»Hat sie dir Geld geliehen?«, fragte Bixiou. Allgemeines Gelächter.

»Du täuschst dich in ihr«, sagte Couture zu Blondet; »ihr ganzer Geist besteht darin, mehr oder weniger pikante Dinge zu sagen und Rastignac mit ganz unbequemer Treue zu lieben und ihm blind zu gehorchen; sie ist in ihren Instinkten durchaus Italienerin.«

»Geld beiseite«, sagte Andoche Finot bitter.

»Still, still«, erwiderte Bixiou mit schmeichelnder Stimme, »könnt ihr es nach alledem, was wir erörtert haben, noch wagen, den armen Rastignac zu beschuldigen, auf Kosten des Hauses Nucingen gelebt zu haben? Wagt ihr es, zu behaupten, man habe ihm eine Wohnung gesucht und eingerichtet und ihn da hineingesetzt, wie seinerzeit unser Freund des Lupeaulx die Torpille? Übrigens kann die Sache – abstrakt gesprochen, wie Royer-Collard sagen würde – vor der Kritik der reinen Vernunft bestehen; was allerdings diejenige der unreinen Vernunft anlangt ...«

»Aber ja«, rief Blondet, »er hat recht! Die Frage ist uralt. Sie war die Veranlassung zu dem berühmten Zweikampf zwischen la Châtaigneraie und Jarnac, dem wir den bekannten Ausspruch ›*Coup de jarnac*‹ verdanken. Jarnac wurde beschuldigt, mit seiner Schwiegermutter allzu gute Beziehungen zu unterhalten. Wenn eine Tatsache so wahr ist, darf sie nicht ausgesprochen werden. Aus Ergebenheit für König Heinrich II., der sich diese Bosheit gestattet hatte, nahm la Châtaigneraie den Ausspruch auf sich, und es kam zu dem Duell, das die französische Sprache um die bekannte Bezeichnung bereicherte.«

»Ach, von so weit her kommt die Bezeichnung«, sagte Finot; »da ist sie ja geradezu vornehm.«

»Es gibt Frauen«, fuhr Bixiou ernsthaft fort, »es gibt auch Männer, die es verstehen, sich zu teilen und nur teilweise zu verschenken. Solche Leute werden stets ihre materiellen Interessen von ihrem Gefühlsleben trennen. Sie schenken einer Frau ihre ganze Zeit und ihre Ehre. Als Gegenleistung nehmen sie aber von der Frau nichts an. Ja, es ist unehrenhaft, nicht nur die Seelen, sondern auch Geld und Gut zu verschmelzen. Diese Lehre wird oft genug vorgetragen, aber selten angewendet ...«

»Ach, was für Lappalien!«, sagte Blondet. »Der Marschall von Richelieu, ein Kenner in Sachen der Galanterie, setzte Frau de la Popelinière eine

Pension von tausend Louis aus. Agnes Sorel brachte mit kindlicher Selbstverständlichkeit König Karl VII. ihr Vermögen, und der König nahm es an. Jacques Coeur hat für den Unterhalt der Krone Frankreichs gesorgt, und sie nahm es – mit echt weiblicher Undankbarkeit – hin.«

»Meine Herren«, sagte Bixiou, »die Liebe, die nicht auch innige Freundschaft ist, scheint mir nichts weiter als momentane Ausschweifung. Was ist eine Hingabe, bei der man doch etwas für sich zurückbehält? Zwischen diesen beiden gleichermaßen unmoralischen und einander dennoch ganz entgegengesetzten Begriffen ist keine Versöhnung möglich. Nach meiner Ansicht haben alle, die einen rückhaltlosen Liebesbund scheuen, einfach Angst, er könne ein Ende nehmen, er sei nur flüchtiger Rausch! Die Leidenschaft, die dem von ihr Befallenen nicht ewig scheint, ist abscheulich. (Der Ausspruch ist übrigens Fénelon von reinstem Wasser.) Wer die Welt kennt und beobachtet, zum Beispiel alle jene, die sich zu kleiden wissen, und jene, die ohne Erröten eine Geldheirat eingehen, hält eine tatsächliche Trennung von materiellen Interessen und Gefühlsleben für unbedingt notwendig. Die andern sind verliebte Narren, die meinen, sie und ihre Geliebte seien allein auf der Welt! Ihnen sind die Millionen nichts, aber den Handschuh, die Kamelie, die ihre Angebetete getragen, bewerten sie nach Millionen! Wenn ihr bei ihnen auch das verächtliche Geld nicht findet, so findet ihr doch, sorgsam in Zedernholzschachteln aufgebahrt, die Leichen welker Blumen! Alle gleichen sie einander: Sie alle haben kein ›Ich‹ mehr. ›Du‹, das ist ihr Gott. Was ist da zu tun? Könnt ihr diese Erkrankung des Herzens verhindern? Es gibt Narren, die ohne jede Berechnung lieben, und es gibt Weise, deren ganze Liebe Berechnung ist.«

»Bixiou, du bist großartig!«, schrie Blondet.

»Was sagt Finot?«

»An anderm Ort«, erwiderte Finot mit Würde, »wäre ich einer Meinung mit den Gentlemen; hier jedoch denke ich ...«

»Ebenso wie die schlechten Subjekte, in deren Gesellschaft ich mich befinde«, entgegnete Bixiou.

»Wahrhaftig ja«, sagte Finot.

»Und du?«, wandte sich Bixiou an Couture.

»Dummheiten!«, rief Couture. »Eine Frau, die ihren Körper nicht zum Sprungbrett macht, um den Mann, den sie auszeichnet, emporkommen zu lassen, ist eine herzlose, selbstsüchtige Frau.«

»Und du, Blondet?«

»Ich, ich erprobe die Sache praktisch.«

»Nun«, fuhr Bixiou mit boshafter Stimme fort, »Rastignac war nicht eurer Ansicht. Nehmen und nicht wiedergeben ist schrecklich und sogar leichtsinnig; aber nehmen, um sich das Recht zu erwirken, göttlich, hundertfach zurückzugeben – das ist eine ritterliche Tat! So dachte Rastignac. Rastignac fühlte sich tief gedemütigt, dass er von Delphine von Nucingen Geld annehmen musste, ich weiß davon zu reden, ich sah, wie er mit Tränen in den Augen diesen Zustand beklagte. Ja, er weinte in der Tat ... nach Tisch! Na, nach unserer Ansicht ...«

»Höre mal, du machst dich über uns lustig«, sagte Finot.

»Keine Spur. Es handelt sich um Rastignac, dessen Kummer nach eurer Ansicht ein Beweis seiner Verdorbenheit ist; denn damals liebte er Delphine viel weniger. Aber was ist da zu machen! Der arme Junge hatte dieses Schwert im Herzen. Er ist eben ein entarteter Edelmann, seht ihr, und wir sind tugendsame Künstler. Also, Rastignac wollte Delphine bereichern – er, der Arme, sie, die Reiche! Wollt ihr es glauben? Er ist ans Ziel gekommen. Rastignac, der sich geschlagen hätte wie ein Jarnac, machte sich von nun an den Ausspruch Heinrichs II. zu eigen: ›Es gibt keine absolute Tugend, nur Gelegenheiten und Umstände.‹ Damit legte er den Grundstein zu seinem Reichtum.«

»Du solltest lieber mit deiner Geschichte beginnen, anstatt uns zur Selbstanklage zu verleiten«, sagte Blondet mit liebenswürdiger Gutmütigkeit.

»Ah, mein Kleiner«, sagte Bixiou und gab ihm einen wohlwollenden Klaps auf den Hinterkopf, »du wirst dich beim Champagner wiederfinden.«

»Bei Seiner Heiligkeit dem Aktionär«, sagte Couture, »erzähle uns deine Geschichte!«

»Ich war gerade an einem Knoten«, gab Bixiou zurück, »aber mit deinem Fluch gibst du mir die Auflösung.«

»Es gibt also Aktionäre bei der Geschichte?«, fragte Finot.

»Steinreiche, so wie deiner«, erwiderte Bixiou.

»Es scheint mir«, sagte Finot, »dass du einem guten Kinde, bei dem du gelegentlich eine Fünfhundertfrankennote findest, Rücksichten schuldig bist ...«

»Kellner!«, rief Bixiou.

»Was willst du von ihm?«, fragte ihn Blondet.

»Fünfhundert Franken für Finot, um meine Zunge zu lösen und mich von der Verpflichtung der Dankbarkeit zu entbinden.«

»Erzähle deine Geschichte!«, erwiderte Finot lachend.

»Ihr seid Zeugen«, sagte Bixiou, »dass ich nichts mit diesem Unverschämten zu tun habe, der da glaubt, mein Schweigen sei nicht mehr als fünfhundert Franken wert! Wenn du die Gewissen nicht besser einzuschätzen weißt, wirst du niemals Minister werden. Also gut!«, sagte er mit schmunzelnder Stimme, »mein lieber Finot, ich werde die Geschichte erzählen, ohne Namen zu nennen, und wir sind quitt.«

»Er wird uns beweisen«, sagte Couture lächelnd, »dass Nucingen den Rastignac reich gemacht hat.«

»Du bist gar nicht so weit vom Schuss, als du denkst«, erwiderte Bixiou. »Ihr wisst nicht, was Nucingen als Geldmann ist.«

»Nur weißt du wohl leider nicht das Geringste über sein erstes Auftreten?«, fragte Blondet.

»Ich habe ihn allerdings nur in seinem eigenen Hause gesehen«, sagte Bixiou; »aber es ist ja nicht unmöglich, dass wir einander früher einmal über den Weg gelaufen sind.«

»Das Aufblühen des Hauses Nucingen ist eins der größten Wunder unserer Zelt«, bemerkte Blondet. »Im Jahre 1804 war Nucingen wenig bekannt, die Banken von damals hätten gezittert, hunderttausend Taler seiner Akzepte am Platze zu wissen. Aber der große Geldmann war sich seiner Minderwertigkeit bewusst. Wie sich bekannt machen? Er stellt seine Zahlungen ein. Schön! Sein bisher nur in Straßburg und im Quartier Poissonnière bekannter Name ertönt allerorten! Er entschädigt seine Leute mit leeren Worten und nimmt seine Zahlungen wieder auf: Alsbald gehen seine Papiere in ganz Frankreich. Durch einen unerhörten Zufall steigen die Papiere, finden Anklang und Absatz. Nucingens sind sehr gesucht. Das Jahr 1815 kommt, der Mann rafft seine Gelder zusammen, kauft vor der Schlacht bei Waterloo Staatspapiere, stellt im Moment der Krise seine Zahlungen ein und liquidiert mit Wortschiner Minenaktien, die er sich zwanzig Prozent unter dem Wert beschafft hatte, zu dem er selbst sie emittierte! Ja, meine Herren, er kauft bei Grandet hundertfünfzigtausend Flaschen Champagner, um sich zu decken, denn er sah den Fall dieses ehrsamen Vaters des bekannten Grafen d'Aubrion voraus, und ebenso viel Flaschen Bordeauxwein bei

Duberghe. Die dreihunderttausend Flaschen, zu dreißig Sous das Stück gekauft, gibt er den Verbündeten von 1817 bis 1819 im Palais Royal zu trinken – zu sechs Franken die Flasche. Die Papiere des Hauses Nucingen und sein Name bekommen europäischen Ruf. Dieser allmächtige Baron hat sich über den Abgrund erhoben, in dem jeder andere zugrunde gegangen wäre. Zweimal brachte seine Liquidation seinen Gläubigern unerhörte Vorteile; er wollte sie umbringen – unmöglich! Er gilt als der ehrenhafteste Mann von der Welt. Bei der dritten Zahlungseinstellung werden die Papiere des Hauses Nucingen sogar in Asien, in Mexiko, in Australien, ja bei den Wilden gehen. Ouvrard ist der Einzige, der diesen Elsässer, den Sohn eines aus Strebertum getauften Juden, durchschaut hat: ›Wenn Nucingen sein Gold fahren lässt‹, sagte er, ›so könnt ihr glauben, dass er dafür Diamanten einheimst!‹«

»Sein Genosse du Tillet passt gut zu ihm«, sagte Finot. »Denkt nur, dieser du Titlet ist ein Mann, der von Haus aus nur das Nötigste zum Leben hat; und dieser Kerl, der 1814 keinen Heller besaß, hat sich zu dem emporgeschwungen, was er jetzt ist. Aber was keiner von uns – dich nehme ich aus, Couture – fertiggebracht hat: Er wusste sich anstatt der Feinde Freunde zu schaffen. Kurz, er wusste sein Vorleben so gut zu verbergen, dass man einen ganzen Sumpf durchforschen musste, um dahinterzukommen, dass er noch 1814 Handlungsdiener bei einem Parfümeriehändler der Rue Saint-Honoré gewesen ist.«

»Ta ta ta!«, erwiderte Bixiou, »wie könnt ihr einen Vergleich ziehen zwischen Nucingen und diesem jämmerlichen Schwindler du Tillet, diesem Schakal, der von seiner Schnüffelnase lebt, der die Kadaver riecht und als Erster herbeigelaufen kommt, um sich den größten Knochen zu sichern. Stellt euch nur einmal beide Männer vor: Der eine hat einen spitzen Katzenkopf, er ist mager, gewandt; der andere ist massig und fett, plump wie ein Sack, beharrlich wie ein Diplomat. Nucingen hat eine schwere Hand und den toten Blick des Börsenspekulanten; seine Kampfmethode ist nicht ein Draufgehen, sondern ein stilles Überlisten; er ist nie zu durchschauen, man weiß nichts von seinem Kommen, während die Schlauheit jenes du Tillet nur zu vergleichen ist mit einem zu dünnen Faden: Er reißt, wie Napoleon einmal von irgendwem gesagt hat.«

»Ich sehe eigentlich keine andere Überlegenheit Nucingens über du Tillet, als die, herausgefunden zu haben, dass ein Finanzmann nur Baron zu sein braucht, während du Tillet sich in Italien zum Grafen erheben lassen will«, sagte Blondet.

»Blondet ... ein Wort, mein Junge«, sagte Couture. »Zunächst hat Nucingen auszusprechen gewagt, dass es nur scheinbar Ehrenmänner gibt; ferner muss man, um ihn gut zu kennen, mit seinen Geschäften vertraut sein. Die Bank ist bei ihm das wenigste. Er hat die Lieferungen für die Regierung, die Weine, die Wäsche, den Indigo, kurzum alles, was irgendeinen Gewinn abwirft. Alles, was ihm Vorteil bringt, weiß er sich zu verschaffen. Dieser Finanzriese würde dem Ministerium Deputierte verkaufen und den Türken die Griechen. ›Der Handel ist für ihn‹, würde Cousin sagen, ›die Gesamtheit der Einzelheiten, die Einheit der Vielheiten.‹ Wenn man die Bank aus diesem Gesichtspunkt betrachtet, so wird sie ein ganzes Staatswesen, sie verlangt einen überlegenen Kopf und kann einen Mann wohl dazu bringen, sich über die Gesetze der Redlichkeit, die ihn beengen, zu erheben.«

»Du hast recht, mein Sohn«, sagte Blondet. »Aber wir allein sind es, die begreifen, dass das der Krieg ist. Der Bankier ist ein Eroberer, der seine Heeresmassen opfert, um verborgene Zwecke zu erreichen; seine Soldaten – das sind die Anteile des Einzelnen. Er hat seine Schlachtordnung zu entwerfen, Hinterhalte zu legen, Anführer zu wählen, Städte einzunehmen. Die meisten dieser Männer haben so viel mit Politik zu tun, dass sie schließlich auch hier mitreden wollen und ihr Vermögen dabei verlieren. Auf solche Weise ist das Haus Necker zugrunde gegangen, und der bekannte Samuel Bernard ist fast darüber zusammengebrochen. Fast jedes Jahrhundert hat seinen ungeheuer reichen Bankier, der schließlich weder Geld noch Erben hinterlässt. Die Brüder Pâris, die dazu beitrugen, Law zu stürzen, und Law selber, neben denen alle andern Pygmäen sind, Bouret und Beaujon – alle sind dahin, ohne Familie zu hinterlassen. Wie die Zeit, so frisst auch die Bank ihre Kinder. Um bestehen zu können, müssen die Bankiers adlig werden, eine Dynastie begründen, wie die Gläubiger Karls V., die Fugger, die zu Fürsten von Babenhausen ernannt wurden und die noch immer bestehen ... im Gothaer Almanach. Die Bank sucht lediglich aus Erhaltungstrieb und vielleicht sogar ohne es zu wissen, nach dem Adelstitel. Jacques Coeur hat ein großes Adelsgeschlecht begründet, das Geschlecht der Noirmoutier, das unter Ludwig XIII. erlosch. Welch eine Energie bewies der Mann, der sich zugrunde richtete, um einen rechtmäßigen König zu schaffen! Er starb als Beherrscher irgendeiner Insel im Archipel, wo er eine herrliche Kathedrale erbaute.«

»Ja, wenn ihr auf geschichtliche Ereignisse zurückgreift, so verlieren wir uns aus der Gegenwart; in unserer Zeit ist die Krone des Rechtes beraubt, den Adelstitel zu erteilen, und man macht die Grafen und Barone nur bei geschlossenen Türen, wie schade!«, sagte Finot.

»Du hast ganz recht, wenn es dir leidtut, dass man den Adelstitel nicht verkaufen kann«, sagte Bixiou. »Ich komme auf unsere Leute zurück. Kennt ihr Beaudenord? Nein? Gut! So hört, wie alles zuging! Der arme Junge war vor zehn Jahren die Blüte des Dandytums. Aber er ist so gründlich untergegangen, dass ihr ihn ebenso wenig kennt, wie Finot jetzt den Ursprung des ›*Coup de jarnac*‹ kennt. (Das ist als Redensart gemeint und nicht, um dich zu foppen, Finot!) Tatsächlich, er gehörte zum Faubourg Saint-Germain. Also Beaudenord ist der erste Hammel, den ich euch vorführen will. Zunächst müsst ihr wissen, dass er sich Godefroid von Beaudenord nannte. Weder noch Blondet noch Couture noch ich würden einen solchen Vorteil nicht zu schätzen wissen. Es schmeichelte der Eigenliebe des Burschen nicht wenig, wenn nach einem Ball seine Diener nach seinem Wagen riefen und dreißig schöne, von ihren Gatten und Anbetern umringte Frauen den stolzen Namen hörten. Ferner erfreute er sich aller guten Gaben, mit denen Gott den Menschen ausgestattet: er war gesund und kräftig, hatte weder ein krankes Auge noch einen falschen Schopf oder falsche Waden; er war weder x- noch o-beinig, hatte keine hervortretenden Knie, ein gerades Rückgrat, eine schlanke Gestalt, hübsche weiße Hände und schwarze Haare; seine Gesichtsfarbe war weder zu rosig wie bei einem Drogisten noch zu braun wie bei einem Kalabreser. Also die Hauptsache: Beaudenord war nicht allzu hübsch, war keiner von denen, die aussehen, als sei ihre Schönheit ihr einziges Gut; aber lassen wir das, es ist schon abgesprochen! Er wusste eine Pistole zu handhaben und ein Pferd zu reiten, er hatte sich wegen einer unbedeutenden Sache geschlagen und seinen Gegner nicht getötet. Wisst ihr auch, dass man, um zu wissen, was im neunzehnten Jahrhundert in Paris das Glück eines Sechsundzwanzigjährigen ausmacht, alle die unzähligen Kleinigkeiten und Nebensächlichkeiten kennen muss, aus denen das Leben sich zusammensetzt? Der Schuhmacher, der Beaudenords Fuß erwischt hatte, fertigte ihm gut sitzende Schuhe, sein Schneider freute sich, ihm schöne Anzüge zu machen. Godefroid setzte kein überflüssiges Fett an, er prahlte nicht und sprach keinen unangenehmen Dialekt, sondern redete rein und fehlerfrei und trug seine Krawatte so hübsch gebunden wie Finot. Er hatte ferner das Glück, doppelt verwaist und der Vetter seines Vormundes, des Marquis d'Aiglemont, zu sein; er ging bei den Finanzleuten ein und aus, ohne dass der Faubourg Saint-Germain darüber spöttelte, denn glücklicherweise hat ein junger Mann das Recht, das Vergnügen zu seinem einzigen Gesetz zu machen, dort hinzulaufen, wo man die Freude liebt, und die düstern Winkel zu fliehen, in denen Sorge und Gram erblühen. Trotz aller dieser Gaben hätte er sich recht unglücklich fühlen können. Ach, leider hat das Glück das Unglück, als etwas Unbedingtes zu erscheinen, was so viele Narren zu der Frage veranlasst: ›Was ist das Glück?‹ Eine sehr geistvolle Frau sagte einmal: ›Das Glück ist da, wo man es hinträgt.‹«

»Da sprach sie eine traurige Wahrheit aus«, sagte Blondet.

»Und eine sehr abstrakte«, fügte Finot hinzu.

»Erzabstrakt! Das Glück, die Tugend, das Böse – das sind alles ganz relative Begriffe«, erwiderte Blondet. »So konnte Lafontaine zum Beispiel hoffen, dass die Verdammten sich mit der Zeit an ihren Zustand gewöhnen und schließlich dahin kommen würden, sich in der Hölle so wohlzufühlen wie ein Fisch im Wasser.«

»Jeder Philister zitiert Lafontaine!«, sagte Bixiou.

»Das Glück eines Sechsundzwanzigjährigen in Paris ist noch lange nicht das Glück eines Sechsundzwanzigjährigen in Blois«, sagte Blondet, ohne den Einwurf zu beachten. »Wer davon ausgeht, um gegen die Unbeständigkeit der Meinungen loszuziehen, ist ein Dummkopf oder Betrüger. Die heutige Heilkunde, deren größte Ruhmestat es ist, von 1799 bis 1837 sich aus ihrer Stellung der Mutmaßung, der Hypothese, zu einer positiven Wissenschaft entwickelt zu haben – und dies durch den Einfluss der großen Schule der Analytiker in Paris –, hat bewiesen, dass der Mensch sich nach Ablauf eines bestimmten Zeitlaufs verändert, erneuert ...«

»Es ist das gleiche wie mit Hänschens Messer«[1], erwiderte Bixiou. »So hat also das Harlekingewand, das wir ›Glück‹ nennen, gar verschiedene bunte Lappen; nun, das Kleid meines Godefroid hatte weder Löcher noch Flecken. Ein junger Mann von sechsundzwanzig Jahren, der Glück in der Liebe hätte –, nicht infolge seiner blühenden Jugend, seines Geistes, seiner schönen Gestalt, sondern aus unwiderstehlicher Anziehungskraft – besagter junger Mann könnte ganz gut keinen Heller in der Börse haben, die seine Anbeterin ihm gestickt, er könnte seinem Hausherrn

---

[1] Unter ›Hänschens Messer‹ wird in einer französischen Redensart eine Sache verstanden, die allmählich solche Veränderungen erlitten hat, dass sie nur noch dem Namen nach die alte ist.

die Miete, seinem vorgenannten Schuster die Schuhe, seinem Schneider den Anzug schuldig sein, kurz, er könnte arm sein. Das Elend wird das Glück eines jungen Mannes trüben, der unsere erhabene Ansicht über die Verschmelzung des beiderseitigen Geldbesitzes nicht teilt. Ich kenne nichts Quälenderes, als seelisch überglücklich, materiell hingegen unglücklich zu sein. Heißt das nicht, wie hier, nach der Seite der Tür zu ein erfrorenes und nach der Seite des Kamins hin ein geröstetes Bein haben? Ich hoffe, man versteht mich; fühlst du nicht in deiner Westentasche ein Echo meiner Worte, Blondet? Unter uns: Lassen wir die Liebe beiseite, sie verdirbt den Verstand. Also weiter! Godefroid von Beaudenord genoss die Achtung seiner Lieferanten, denn sie bekamen ziemlich regelmäßig Geld zu sehen. Jene geistvolle Frau, die ich vorhin zitierte, die man aber nicht nennen darf ...«

»Wer ist es?«

»Die Marquise d'Espard! Sie sagte, ein junger Mann müsse im Erdgeschoss wohnen, dürfe nichts haben, was etwa einem Haushalt gleiche, also weder Küche noch Köchin, sondern nur einen alten Diener, und dürfe keinen Anspruch auf einen dauernden Wohnsitz erheben. Alles andere ist nach ihrer Ansicht eine Geschmacklosigkeit. Godefroid von Beaudenord wohnte, getreu diesem Programm, am Quai Malaquais im Erdgeschoss. Dennoch war er gezwungen, in einem Punkte die Eheleute nachzuahmen: Er hatte ein Bett in seinem Zimmer, aber ein so schmales, dass er sich wenig darin aufhielt. Eine Engländerin, die zufällig bei ihm eingetreten wäre, hätte nichts finden können, das ›improper‹ gewesen wäre. Finot, lass dir das große Gesetz des Unpassenden erklären, das England beherrscht! Da ein Tausendfrankenschein uns beide verbindet, so will ich dir eine Vorstellung davon geben. Ich selbst bin ja in England gewesen. (Blondet ins Ohr: ›Ich gebe ihm für mehr als zweitausend Franken von meinem Geist.‹) Also in England, Finot, trittst du in einer Nacht, beim Ball oder sonst wo, einer Frau innig nahe, du begegnest ihr andern Tags auf der Straße und zeigst, dass du sie wiedererkennst: ›unpassend!‹ Du findest beim Diner im Frack deines Nachbarn zur Linken einen prächtigen geistvollen Mann, der frei und offen und gar nicht dünkelhaft ist; er hat nichts von einem Engländer. Nach alter französischer Sitte, die so höflich, so liebenswürdig ist, sprichst du ihn an: ›unpassend!‹ Du holst dir auf dem Ball eine dir unbekannte hübsche Frau zum Tanz: ›unpassend!‹ Du ereiferst dich, du redest, du lachst, du schüttest dein Herz, deine Seele, deinen Geist aus; du bekundest in deiner Unterhaltung Gefühl; du spielst beim Spiel und plauderst beim

Plaudern und isst beim Essen: ›unpassend, unpassend, unpassend!‹ - einer der geistreichsten und tiefgründigsten Männer unserer Zelt, Stendhal, hat dieses ›unpassend‹ des Engländers köstlich charakterisiert, indem er von einem Briten sagt, dass er, selbst wenn er allein am Kaminfeuer sitzt, nicht wagt, die Beine zu kreuzen – aus Furcht, dass es ›unpassend‹ sei. Dank dieser Angst, ›unpassend‹ zu erscheinen, wird man eines Tages London und seine Bewohner versteinert finden.«

»Wenn man bedenkt, dass es in Frankreich Narren gibt, die auch hier das albern feierliche, geschraubte Wesen des Engländers einführen wollen«, sagte Blondet, »so schaudert wohl ein jeder, der jemals in England gewesen und unsere anmutvollen französischen Sitten kennt. Walter Scott, der es nicht wagte, die Frauen so zu zeichnen, wie sie wirklich sind, aus Furcht, ›unpassend‹ zu sein, bereute es sogar, in ›Prison d'Edinbourgh‹ die schöne Gestalt der ›Effin‹ geschaffen zu haben.«

»Falls du es vermeiden möchtest, in England ›unpassend‹ zu erscheinen ...«, sagte Bixiou zu Finot.

»Nun?«, fragte Finot. »So geh in die Tuilerien und sieh dir den Feuerwehrmann aus Marmor an, eine Figur, der ihr Schöpfer allerdings den Namen Themistokles gegeben hat, und versuche eine ähnliche Haltung einzunehmen, so wirst du niemals ›unpassend‹ sein. Godefroid jedenfalls verdankte sein Glück der sorgfältigen Vermeidung alles dessen, was unpassend hätte sein können; hier die Geschichte. Er hatte einen Reitknecht, einen ›Tigre‹, und nicht einen Groom, wie ungebildete Leute sagen. Sein Tiger war ein kleiner Irländer, genannt Paddy, Joby, Toby – wie ihr wollt –, drei Fuß hoch, zwanzig Zoll breit, Gestalt wie ein Wiesel, Nerven von Stahl, behände wie ein Eichhörnchen; er kutschierte einen Landauer sowohl in London als auch in Paris mit nie fehlender Sicherheit, hatte gleich mir ein eidechsenscharfes Auge, saß zu Pferde wie der alte Franconi, hatte die blonden Locken einer Rubensschen Jungfrau, die zarten Wangen eines jungen Prinzen und die Schlauheit eines alten Advokaten; dabei war er nicht älter als zehn Jahre und ein wahres Wunder an Verderbtheit: er spielte und fluchte, liebte die Süßigkeiten und den Punsch, wusste zu beleidigen wie ein Journalist und zu stehlen wie ein Pariser Gassenjunge. Er war der Stolz und die Einnahmequelle eines Lords, dem er bei den Rennen schon siebenhunderttausend Franken eingebracht hatte. Der Lord liebte das Kind sehr; sein Tiger war geradezu eine Kuriosität; kein Mensch in ganz London hatte einen so kleinen Tiger. Wenn Joby auf einem Rennpferde saß, so glich er einem Falken. Also der Lord entließ Toby, nicht etwa wegen Gefräßigkeit oder Diebstahl oder Mord oder frecher Redensarten oder Respektlosigkeit gegen Mylady – auch nicht, weil er der Kammerfrau Myladys Löcher in die Taschen schnitt, oder weil die Ratgeber Mylords bei den jeweiligen Rennen den Jungen verdorben, oder weil er des Sonntags seinem Vergnügen nachging – kurzum, aus keinem stichhaltigen Grunde. Toby hätte alle diese Dinge begehen können, er hätte sogar die Dreistigkeit haben können, Mylord ungefragt anzureden, Mylord hätte ihm selbst das verziehen. Mylord hätte vieles von Toby ertragen, so große Stücke hielt er auf ihn. Sein Tiger lenkte zwei voreinander gespannte Pferde vor einem zweirädrigen Wagen, indem er selber auf dem Hinterpferde saß, ohne dass seine Beine über die Sattelbäume hinausragten; er glich wirklich einem dieser Engelsköpfe, wie sie die italienischen Maler auf ihren Heiligenbildern auszusäen lieben. Ein englischer Journalist gab eine entzückende Beschreibung dieses kleinen Engels, er fand ihn zu hübsch für einen ›Tigre‹ und wollte wetten, dass Paddy eine gezähmte ›Tigresse‹[2] sei. Diese Äußerung sprach sich herum, und Mylord empfand sie als ›unpassend‹. Mylady lobte Mylord wegen seiner Umsicht. Nachdem man ihm so seinen Rang in der Zoologie Britanniens streitig gemacht, konnte Toby keine Stellung mehr finden. Damals beglückte Godefroid gerade die französische Gesandtschaft in London, wo er die Geschichte von Toby, Joby, Paddy hörte. Godefroid bemächtigte sich des Tigers, den er weinend neben dem Marmeladentopf fand, denn das Kind hatte schon die Guineen verloren, mit denen Mylord sein Leid vergoldet hatte. Bei seiner Rückkehr also brachte Godefroid von Beaudenord den reizendsten Tiger Englands mit; er wurde wegen seines Tigers berühmt, wie Couture wegen seiner Westen. Nachdem er dem Diplomatenberuf entsagt, bewies er keinen beunruhigenden Ehrgeiz mehr, sein Geist war nicht gefährlich, und alle Welt sah ihn gern. Uns andere würde es in unserer Selbstgefälligkeit beleidigen, nur lachenden Gesichtern zu begegnen. Wir lieben bei andern den bittern Zug des Neides. Godefroid liebte es nicht, gehasst zu werden. Jeder nach seinem Geschmack! Doch wir wollen festen Boden betreten und uns mit seinem äußeren Leben befassen! Sein Junggesellenheim, in dem ich mir mehr als eine Mahlzeit munden ließ, zeichnete sich durch ein geheimnisvolles, schön ausgestaltetes Toilettezimmer aus; es hatte ein Bad, einen Kamin, bequeme Ruhesitze; es hatte einen Ausgang zur Treppe, selbst-

---

[2] Wie ›Tigre‹ (Tiger) Bezeichnung für Reitknecht, so ›Tigresse‹ (Tigerin) Bezeichnung für ein Weib von Katzennatur.

schließende lautlose Türen mit gut geölten Schlössern und Angeln, Fenster aus mattem Glas und undurchsichtige Vorhänge. Wenn das Wohnzimmer die schönste Unordnung bot, wie sie nur der anspruchsvollste Aquarellmaler wünschen könnte, wenn alles hier vom Zigeunerleben eines vornehmen jungen Mannes zeugte, so war das Toilettezimmer dagegen ein Heiligtum: weiß, rein, aufgeräumt, warm, keine Zugluft, weiche Teppiche – alles wie geschaffen für den, der sich im Hemd, mit nackten Füßen hier verbergen wollte. Hier ist es, wo der Junggeselle sich als Herr der Situation, als Lebenskünstler erweist! Denn hier gibt es Minuten und Ereignisse, in denen der Mensch sein Wesen offenbart und sich als Herrscher oder Tölpel zeigt. Die schon erwähnte Marquise – nein, es war die Marquise von Rochefide – verließ voll Zorn dieses Toilettezimmer und wollte es nie wieder betreten – sie hatte dort nichts ›Unpassendes‹ entdecken können. Godefroid hatte darin ein Schränkchen voller ...«

»Hemden?«, fragte Finot.

»Daneben geraten, alter Türke! (Ich werde ihm nie Erziehung beibringen!) Nein doch, Kuchen, Früchte, hübsche Fläschchen mit Malaga, Liköre – kurzum alles das, was einen zarten und verwöhnten Gaumen erfreuen mag. Ein alter schlauer Diener, der gut mit Tieren umzugehen wusste, pflegte die Pferde Godefroids; er hatte bereits dem seligen Herrn Beaudenord gedient und brachte Godefroid eine große Zuneigung entgegen, eine Krankheit des Herzens. Alles irdische Glück beruht auf Zahlen. Ihr, die ihr das Pariser Leben in allen seinen Höhen und Tiefen kennt, ihr werdet euch denken können, dass Godefroid eine Rente von etwa siebzehntausend Livres nötig hatte, da er für siebzehntausend Franken Abgaben zu zahlen und für tausend Taler abenteuerliche Launen hatte. Nun also, Kinder, am selben Tage, als er mündig wurde, legte ihm der Marquis d'Aiglemont eine Vormundschaftsabrechnung vor, wie wir sie demnächst unsern Neffen nicht vorlegen könnten, und übergab ihm Papiere auf achtzehntausend Franken Staatsrente, der Rest des von der Republik beträchtlich gekürzten und von den Schulden des Kaiserreichs arg mitgenommenen väterlichen Vermögens. Dieser prächtige Vormund machte sein Mündel zum Herrn von einigen dreißigtausend Franken Ersparnissen, die beim Hause Nucingen angelegt waren, und sagte ihm voll liebenswürdiger Anmut, dass er ihm diese Summe ausgesetzt habe, damit er sich zunächst einmal, wie jeder junge Mann, austoben könne. ›Wenn du mir folgst, Godefroid‹, sagte er zu ihm, ›so verschwendest du das Geld nicht, gleich so vielen andern, unnütz, sondern machst nützliche Dummheiten. Nimm in Turin einen Gesandtschaftsposten an, geh dann von dort nach Neapel, von Neapel nach London – und du wirst dich für dein Geld unterhalten und gebildet haben. Willst du späterhin einen Beruf ergreifen, so hast du weder Zeit noch Geld verloren.‹ Der selige d'Aiglemont war besser als sein Ruf – was man von uns nicht sagen kann.«

»Ein junger Mann, der mit einundzwanzig Jahren mit achtzehntausend Livres Rente ins Leben tritt, ist ruiniert«, sagte Couture.

»Falls er nicht geizig oder sonst hervorragend begabt ist«, sagte Blondet.

»Godefroid weilte in den vier Hauptstädten Italiens«, fuhr Bixiou fort. »Er sah Deutschland und England, auch St. Petersburg, und bereiste Holland; aber er entäußerte sich der besagten dreißigtausend Franken, als seien sie nichts als eine Jahresrente. Er fand überall ›*le suprême de volaille, l'aspic et les vins de France*‹, hörte überall Französisch sprechen – kurzum, er war immer wie in Paris. Er hätte gern sein Herz verhärtet, gepanzert, seine Illusionen verloren, hätte gern gelernt, alles anzuhören, ohne zu erröten, zu sprechen, ohne etwas zu sagen, hätte gern die geheime Stufenleiter zur Macht betreten ... Pah, er hatte Mühe genug, sich mit vier Sprachen auszustatten, das heißt, sich mit vier Worten gegen einen Gedanken zu wehren. Er kam zurück als ein schüchterner, ziemlich ungeschliffener, vertrauender guter Junge – ein Mensch, der von denen, die ihm die Ehre erwiesen, ihn zu empfangen, nichts Übles reden konnte, der zum Diplomaten viel zu vertrauensselig war – nichts weiter also als ein guter Junge.«

»Kurz, ein Esel, der seine achtzehntausend Livres Rente in kleinen Unternehmungen verzettelte«, sagte Couture.

»Dieser verteufelte Couture ist dermaßen gewöhnt, die Dividenden vorwegzunehmen, dass er mir sogar die Entwicklung meiner Geschichte vorwegnimmt. Wo war ich denn? Bei der Rückkehr Beaudenords! Als er im Quai Malaquais untergebracht war, stellte es sich heraus, dass die tausend Franken Überschuss, die ihm jährlich blieben, nicht genügten, um sich an einer Loge in den ›Italiens‹ oder der Oper zu beteiligen. Wenn er beim Spiel oder bei einer Wette fünfundzwanzig bis dreißig Louis verlor, bezahlte er sie natürlich; gewann er aber, so gab er das Geld gleich wieder aus – was wir gerade so machen würden, wären wir dumm genug, uns in Wetten einzulassen. Beaudenord, der also mit seinen achtzehntausend Livres Rente nicht auskam, fühlte die Notwendigkeit, seine laufenden Einnahmen zu vergrößern – um mit seinen

Ausgaben ein Gleiches tun zu können. Er legte großen Wert darauf, sich anständig über Wasser zu halten. Er holte sich bei seinem Vormund Rat: ›Mein lieber Junge‹, sagte d'Aiglemont zu ihm, ›Staatsrenten stehen auf pari; verkaufe deine Papiere; die meinigen und auch diejenigen meiner Frau habe ich bereits verkauft. Nucingen hat mein ganzes Geld und gibt mir sechs Prozent dafür; mach es wie ich, so wirst du ein Prozent mehr haben als bisher, und dieses eine Prozent wird genügen, um dir die erwünschte Bewegungsfreiheit zu schaffen.‹ Drei Tage darauf hatte Godefroid seine Bewegungsfreiheit und fühlte sich in materieller Hinsicht glücklich. Wenn es möglich wäre, allen jungen Männern von Paris gleichzeitig die Frage zu stellen, ob nicht das Glück eines Sechsundzwanzigjährigen darin bestehe, ein Kabriolett zu kutschieren, auf dem ein kaum faustgroßer Toby, Joby oder Paddy hinten aufsitzt – am Abend für zwölf Franken eine bequeme Mietkutsche zur Verfügung zu haben – sich ganz nach den Gesetzen der Mode täglich viermal umkleiden zu können – bei allen Gesandtschaften wohlgelitten zu sein und dort die zarten Blüten ebenso kosmopolitischer wie flüchtiger Freundschaften zu pflücken – erträglich hübsch zu sein und seinen Namen, seinen Anzug, seinen Kopf mit Anstand zu tragen – eine entzückende kleine Entresol-Wohnung, ähnlich jener am Quai Malaquais, zu besitzen – seine Kameraden nach dem ›Rocher de Cancale‹ einzuladen, ohne vorher erst den Geldbeutel befragen zu müssen – sich gehen lassen zu können, ohne von dem vernünftigen Gedanken: ›Nun, und das Geld?‹ aufgehalten zu werden – die Rosetten, den Ohrschmuck unserer Vollblutpferde, wie das Band an unserm Hute rechtzeitig erneuern zu können? Alle – selbst wir höheren Menschen – würden antworten, ein solches Glück sei unvollkommen, es sei die Göttin ohne Altar, denn eins sei die Hauptsache: lieben und geliebt werden oder lieben, ohne geliebt zu werden, oder geliebt werden, ohne wieder zu lieben! Befassen wir uns also mit seinem inneren Glück. Als er im Januar 1823 seine Einkünfte geregelt sah und in den verschiedenen Kreisen der Pariser Gesellschaft Fuß gefasst hatte, fühlte er die Notwendigkeit, sich in den Schutz eines Sonnenschirmes zu begeben, sich über eine Frau beklagen zu können und nicht am Stiel einer für zehn Sous bei Frau Prevost gekauften Rose kauen zu müssen – nach Art der armseligen Jünglinge, die im Foyer der Oper herumglucksen wie Hühner im Mastkäfig. Kurzum, er beschloss, seine Gefühle, seine Gedanken, seine Neigungen einem Weibe darzubringen, einem Weibe! Dem Weibe! Ah! ... Er hegte zunächst den lächerlichen Gedanken einer unglücklichen Liebe, er umwarb eine

Zeit lang seine schöne Cousine, Frau d'Aiglemont, ohne gewahr zu werden, dass bereits ein gewisser Diplomat den Faustwalzer mit ihr getanzt. Das Jahr 1825 ging hin in Suchen, Erproben und nutzlosem Kokettieren. Die begehrte liebende Seele fand sich nicht. Die großen Leidenschaften sind selten. Zu jener Zeit gab es in Liebesdingen ebenso viele Barrikaden, wie in den Straßen. In Wahrheit, meine Brüder, das ›Unpassende‹ zieht uns an! Da man uns den Vorwurf gemacht hat, den Porträtmalern, den Taxatoren und Modehändlern ins Handwerk zu pfuschen, so soll euch denn auch die Beschreibung der Betreffenden, in der Godefroid seine Gefährtin zu finden meinte, nicht erspart bleiben: Alter neunzehn Jahre, Größe ein Meter fünfzig, Haare blond. Brauen ebenso, Augen blau, Stirn Mittel, Nase gebogen, Mund klein, Kinn schmal, Gesichtsform oval, besondere Kennzeichen keine. Das also ist der Steckbrief des geliebten Gegenstandes. Ihr dürft nicht anspruchsvoller sein als die Polizei, die Herren Ortsvorsteher und andere anerkannte Autoritäten. Das Gesagte würde übrigens auch auf die Venus von Medici passen. Als Godefroid das erste Mal einen jener Bälle besuchte, durch die Frau von Nucingen eine gewisse Berühmtheit erlangte, erspähte er bei einer Quadrille den zukünftigen Gegenstand seiner Liebe und entzückte sich an dieser Gestalt von ein Meter fünfzig. Die blonden Haare umströmten in brausenden Kaskaden ein kleines harmloses Gesicht, das frisch war wie das Antlitz einer Najade, die die Nase ans kristallene Fenster ihrer Quelle presst, um die Frühlingsblumen zu sehen. (Dies ist neuester Stil, bei dem die Phrasen Fäden ziehen wie Makkaroni.) Ihr kennt die Wirkung blonder Haare und blauer Augen in Verbindung mit einem weichen, wollüstigen und sittsamen Tanz? Solch ein junges Mädchen gleicht nicht den ehrgeizigen Brünetten, deren Blicke zu sagen scheinen: ›Geld oder Leben! Fünf Franken, oder ich verachte dich!‹ Diese übermütigen – und nicht ganz ungefährlichen – Schönheiten mögen vielen Männern gefallen; nach meiner Ansicht aber hat die Blonde, die das Glück hat, ganz besonders zärtlich und liebenswürdig zu erscheinen, ohne doch ihre Rechte der Zurückhaltung, der Neckerei, des netten Plauderns, der Eifersüchtelei und alles dessen, was eine Frau anbetungswürdig macht, einzubüßen, weit mehr Aussichten, sich zu verheiraten, als die feurige Brünette. Das Holz ist teuer. Isaure – sie war weiß und zart wie eine Elsässerin – war in Straßburg geboren und sprach das Deutsche mit einem sehr anmutigen französischen Akzent und tanzte wunderbar. Ihre Füße, die der Polizeibeamte nicht erwähnt hatte und die dennoch ihren Platz in der Rubrik ›Besondere Kennzeichen‹ verdienten, waren bemerkenswert durch ihre Kleinheit und ihre eigenartige Sprache, die die Alten ›*flic flac*‹[3] genannt haben. Die Füße Isaures plauderten mit einer Sicherheit, Leichtigkeit und Schnelligkeit, die in Herzensdingen von guter Vorbedeutung sein musste. ›Sie hat *flic flac*!‹ war das erhabenste Lob, das Marcel spendete, Marcel, der einzige Tanzmeister, der den Namen ›der Große‹ verdiente. Man sagte ›der große Marcel‹, wie man ›der große Friedrich‹ sagte – damals, zur Zeit Friedrichs des Großen.«

»Er hat wohl auch Ballette komponiert?«, fragte Finot.

»Ja, dergleichen wie ›Die vier Elemente›, ›Europa in Liebe.‹«

»Welch eine Zeit«, sagte Finot, »als noch die Herren von Adel den Tänzerinnen Kleider schenkten!«

»Unpassend!«, erwiderte Bixiou. »Isaure tanzte nicht auf Zehenspitzen; sie fußte fest am Boden, wiegte sich, ohne zu hüpfen, nicht mehr und nicht weniger verführerisch, als ein junges Mädchen sich eben wiegen darf. Marcel meinte übrigens voll abgründiger Erkenntnis, jeder Stand habe seine besondere Tanzweise: Eine verheiratete Frau müsse anders tanzen als ein junges Mädchen, ein Raufbold anders als ein Finanzmann, ein Militär anders als ein Edelknabe; er ging sogar so weit, zu behaupten, ein Infanterist müsse anders tanzen als ein Kavallerist – und hieran anschließend machte er seine Betrachtungen über alle Gesellschaftsklassen. Wie weit sind mir doch heute von alledem entfernt!«

»Höre«, sagte Blondet, »du legst da den Finger in eine große Wunde. Hätte man Marcel richtig verstanden, so wäre es nicht zur Revolution gekommen.«

»Godefroid«, fuhr Bixiou fort, »konnte auf seinen Reisen durch Europa nicht umhin, die fremdländischen Tänze kennenzulernen. Hätte er nicht so viel von der Tanzkunst verstanden – vielleicht hätte er sich niemals in das junge Mädchen verliebt; so aber war er von den dreihundert Geladenen, die sich durch die schönen Salons der Rue Point-Lazare drängten, der einzige, der die ungeschriebenen Liebesworte verstand, die dieser geschwätzige Tanz ausplauderte. Man bemerkte wohl die Anmut Isaure d'Aldriggers; aber in einem Jahrhundert, wo man den Ausruf liebte: ›Vorwärts, halten wir uns nicht auf!‹ hieß es in diesem Falle nur: ›Sieh da, dies junge Mädchen tanzt famos‹ (dies sagte ein Schreiber), oder: ›Das junge Mädchen da tanzt entzückend‹ (eine Dame mit Tur-

---

[3] Flic flac= Tanzschritt.

ban), oder (wie eine Frau von dreißig Jahren sagte): ›Das junge Mädchen dort drüben tanzt nicht schlecht!‹ Kommen wir auf den großen Marcel zurück und zitieren wir seinen berühmten Ausspruch: ›Was liegt nicht alles im Avant-deux![4]‹«

»Und beeilen wir uns ein wenig!«, sagte Blondet, »sprich nicht so schwülstig.«

»Isaure«, fuhr Bixiou mit einem schiefen Blick auf Blondet fort, »trug ein schlichtes Kleid aus weißem Krepp, das mit grünem Band geziert war, eine Kamelie im Haar, eine Kamelie im Gürtel, eine andere am Saum des Kleides und eine Kamelie ...«

»Du willst uns wohl die dreihundert Ziegen des Sancho aufzählen?«

»Ich bin eben literarisch, mein Lieber! ›Clarisse‹ ist eins der größten Meisterwerke und umfasst vierzehn Bände, der stumpfsinnigste Vaudevilledichter aber wird es dir in einem Akt heruntererzählen. Vorausgesetzt, dass ich dich unterhalte, sehe ich nicht ein, weshalb du dich beklagst? – Diese Toilette war von köstlicher Wirkung. Liebst du die Kamelien nicht? Möchtest du lieber Dahlien? Nein? Dann also eine Kastanie, da!«, sagte Bixiou, der bei diesen Worten Blondet eine Kastanie zugeworfen haben musste, denn wir hörten das Aufschlagen auf den Teller.

»Schön, ich hatte unrecht,« fahre nur fort!«, sagte Blondet.

»Also weiter«, sagte Bixiou. »›Ist sie nicht wie gemacht zum Heiraten?‹, wandte sich Rastignac an Beaudenord, indem er auf die Kleine mit den weißen reinen Kamelien wies, an denen kein Blättchen fehlte. Rastignac war ein naher Freund Godefroids. ›Ja, das hatte ich gerade gedacht‹, erwiderte Godefroid leise. ›Ich sagte mir soeben, dass es besser sei, sich der von Jean Jacques Rousseau ersehnten Leidenschaft hinzugeben und ehrlich und treu ein junges Mädchen wie Isaure zu lieben, mit dem Gedanken, sie späterhin, wenn die Seelen einander kennen und schätzen, zur Frau zu nehmen – kurzum, ein beglückter Werther zu sein, anstatt fortwährend um sein Glück zu zittern, unaufmerksamen Ohren mit Mühe ein paar Worte zuzuraunen, im Theater nachzuspähen, ob die betreffende Frisur eine rote oder weiße Blume trägt, und im Bois, ob auf dem betreffenden Wagenschlag eine behandschuhte Hand sich zeigt, wie das in Mailand beim Korso üblich ist; anstatt hinter irgendeiner Tür einen hastigen Kuss zu stehlen, wie der Bedienstete den Schluck aus der

---

[4] En avant-deux = ›Vorwärts zu zweit!‹, Kommandowort beim Kontertanz.

Flasche; anstatt seinen Geist darauf zu verwenden, gleich einem Postboten Briefe abzuholen und fortzutragen; anstatt heute fünf Bände Folio und morgen zwei kleine Seiten lesen zu müssen, was alles sehr ermüdend ist!‹ - ›Nun‹, sagte Rastignac, ›wenn ich an deiner Stelle wäre, so würde ich mich vielleicht in diese Askese stürzen, sie ist neu, eigenartig und wenig kostspielig. Deine Mona Lisa ist lieblich, aber dumm wie eine Ballettmusik, das sage ich dir gleich.‹ Die Art, wie Rastignac diese letzte Bemerkung machte, ließ Beaudenord glauben, sein Freund habe ein Interesse daran, ihn zu ernüchtern; als ehemaliger Diplomat vermutete er in dem andern den Rivalen. Ein verfehlter Beruf verfolgt uns durchs ganze Leben. Godefroid verliebte sich so gründlich in Fräulein Isaure d'Aldrigger, dass Rastignac an ein im Spielsalon plauderndes großes Mädchen herantrat und ihr zuflüsterte: ›Malvina, Ihre Schwester hat einen Fisch im Netze zappeln, der achtzehntausend Livres Rente wiegt, er hat einen Namen, ein gewisses Ansehen in der Gesellschaft und weiß sich Haltung zu geben, haben Sie acht auf die beiden! Wird es eine ernste Liebe, so versuchen Sie, Isaures Vertrauen zu gewinnen, damit sie keine unüberlegte Antwort gibt.‹ Gegen zwei Uhr morgens erschien der Kammerdiener bei einer kleinen Sennerin von vierzig Jahren, an deren Seite Isaure wellte, und sagte: ›Der Wagen der Frau Baronin ist vorgefahren.‹ Godefroid sah daraufhin, wie seine Balladenschönheit ihre abenteuerliche Mutter in das Vorzimmer führte, wo Malvina sich ihnen zugesellte. Godefroid, der (welch ein Kind!) vorgab, nachsehen zu wollen, in welchen Einmachtöpfen Joby ertrunken sei, hatte das Glück, zu sehen, wie Isaure und Malvina ihrer lebhaften kleinen Mutter in den Pelz halfen und einander beistanden, sich für die nächtliche Fahrt durch Paris vorzubereiten. Die beiden Schwestern beobachteten ihn von der Seite, gleich klugen Kätzchen, die ein Mäuslein belauern, während sie es scheinbar gar nicht beachten. Er bemerkte mit Genugtuung das wohlerzogene Benehmen und die schöne Livree des weiß behandschuhten Elsässers, der seinen drei Gebieterinnen große Pelzschuhe brachte. Selten waren zwei Schwestern einander unähnlicher als Isaure und Malvina. Die Ältere groß und brünett, Isaure klein und blond; diese hier zierlich mit zarten Gesichtszügen, jene von kühnen, kräftigen Formen; Isaure war das Weib, das durch seinen Mangel an Kraft den Mann beherrscht und das zu beschützen sogar ein Gymnasiast sich berufen fühlt, neben ihrer Schwester erschien Isaure wie ein Miniaturporträt neben einem Ölgemälde. ›Sie ist reich!‹, sagte Godefroid zu Rastignac, als er wieder in den Ballsaal trat. ›Wer?‹ - ›Dieses junge

Mädchen.‹ - ›Ah! Isaure d'Aldrigger? Ja freilich. Die Mutter ist Witwe; ihr Gatte hatte in Straßburg seinerzeit auch Nucingen angestellt. Willst du sie wiedersehen, so erweise dich Frau von Restaud liebenswürdig; sie gibt übermorgen einen Ball, auf dem auch die Baronin d'Aldrigger mit ihren beiden Töchtern erscheint, du wirst eingeladen werden!‹ Drei Tage lang erblickte Godefroid in der Dunkelkammer seines Gehirns seine Isaure und die weißen Kamelien, wie wir einen hell beleuchteten Gegenstand, den wir lange angeblickt, mit geschlossenen Augen bunt und strahlend durchs Dunkel tanzen sehen.«

»Bixiou, du verlierst dich ins Wundersame, stelle uns lieber Bilder auf!«, sagte Couture.

»Hier!«, erwiderte Bixiou und nahm anscheinend die Haltung eines dienstbeflissenen Kellners an, »hier, meine Herren, das gewünschte Bild! Achtung, Finot! Man muss dir über den Mund fahren, wie der Droschkenkutscher seiner Schindmähre! Frau Theodor, Marguerite Wilhelmine Adolphus (aus dem Hause Adolphus & Cie., Mannheim), Witwe des Barons d'Aldrigger, war keine gute dicke Deutsche, die, blond und bedächtig, eine Gesichtsfarbe hat wie der Schaum auf dem Bier, und mit allen ehrwürdigen Tugenden gesegnet ist, die Germanien aufzuweisen hat. Ihre Wangen waren noch frisch und rotbäckig, wie bei einer Nürnberger Puppe, reiche Korkzieherlocken, verführerische Augen, kein einziges weißes Haar, eine zierliche Gestalt, deren Vorzüge ein gut sitzendes Mieder noch erhöhte. Sie hatte auf der Stirn und an den Schläfen ein paar unerwünschte Falten, die sie, gleich Ninon, lieber an den Füßen gehabt hätte, aber die Falten fuhren fort, an den sichtbarsten Stellen ihr Zickzack einzugraben. Die Nasenspitze rötete sich, was um so unangenehmer war, als die Nase nun mit der Farbe der Wangen harmonierte. Als einziges Kind von ihren Eltern verwöhnt, verwöhnt von ihrem Gatten und von ganz Straßburg, verwöhnt auch von ihren beiden Töchtern, die sie anbeteten, gestattete sich die Baronin, Rot aufzulegen, gestattete sich den kurzen Rock und die Schleife am Taillenschluss. Begegnet ein Pariser der Baronin auf dem Boulevard, so lächelt er und verurteilt sie, ohne irgendwelche mildernde Umstände gelten zu lassen. Der Spötter ist stets ein oberflächlicher und darum grausamer Mensch; der Narr bedenkt nicht, dass die Gesellschaft selbst zum großen Teil das Lächerliche geschaffen hat, das er belacht, denn die Natur setzt lediglich Geschöpfe in die Welt, die Dummen und Hansnarren verdanken wir dem sozialen Staat.«

»Was mir an Bixiou gefällt«, sagte Blondet, »ist, dass er bei der Stange bleibt: Sobald er nicht die andern verspottet, lacht er wenigstens über sich selbst.«

»Blondet, ich werde dir das vergelten«, sagte Bixiou bedeutungsvoll. »War die Baronin leichtsinnig, sorglos, selbstsüchtig und ohne jede Rechengabe, so traf die Verantwortlichkeit für diese Fehler das Haus Adolphus & Cie. in Mannhelm und die blinde Liebe des Barons d'Aldrigger. Sanft wie ein Lamm, hatte die Baronin ein zärtliches, leicht entflammtes Herz; unglücklicherweise aber dauerte die Glut nie lange und wurde darum oft erneuert. Als der Baron starb, wäre unsere Sennerin ihm am liebsten gefolgt, so heftig und aufrichtig war ihr Schmerz; aber am andern Morgen, beim Frühstück, trug man ihr junge grüne Erbsen auf, ein Gericht, das sie sehr liebte, und diese köstlichen jungen Erbsen linderten ihr Leid. Sie wurde von ihren Töchtern und Dienstboten so abgöttisch verehrt, dass das ganze Haus dem Umstand dankbar war, der ihnen gestattete, der Baronin den schmerzlichen Anblick des Trauerzuges zu entziehen. Isaure und Malvina verbargen der angebeteten Mutter ihre Tränen und beschäftigten sie mit Anprobieren und Auswahl der Trauerkleider – während man draußen das Requiem sang. Wenn auf dem großen schwarz-weißen Katafalk mit den unzähligen Wachstropfen, der erst dreitausend Leichen gedient haben muss, ehe er aufgefrischt wird – so sagte mir ein Philosoph, den ich bei einem Glase Wein über diesen Punkt befragte –, wieder mal ein Sarg niedergestellt ist; wenn ein höchst gleichgültiger niederer Geistlicher das ›Dies irae‹ grölt und ein ebenso gleichgültiger, doch hoher Geistlicher die Totenmesse liest – wisst ihr, was da die schwarzgekleideten Freunde des Verstorbenen sagen, die dort in der Kirche herumsitzen oder stehen? Hier das gewünschte Bild: Also, seht ihr sie? ›Wie viel glauben Sie, dass der Papa d'Aldrigger hinterlässt?‹, sagte Desroches zu Taillefer, der uns vor seinem Tode das herrliche Fest gegeben ...«

»War Desroches damals Advokat?«

»Er praktizierte 1822«, sagte Couture. »Und das war kühn von dem Sohn eines armen Beamten, der nie mehr als achtzehnhundert Franken bekam, kühn von einem jungen Mann, dessen Mutter mit Stempelpapieren handelte. Aber er arbeitete auch angestrengt von 1818 bis 1822. Als vierter Schreiber war er bei Derville eingetreten und 1819 schon zum zweiten aufgerückt!«

»Desroches?«

»Ja«, sagte Bixiou. »Desroches war seinerzeit, gerade wie wir, arm wie Hiob. Er hatte es satt, in ausgewachsenen Kleidern herumzulaufen, da gab er sich aus Verzweiflung dem Rechtsstudium hin und kaufte sich den Rechtstitel. Nun war er Advokat ohne einen Sou, ohne Klientel, ohne andere Freunde als uns, und hatte für Amt und Bürgschaft die Zinsen zu zahlen.«

»Er kam mir damals vor wie ein entsprungener Tiger«, sagte Couture. »Mager, mit rotem Haar und tabakbraunen Augen, kalter und gleichgültiger Miene, aber ein scharfer Arbeiter, der Schrecken seiner Schreiber, die nicht müßig sein durften, klug und gerieben, von honigsüßer Beredsamkeit, sich nie hinreißen lassend ...«

»Und er hat gute Seiten«, rief Finot. »Er ist seinen Kameraden ein treuer Freund, und seine erste Sorge war, Godeschal, den Bruder Mariettas, zum Schreiber zu nehmen.«

»In Paris«, sagte Blondet, »gibt es nur zwei Arten von Advokaten: Den Advokaten, der Ehrenmann ist, der sich in den Grenzen des Gesetzes hält, Prozesse führt, die Dinge nie übereilt, nicht vernachlässigt, seinen Klienten redlichen Rat erteilt, indem er in zweifelhaften Fällen zu einem Vergleiche rät, kurzum ein Derville. Der andere ist der Hungeradvokat, dem alles recht ist, vorausgesetzt, dass es sichern Gewinn bringt; der keine Berge versetzt, denn er verkauft sie, aber der die Sterne vom Himmel herunterholt; der sich anheischig macht, einen Schurken über einen Ehrenmann triumphieren zu lassen, wenn der Ehrenmann zufällig nicht bei Kasse ist. Wenn einer dieser Advokaten einen gar zu grauenhaften Streich spielt, so zwingt ihn die Kammer, seinen Beruf aufzugeben. Desroches, unser Freund Desroches, hat diesen an armen Schluckern betriebenen Beruf gut verstanden: Er hat Leuten, die fürchteten, ihre Sache zu verlieren, ihren Prozess abgekauft, er stürzte sich in Bosheiten und Kniffe, denn er war entschlossen, sich aus dem Elend herauszuarbeiten. Er hatte recht, er hat ehrlich seinen Weg gemacht! Politiker, denen er aus unangenehmen Wirren herausgeholfen, wurden seine Förderer, wie zum Beispiel unser lieber des Lupeaulx, dessen Lage so bedenklich war. Er musste das, um sich herauszuziehen, denn Desroches war anfänglich beim Gericht unbeliebt, er, der sich solche Mühe gab, die Fehler seiner Klienten wieder gutzumachen! ... Nun, Bixiou, erzähle weiter ... weshalb war Desroches in der Kirche?«

»›D'Aldrigger hinterlässt sieben- oder achthunderttausend Franken!‹, bekam Desroches von Taillefer zur Antwort. ›Na na! Es gibt nur einen, der sein Vermögen kennt‹, sagte Werbrust, ein Freund des Verstorbenen. ›Wer?‹ - ›Der alte Schlaukopf Nucingen; er wird bis zum Kirchhof mitgehen. D'Aldrigger ist sein Gönner gewesen, und zum Dank ließ er das Vermögen des Biedermannes heimlich abschätzen.‹ - ›Seine Witwe wird einen großen Unterschied wahrnehmen!‹ - ›Wie meinen Sie das?‹ - ›Nun, d'Aldrigger liebte seine Frau sehr! Lachen Sie nicht, man sieht her.‹ - ›Halt, da ist ja auch du Tillet, er hat sich recht verspätet, es wird schon die Epistel verlesen.‹ - ›Er wird wahrscheinlich die Älteste heiraten.‹ - ›Ist es möglich?‹, sagte Desroches, ›er steht mehr denn je mit Frau Roguin in Beziehungen.‹ - ›Er, in Beziehungen? ... Sie kennen ihn nicht!‹ - ›Wie ist eigentlich die Position von Nucingen und du Tillet?‹, fragte Desroches. ›Sie ist die‹, sagte Taillefer: ›Nucingen ist der Mann, das Vermögen seines alten Gönners an sich zu reißen und es ihm wieder zurückzuerstatten.‹ Werbrust hustete. ›Es ist verteufelt kalt in der Kirche!‹ Er hustete wieder. ›Wieso zurückzuerstatten?‹ - ›Nun, Nucingen weiß, dass du Tillet ein großes Vermögen besitzt, und will ihn mit Malvina verheiraten; aber du Tillet misstraut Nucingen. Wer dem Spiel zusieht, hat seine Freude daran.‹ - ›Wie?‹, sagte Werbrust, ›schon heiratsfähig? ... Wie schnell man alt wird!‹ - ›Malvina d'Aldrigger ist über zwanzig Jahre, mein Lieber. Der gute d'Aldrigger hat 1800 geheiratet. Er gab uns damals in Straßburg bei seiner Hochzeit und bei der Geburt Malvinas ein paar herrliche Feste. Malvina ist 1801, dem Jahr des Friedens von Amiens, geboren, und jetzt haben wir 1823, Papa Werbrust. Damals ossianisierte man alles, daher nannte er seine Tochter Malvina. Sechs Jahre später, unterm Kaiserreich, war er eine Zeit lang für alles Ritterliche begeistert; so nannte er seine zweite Tochter Isaure, sie ist siebzehn. Sind also zwei heiratsfähige Töchter.‹ - ›In zehn Jahren haben die Mädchen keinen Sou mehr‹, sagte Werbrust vertraulich zu Desroches. ›Der Alte, der dort an der Kirchentür steht und tapfer mitbrüllt, ist der Kammerdiener von d'Aldrigger; die beiden jungen Mädchen sind unter seinen Augen groß geworden, er ist zu allem fähig, wenn es gilt, ihr Leben angenehm zu gestalten.‹ Die Vorsänger: ›*Dies irae!*‹ - die Chorknaben: ›*Dies illa!*‹ - Taillefer: ›Adieu, Werbrust; wenn ich das *Dies irae* höre, werde ich zu sehr an meinen armen Sohn erinnert.‹ - ›Ich gehe auch; es ist zu feucht hier‹, sagte Werbrust (›*In favilla*‹). - Die Armen an der Tür: ›Liebe Herren, schenken Sie uns ein paar Sous!‹ - der Schweizer: ›Pang pang! Gebt für die Kirche! Gebt für die Kirche!‹ - die Vorsänger: ›Amen!‹ - ein Bekannter: ›Woran ist er gestorben?‹ - ein neugieriger Witzbold: ›An einem Schiff, das auf den Grund gelaufen ist.‹ - ein Passant: ›Wissen Sie, wer es ist, der hier verstorben ist?‹ - Ein Verwandter: ›Der Präsident von Montesquieu.‹ - Der Sakristan zu den Armen: ›Macht euch fort, man hat uns schon für euch etwas gegeben; ihr dürft nichts mehr fordern!‹«

»Großartig!«, sagte Couture.

Und wirklich, man sah das ganze Leben und Treiben in der Kirche vor Augen. Bixiou vergaß nichts; sogar das Geräusch, mit dem die Leichenträger den Sarg aufhoben und davonschritten, ahmte er, mit den Füßen auf dem Fußboden scharrend, nach.

»Es gibt Dichter und Romanschriftsteller, die über Pariser Sitten und Gebräuche viele schöne Dinge sagen«, fuhr Bixiou fort; »hier aber habt ihr die Wahrheit über eine Begräbnisfeier. Auf hundert Leute, die so einem Kerl von Toten den letzten Dienst erweisen, kommen neunundneunzig, die ganz öffentlich in der Kirche von Geschäft und Vergnügen sprechen. Es gehört ein ganz unglaublicher Zufall dazu, um wirklich mal ein wenig wahres Leid aufzuspüren. Überhaupt: Gibt es denn ein Leid, das nicht im Grunde Egoismus wäre? ... Als die Messe beendet, begleiteten Nucingen und du Tillet den Trauerzug zum Kirchhof. Der alte Kammerdiener ging zu Fuß. Der Kutscher lenkte den Wagen hinter den der Geistlichkeit. ›Nun, main kuter Fraind‹, sagte Nucingen zu du Tillet, als der Wagen den Boulevard entlang fuhr, ›die Kelegenhait ist ginstig, hairaten Se Malfina, machen Se sich ßum Peschitzer dieser armen wainenden Familsche; dann werden Se haben aine Familsche, ain Haim. Se werden sich in ain kemachtes Pett setzen, und Malfina ist ain Kemüt, ain wahrer Schatz, sak ich Ihnen.‹«

»Man meint wirklich den alten Robert Macaire von Nucingen zu hören!«, sagte Finot.

»›Ein reizendes Mädchen‹, sagte Ferdinand du Tillet feurig und doch gleichmütig«, erzählte Bixiou weiter.

»Der ganze du Tillet!«, rief Couture.

»›Denen, die sie nicht kennen, mag sie hässlich erscheinen‹, sagte du Tillet, ›aber ich gebe zu, sie hat Seele.‹ - ›Und ain Kemüt, das ist das Kute an der Sache, main Lieber! Se ist klug und unterwürfig. In unserm Peruf waiß man nie, wie's kommt und keht; es ist ain kroßes Klick, wenn man sich dem Herzen sainer Frau kann anverdrauen. Was ist Telfine, die mir, wie Se wissen, mehr als aine Million mitkepracht hat, kegenüber Malfina, die kaine so kroße Mitkift hat.‹ - ›Aber wie viel hat sie denn?‹ - ›Ich waiß nicht kenau, aber es ist schon allerhand.‹ - ›Sie hat eine Mutter, die das Schminken liebt!‹, sagte du Tillet. Dieses Wort schnitt dem Versucher die weitere Rede ab. Nach dem Diner teilte der Baron der Wilhelmine Adolphus mit, dass sie nur noch knapp vierhunderttausend Franken bei ihm liegen habe. Die Tochter der Firma Adolphus aus Mannheim, die sich nunmehr auf vierundzwanzigtausend Livres Rente beschränkt sah, verlor sich in Betrachtungen, die ihr den Kopf verwirrten. ›Wie?‹, sagte sie zu Malvina. ›Wie? Ich habe für uns stets sechstausend Franken allein bei der Schneiderin ausgegeben! Ja, wo nahm denn dein Vater das Geld dazu her? Was haben wir von vierundzwanzigtausend Franken? Das Elend! Ach, wenn mein Vater mich so sähe, er würde sterben, wenn er nicht schon tot wäre! Arme Wilhelmine!‹ Und sie begann zu weinen. Malvina, die nicht wusste, wie sie die Mutter trösten sollte, stellte ihr vor, dass sie noch jung und hübsch sei, Rosa kleide sie noch immer gut, sie werde in die Oper und ins Bouffons gehen, denn die Loge Frau von Nucingens stehe ihr doch zur Verfügung. Sie lullte die Mutter in einen Traum von Festen, Musik und Tanz, schönen Toiletten und rauschenden Erfolgen – in einen Traum, der in einem himmelblauen Seidenbett eines vornehm eingerichteten Zimmers emporblühte, das jenem benachbart war, in dem zwei Nächte früher Herr Jean Baptiste Baron d'Aldrigger sein Leben ausgehaucht. Hier in kurzem Umriss seine Geschichte. Bei seinen Lebzeiten hatte der ehrenwerte Elsässer, Bankier in Straßburg, ein Vermögen von etwa drei Millionen zusammengetragen. Im Jahre 1800, als er sechsunddreißig Jahre alt war und ein nettes Vermögen besaß, das er während der Revolution erworben, heiratete er aus Strebsamkeit und Neigung die Erbin der Firma Adolphus in Mannheim. Das junge Mädchen wurde von der ganzen Familie vergöttert und heimste natürlich im Laufe von zehn Jahren das gesamte Vermögen ein. D'Aldriggers Vermögen verdoppelte sich dadurch, was zur Folge hatte, dass er von Seiner Majestät dem Kaiser und König zum Baron ernannt wurde; aber leider fasste er für den großen Mann, dem er den Adel verdankte, eine Leidenschaft. So richtete er sich von 1814 bis 1815 zugrunde, weil er die Sonne von Austerlitz ernst genommen hatte. Der ehrliche Elsässer stellte seine Zahlungen nicht ein, suchte nicht seine Gläubiger mit Papieren abzufinden, die er für schlecht hielt; er bezahlte alles sofort und zog sich von der Bank zurück, mit welcher Handlungsweise er sich den Namen, den Nucingen, sein früherer erster Kommis, ihm beigelegt, redlich verdiente: ›ein Ehrenmann, aber dumm!‹ Als alle Zahlungen gemacht, blieben ihm noch fünfhunderttausend Franken und gewisse Forderungen an das

Kaiserreich, das nicht mehr bestand. ›Das gommt davon, dass man sich ßu sehr auf Nappolion verlassen hat‹, sagte er, als er den Erfolg seiner Liquidation gewahrte. Wenn man in einer Stadt der Erste gewesen, so bleibt man nach seinem Fall nicht gern dort ... Der Bankier aus dem Elsass machte es wie alle bankrotten Provinzler: Er kam nach Paris und trug hier mutig seine blau-weiß-roten Hosenträger mit den eingestickten kaiserlichen Adlern; er schloss sich den bonapartistischen Kreisen an. Sein Vermögen übergab er dem Baron Nucingen, der ihm für alles acht Prozent gab und seine Forderungen an das Kaiserreich für sechzig Prozent übernahm, was d'Aldrigger veranlasste, Nucingen mit den Worten die Hand zu drücken: ›Ich wusste ja, dass ich in dir das Herz aines Elsässers finden wirde!‹ Nucingen ließ sich von unserm Freund des Lupeaulx bis auf Heller und Pfennig ausbezahlen. Trotzdem man ihn also gehörig gerupft hatte, besaß der Elsässer ein gewerbliches Einkommen von vierundvierzigtausend Franken. Wie alle Leute, die plötzlich einer langgewohnten und Geistesgegenwart erfordernden Tätigkeit entsagen müssen, sich irgendeinem Spleen hingeben, so auch er. Der Bankier machte es sich zur Aufgabe, sich für seine Frau aufzuopfern, das edle Herz! Ihr Vermögen war dahin, und sie hatte diese Tatsache mit der Sorglosigkeit eines jungen Mädchens, das von Geldangelegenheiten nicht das geringste versteht, hingenommen. Die Baronin d'Aldrigger genoss also nach wie vor die Freuden, an die sie gewöhnt war – und jetzt sogar nicht mehr in Straßburg, sondern in Paris. Das Haus Nucingen stand schon damals, wie noch heute, an der Spitze der Geldaristokratie, und der ›geriebene Baron‹ machte es sich zur Ehre, den ›ehrlichen Baron‹ gut aufzunehmen. Diese schöne Tugend stand dem Hause Nucingen gut. Jeder Winter verminderte das Kapital d'Aldriggers, aber er wagte keinen Vorwurf gegen die Perle der Adolphus in Mannheim: Seine Zärtlichkeit war die erfinderischste und unangebrachteste von der Welt. Ein braver Mann, aber erzdumm! Als er starb, fragte er sich: ›Was wird aus ihnen werden ohne mich?‹ Und als er sich einmal mit Wirth, seinem alten Kammerdiener, allein sah, legte er ihm zwischen zwei Hustenanfällen sein Weib und seine Kinder ans Herz, als ob dieser gebrechliche Alte das einzige vernünftige Wesen im ganzen Hause sei! Drei Jahre später, 1826, war Isaure zwanzig Jahre und Malvina unverheiratet. Malvina hatte das gesellschaftliche Treiben durchschaut, es für oberflächlich und berechnend erkannt. Gleich fast allen wohlerzogenen jungen Mädchen wusste Malvina nichts vom praktischen Leben, von der Macht des Geldes, der Schwierigkeit, solches zu erwerben, vom Preis der Dinge. Jede Lehre, die sie in diesen sechs Jahren ziehen musste, war ihr wie eine Beleidigung erschienen. Die vierhunderttausend Franken, die der selige d'Aldrigger noch beim Bankhaus Nucingen stehen hatte, wurden als Guthaben der Baronin geführt, denn der Nachlass ihres Gatten schuldete ihr zwölfhunderttausend Franken, und in Augenblicken der Bedrängnis tat die Sennerin einen Griff in diese Kasse, als sei sie unerschöpflich. Zurzeit, als unser Tauber sich seiner Täubin näherte, hatte Nucingen, der den Charakter seines ehemaligen Chefs kannte, Malvina über die finanzielle Lage der Witwe aufgeklärt: Es lagen nur noch dreihunderttausend Franken bei ihm, sodass die Rente von vierundzwanzigtausend Franken auf achtzehntausend heruntergesetzt werden musste. Wirth hatte drei Jahre lang die Situation gehalten! Nach der vertraulichen Mitteilung des Bankiers wurden Pferde und Wagen abgeschafft und der Kutscher entlassen; das tat Malvina hinter dem Rücken der Mutter. Die Einrichtung des Hauses, die zehn Jahre alt war, konnte nun nicht durch neues Mobiliar ersetzt werden, aber alles war gleichzeitig alt und fadenscheinig geworden; für die, die eine gewisse Harmonie lieben, war es allerdings nur halb so schlimm. Die wohlkonservierte Baronin glich nun einer kalten und welken Rose, die inmitten des November als Einzige am Busch hängt. Ich, der ich hier zu euch rede, habe mit angesehen, wie diese üppige Blüte allmählich, ganz allmählich verblasste. Entsetzlich, mein Ehrenwort! Das war der letzte Kummer, den ich hatte. Später sagte ich mir: ›Es ist dumm, an andern so viel Interesse zu nehmen!‹ Als ich noch Beamter war, nahm ich Anteil an allen Häusern, in denen ich speiste, ich verteidigte sie vor übler Nachrede, ich spottete nicht über sie, ich ... Oh, ich war ein Kind! – Als ihre Tochter ihr die Lage der Dinge mitgeteilt, rief die ehemalige Perle entsetzt: ›Meine armen Kinder! Wer wird mir nun meine Toiletten nähen? Ich werde also keine neuen Hüte mehr tragen, keine Besuche empfangen, keine erwidern!‹ – Woran, meint ihr, erkennt man bei einem Mann die wahre Liebe?«, unterbrach sich Bixiou. »Es handelt sich darum, zu wissen, ob Beaudenord ernstlich in die kleine Blonde verliebt war.«

»Er vernachlässigt seine Geschäfte«, erwiderte Couture.

»Er wechselt dreimal am Tage das Hemd«, sagte Finot.

»Eine Gegenfrage«, sagte Blondet: »Kann und darf ein großer Mann überhaupt verliebt sein?«

»Meine Freunde«, sprach Bixiou gefühlvoll weiter, »hüten wir uns wie vor einer Viper vor dem Mann, der, sobald er sich verliebt weiß, mit den Fingern schnippt oder seine Zigarren fortwirft und sich sagt: ›Pah, es gibt noch andere in der Welt!‹ Der Staat aber mag diesen Bürger im Ministerium für auswärtige Angelegenheiten verwenden. Blondet, ich mache dich darauf aufmerksam, dass besagter Godefroid aus der Diplomatie ausgeschieden war.«

»Man hat ihn ausgenutzt, aufgesogen! Die Liebe ist der einzige Weg, auf dem die Dummen zu einer gewissen Größe gelangen«, erwiderte Blondet.

»Blondet, Blondet, warum nur sind wir so arm?«, rief Bixiou.

»Und warum ist Finot so reich?«, entgegnete Blondet:

»Ich will es dir sagen, mein Sohn, wir verstehen uns! Halt, Finot, du schenkst mir ja ein, als hätte ich deinen Klee gelobt. Weißt du nicht, dass man gegen Ende eines Diners am Wein nur nippen soll? ... Also weiter. Du hast es gesagt: Der ›aufgesogene‹ Godefroid machte weitgehende Bekanntschaft mit der großen Malvina, der leichtsinnigen Baronin und der kleinen Tänzerin. Er versank in kleinlichste Abhängigkeit und Dienstbarkeit. Diese leichenhaften Reste einstigen Wohlstandes schreckten ihn nicht. Bewahre! Er gewöhnte sich schließlich an alle die Fetzen und Lumpen. Nie sollte die Möbelgarnitur aus grüner chinesischer Seide, die den Salon zierte, diesem Bewerber alt und verbraucht erscheinen. Die Vorhänge, das Teetischchen, die chinesischen Vasen auf dem Kamin, der Rokoko-Kronleuchter, der fadenscheinige Teppich, das Piano, das blumengezierte Teeservice, die Servietten mit spanischen Fransen und spanischen Löchern, der persische Salon, der dem blauen Schlafgemach der Baronin benachbart war, alles schien ihm geheiligt. Nur dumme Frauen, deren strahlende Schönheit Geist, Herz und Seele in Schatten stellt, können solche Leidenschaften entfachen; eine geistvolle Frau hat keine derartigen Erfolge, man muss klein und dumm sein, um sich eines Mannes zu bemächtigen. Beaudenord hat es mir selbst gesagt, dass er dem alten würdigen Kammerdiener Wirth zugetan war. Der alte Narr hatte vor seinem künftigen Herrn eine Hochachtung, wie der gläubige Katholik vor der Eucharistie. Der biedere Wirth war ein deutscher Michel, so ein Biertrinker, der seine Durchtriebenheit zu verbergen weiß, wie ein mittelalterlicher Kardinal seine Faust im Ärmel versteckte. Als Wirth sah, dass hier ein Gatte für Isaure zu fangen sei, umschmeichelte er Godefroid mit dem ganzen Aufwand seiner elsässischen Biederkeit, dem wirksamsten aller Klebstoffe. Frau d'Aldrigger benahm sich höchst ›unpassend‹, sie sah die Liebe als etwas ganz Natürliches an. Wenn Isaure und Malvina zusammen die Tuilerien oder die Champs Élysées besuchten, wo sie mit jungen Männern ihres Kreises zusammentrafen, so sagte die Mutter: ›Unterhaltet euch gut, liebe Kinder!‹ Ihre Freunde, die einzigen, die über die beiden Schwestern hätten übel reden können, verteidigten sie; denn die unbeschränkte Freiheit, die jeder im Salon d'Aldrigger genoss, machte diesen zu einem unvergleichlich angenehmen Treffpunkt. Selbst für Millionen hätte man in ganz Paris nur schwer dergleichen Abendgesellschaften zu sehen bekommen – eine Gesellschaft, in der man über alles geistvoll zu plaudern wusste, in der die modische Kleidung nicht Vorschrift war und ein jeder sich behaglich fühlte. Die beiden Schwestern korrespondierten, mit wem es ihnen gefiel, und empfingen und lasen in Gegenwart der Mutter ihre Briefe, ohne dass die Baronin jemals auf den Gedanken gekommen wäre, etwas davon wissen zu wollen. Die prächtige Mutter schenkte den Töchtern alle Wohltaten, die ihr Egoismus für sich selbst verlangte; denn der Egoist, der unbehelligt sein will, behelligt auch die andern nicht und ist keiner von denen, der das Leben seiner Freunde mit den Hecken guten Rates und dem Dornbusch der Ermahnungen umgibt ...«

»Du sprichst mir zu Herzen«, sagte Blondet; »aber, mein Lieber, du erzählst nicht, du schwatzest.«

»Blondet, wärest du nicht schon betrunken, so würde ich mich über dich ärgern! Von uns vieren ist er der einzige wirkliche Literat! Um seinetwillen tue ich euch die Ehre an, euch gewissermaßen als Feinschmecker zu behandeln; ich serviere euch meine Geschichte wie kleine zarte Kuchen, und er sitzt und kritisiert! Meine Freunde, ein einfaches Aneinanderreihen von Tatsachen ist entschieden ein Zeichen geistiger Sterilität. Die feine Komödie ›Der Misanthrop‹ beweist, dass die wahre Kunst darin besteht, auf einer Nadelspitze einen Palast aufzubauen. Ich liebe es, meinem Stoff Größe zu verleihen, ihn umzuformen; ich mache es wie die Feen, die aus einer Sandwüste in zehn Sekunden ein Interlaken erstehen lassen – so schnell also, wie ich hier dies Glas leere! Wollt ihr, dass mein Bericht wie eine Kanonenkugel daherschießt, wollt ihr einen militärischen Rapport? Wir plaudern und lachen, und dieser nüchterne Büchersammler verlangt in seiner Trunkenheit, dass ich so albern daherreden soll wie ein Buch.« (Er tat, als weine er).

»Weinen wir, Candide, und so lebe denn die ›Kritik der reinen Vernunft‹!«

»Also erzähle nur weiter«, sagte Finot.

»Ich wollte euch klarmachen, worin das Glück eines Mannes besteht, der nicht Aktieninhaber ist (eine Schmeichelei für Couture!). Also wisst ihr nun, zu welchem Preise sich Godefroid die köstlichste Glückseligkeit verschaffte, die ein junger Mann sich träumen kann? ... Er studierte Isaure, um sicher zugehen, verstanden zu werden! ... Dinge, die einander verstehen sollen, müssen einander gleichen. Nun, sie haben nichts Gemeinsames als das Nichts und das Unendliche; die Dummheit ist das Nichts, der Verstand ist das Unendliche. Die beiden Liebenden schrieben einander die albernsten Briefe von der Welt, sie sandten sich gegenseitig auf duftenden rosa Blättchen Worte wie: ›Engel! Äolsharfe! Wenn ich Dich habe, bin ich vollkommen! Auch ein Mann hat ein fühlendes Herz in der Brust! Schwaches Weib! Ich Armer!‹ Alle die unsinnigen Worte eines Liebespaares von heute. Godefroid blieb in keiner Gesellschaft länger als zehn Minuten, er sprach mit den Damen höchst anspruchslose Dinge, sie fanden ihn also sehr geistvoll. Er war einer von denen, die gerade so viel Geist haben, als man ihnen unterschiebt. Urteilt selbst, wie sehr er in Anspruch genommen war. Joby und seine Pferde wurden nun in seinem Dasein nebensächliche Dinge. Er war nur dann glücklich, wenn er, in seinen bequemen Lehnstuhl vergraben, zur Seite des Kamins aus grünem Marmor, der Baronin gegenübersaß, Isaure anschauen und behaglich plaudernd seinen Tee schlürfen konnte. Es war immer ein kleiner Freundeskreis dort in der Rue Joubert beisammen, man kam zwischen elf und Mitternacht und konnte ohne Gefahr ein Spielchen machen; ich habe dort immer gewonnen! Wenn Isaure ihren hübschen kleinen Fuß im schwarzen Seidenschuh kokett zeigte und Godefroid ihn lange betrachtet hatte, so blieb er als der Letzte da und sagte zu Isaure: ›Gib mir deinen Schuh ...‹ Isaure hob den Fuß, stellte ihn auf einen Stuhl, zog den Schuh aus und gab ihn ihm mit einem Blick, einem Blick ... nun, ihr versteht! Godefroid entdeckte an Malvina ein großes Geheimnis. Wenn du Tillet an die Tür klopfte, so flüsterte das Rot, das in Malvinas Wangen stieg: ›Ferdinand!‹ Wenn das arme Mädchen den prankenbewehrten Tiger ansah, so leuchteten ihre Augen auf wie ein Kohlenbecken, über das ein Wind hinfährt; sie empfand eine unendliche Beseligung, wenn Ferdinand sie beiseite führte, um mit ihr allein zu plaudern, Wie schön und selten ist das: ein Weib, dessen Liebe so stark ist, dass sie sie nicht zu verbergen strebt, sondern offen darbringt! Du lieber Himmel, das ist hier in Paris freilich gerade so selten wie die singende Blume in Indien. Ungeachtet dieser Freundschaft, die mit dem Tage begann, als die d'Aldrigger bei den Nucingens erschienen, heiratete Ferdinand Malvina nicht. Unser wilder du Tillet schien auf Desroches nicht eifersüchtig zu sein, der Malvina so eifrig den Hof machte, als hoffe er, mit einer Mitgift, die vermutlich mindestens fünfzig Taler betragen dürfte, sein Amt bezahlen zu können. Obgleich du Tillets Gleichgültigkeit Malvina tief demütigte, liebte sie ihn doch zu sehr, als dass sie es über sich gebracht hätte, ihn nicht mehr vorzulassen. Der Stolz dieses Mädchens, das ganz Seele, ganz Empfindung war, unterlag zeitweise der Liebe, zeitweise gewährte die beleidigte Liebe dem Stolz die Oberhand. Ruhig und kühl nahm unser Freund Ferdinand diese zärtliche Hingabe an, sog sie ein mit dem stillen Entzücken, mit dem der Tiger das Blut leckt, das ihm an der Schnauze klebt; er kam und holte sich die Beweise oft genug – es vergingen kaum zwei Tage, ohne dass er sich in der Rue Joubert gezeigt hätte. Der Bursche besaß damals gegen achtzehnhunderttausend Franken, die Vermögensfrage dürfte also bei ihm keine Rolle gespielt haben; aber er widerstand nicht nur Malvina selber, sondern auch den Baronen von Nucingen und von Rastignac, die ihn wohl täglich fünfundsiebzig Meilen durch das Labyrinth ihrer Netze jagten, die sie ausgelegt, um ihn einzufangen. Godefroid konnte sich nicht enthalten, seiner zukünftigen Schwägerin Vorhaltungen zu machen, in welch lächerlicher Lage sie sich da befinde – zwischen dem Bankier und dem Anwalt. ›Sie wollen mir wegen Ferdinand eine Predigt halten‹, sagte sie in schöner Offenheit, ›möchten das Geheimnis kennenlernen, das zwischen uns besteht? Lieber Godefroid, kommen Sie nie wieder darauf zurück! Die Geburt Ferdinands, seine Ahnen, sein Vermögen schließen es aus, dass ... Nehmen Sie also einen Ausnahmefall an!‹ Einige Tage später aber nahm Malvina Beaudenord beiseite und sagte zu ihm: ›Ich halte Desroches für keinen anständigen Menschen‹, (wie scharf ist doch der Instinkt der Liebe!), ›er bewirbt sich um mich und macht dabei der Tochter eines Drogisten den Hof. Ich wüsste gern, ob ich gewissermaßen sein Notnagel bin, ob die Ehe für ihn eine Geldangelegenheit ist.‹ Trotz seiner Geriebenheit konnte Desroches du Tillet nicht durchschauen, und er fürchtete, dieser werde Malvina heiraten. So hatte der gute Junge sich einen Rückzug offen gehalten; seine Lage war unerträglich, er brachte kaum die Zinsen seiner Schuld auf. Die Weiber verstehen nichts von diesen Dingen. Das Herz ist für sie immer Millionär!«

»Da aber weder Desroches noch du Tillet Malvina geheiratet haben, so bist du uns die Erklärung für Ferdinands Geheimnis schuldig«, sagte Finot.

»Also das Geheimnis!«, erwiderte Bixiou. »Allgemeine Regel: ein junges Mädchen, das ein einziges Mal einem Manne seinen Schuh gegeben, wird, und wenn sie ihn auch für die Folge zehn Jahre lang verweigerte, niemals von dem geheiratet, der ...«

»Dummheit!«, fiel ihm Blondet ins Wort, »man liebt geradeso, weil man schon geliebt hat. Das ganze Geheimnis ist so! Allgemeine Regel: Heiratet nicht als Unteroffizier, wenn ihr Gelegenheit habt, Herzog von Danzig und Marschall von Frankreich zu werden! Seht doch, welche Verbindung du Tillet eingegangen ist! Er hat eine der Töchter des Grafen von Granville geheiratet, und die Granville sind eine der ältesten Familien in der französischen Beamtenwelt«

»Desroches' Mutter hatte eine Freundin«, fuhr Bixiou fort, »die Frau eines Drogisten, der sich mit einem fetten Vermögen in den Ruhestand begeben hatte. Diese Drogisten haben recht abgeschmackte Ideen: Um seiner Tochter eine gute Erziehung zu geben, hatte er sie in ein Pensionat getan! Besagter Matifat gedachte seine Tochter gut zu verheiraten, und zwar mit Hilfe von zweihunderttausend Franken in gutem Gelde, das nicht nach den väterlichen Spezereien duftete.«

»Der Matifat von Florine?«, fragte Blondet.

»Nun ja, von Lousteau, unser Matifat! Die Matifat, die jetzt für uns verloren sind, hatten sich in der Rue du Cherche-Midi niedergelassen, in dem der Rue des Lombards, wo sie ihr Vermögen erworben, entgegengesetzten Stadtteil. Ich habe die Matifat oft besucht! Während meines ministeriellen Galeerendienstes, wo ich acht Stunden am Tag mit Tröpfen von zweiundzwanzig Karat zusammengepfercht saß, habe ich Originale getroffen, die mir die Überzeugung beibrachten, wie nützlich dieser und jener seinem Mitmenschen werden kann. Mutter Desroches hatte diese Ehe für ihren Sohn von langer Hand vorbereitet, ungeachtet eines bedenklichen Hindernisses in Gestalt eines gewissen Cochin, Sohn des stillen Teilhabers der Matifat und Beamter im Finanzministerium. In den Augen von Herrn und Frau Matifat schien der Advokatenberuf ›für das Glück der Tochter gewisse Garantien zu bieten‹, so sagten sie wörtlich. Desroches hatte sich für die Pläne seiner Mutter hergegeben, weil er einen Notnagel brauchte. Er umkreiste also die Drogistenfamilie aus der Rue du Cherche-Midi. Um euch eine andere Art von Glück begreiflich zu machen, müsste man euch diese beiden alten Handelsleute zeichnen, wie sie da beseligt ihres kleinen Gartens pflegten, eine hübsche Parterrewohnung innehatten und sich an einem Springbrunnen ergötzten, dessen ährendünner Wasserstrahl beständig auf und ab stieg inmitten eines Kalksteinbeckens von sechs Fuß Durchmesser, wie sie frühzeitig aufstanden, um zu sehen, ob die Blumen im Garten sprossten, arbeitslos und rastlos sich an- und umkleideten, sich im Theater langweilten und immer zwischen Paris und Luzarches hin und her pendelten; denn hier besaßen sie ein Landhaus, in dem auch ich sie besucht habe. Hör zu, Blondet! Eines Tages wollten sie mich aufziehen, ich sollte ihnen was erzählen. Da tischte ich ihnen denn einen Rattenkönig von Abenteuern auf, von abends neun Uhr bis Mitternacht! Ich war gerade bei der Einführung meiner neunzehnten Person (die Feuilleton-Romanschreiber könnten von mir lernen!), als Vater Matifat, der sich als Hausherr verpflichtet gefühlt, Haltung zu bewahren, gleich den andern in Schnarchen verfiel. Am andern Tag haben sie mich alle zu der hübschen Schlusspointe meiner Geschichte beglückwünscht. Unsere Drogisten hatten zum Verkehr Herrn und Frau Cochin, Adolph Cochin, Frau Desroches und einen gewissen Popinot, Drogistenlehrling, der ihnen die Neuigkeiten aus der Rue des Lombards brachte – übrigens ein Bekannter von dir, Finot! – Frau Matifat, die für Kunst etwas übrig hatte, kaufte Lithografien, farbige Steindrucke, kolorierte Zeichnungen, alles derartige, was billig zu haben war. Herr Matifat unterhielt sich damit, alle neuen Unternehmungen zu prüfen und zu verfolgen und ein wenig zu spekulieren, um das Blut etwas in Bewegung zu bringen. Mit einem Wort kann ich euch meinen Matifat vor Augen stellen. Der Gute wünschte seinen Nichten auf folgende Weise gute Nacht: ›Geht schlafen, meine Nichten!‹ Er sagte, er fürchte sie zu beleidigen, falls er sie ›Sie‹ nenne. Ihre Tochter war ein ungebildetes junges Mädchen, die aussah wie eine bessere Kammerzofe; sie konnte schlecht und recht eine Sonate herunterspielen, hatte eine niedliche Handschrift, beherrschte ihre Muttersprache und auch die Orthografie, kurzum, sie hatte eine echt bürgerliche Erziehung genossen. Sie war voller Ungeduld, sich zu verheiraten, um das Vaterhaus verlassen zu können, in dem sie sich langweilte wie ein Marineoffizier auf der Nachtwache; ihre Wache aber dauerte den ganzen Tag. Desroches oder Cochin Sohn, ein Notar oder ein Gardeoffizier, ja selbst ein falscher Lord – jeder wäre ihr als Gatte recht gewesen. Da sie ersichtlich nichts vom Leben wusste, hatte ich Mitleid mit ihr und wollte ihr das große Geheimnis offenbaren. Pah, die

Matifat haben mir ihre Tür verschlossen: Die Spießbürger und ich – wir werden uns niemals verstehen!«

»Sie hat den General Gouraud geheiratet«, sagte Finot.

»In achtundvierzig Stunden hatte Godefroid von Beaudenord, der Exdiplomat, die Matifat und ihre Ränke durchschaut«, fuhr Bixiou fort. »Zufällig befand sich einmal Rastignac zum Plaudern bei der kleinen Baronin; er saß behaglich beim Kamin, mährend Godefroid Malvina Bericht erstattete. Aus ein paar Worten, die gelegentlich an sein Ohr schlugen, erriet er, um was es sich handle, besonders auch an Malvinas befriedigter Miene. Rastignac, den man einen Egoisten nennt, blieb bis zwei Uhr morgens dort. Beaudenord ging, als die Baronin sich schlafen legte. ›Liebes Kind‹, wandte Rastignac sich an Malvina, und er sprach in biederem, väterlichem Tone, ›ich armer Junge bin trotz meiner großen Schläfrigkeit bis zwei Uhr hier sitzen geblieben, nur um Ihnen den Rat ans Herz zu legen: Heiraten Sie! Spielen Sie nicht die Empfindliche, lassen Sie überhaupt Ihre Gefühle beiseite und seien Sie nachsichtig gegen die unedle, berechnende Art der Männer, die einen Fuß hier und einen bei der Matifat haben, denken Sie an nichts: Heiraten Sie! Wenn ein junges Mädchen heiratet, so hat es jemanden gefunden, der ihm ein mehr oder weniger glückliches Leben bietet, jedenfalls aber sie materiell versorgt. Ich kenne die Welt: junge Mädchen, Mütter und Großmütter, alle wissen sie zu heucheln und das Gefühl beiseitezusetzen, wenn es sich um eine Heirat handelt. Keine denkt an etwas anderes als eine angenehme gesellschaftliche Stellung. Hat sie ihre Tochter gut verheiratet, so sagt jede Mutter, sie habe ein ausgezeichnetes Geschäft gemacht.‹ Und Rastignac entwickelte ihr seine Theorie über die Ehe, die er eine Handelsgesellschaft, gegründet um das Leben erträglich zu machen, nannte. ›Ich verlange nicht, Ihr Herzensgeheimnis zu erfahren‹, schloss er seinen Vortrag, ›ich kenne es. Die Männer sagen einander alles, gerade wie ihr Frauen, wenn ihr nach dem Diner eure Besuche macht. Hier also mein letztes Wort: Heiraten Sie! Wenn Sie nicht heiraten, so denken Sie daran, wie ich Sie heute Abend hier beschworen habe, es zu tun!‹ Rastignac betonte seine Worte so bedeutungsvoll, dass sie zum Nachdenken anregten. Seine Eindringlichkeit hatte etwas Verwunderliches. Rastignacs Rede hatte Malvina gerade da gepackt, wo er es gewollt; ihr Verstand horchte auf, und noch andern Tags dachte sie über seine Worte nach und suchte vergeblich die Gründe für diesen wohlmeinenden Rat.«

»Du lässt immer wieder einen neuen Kreisel vor unseren Augen tanzen, aber ich sehe darin nichts, was mit dem Ursprung von Rastignacs Vermögen etwas zu tun hätte; du behandelst uns als Matifats und kostest uns schon sechs Flaschen Champagner!«, rief Couture.

»Jetzt sind wir so weit«, erwiderte Bixiou. »Ihr habt den Lauf all der kleinen Bächlein verfolgt, die die vierzigtausend Livres Rente tragen, um die so viele Leute ihn beneiden. Rastignac hielt also die Fäden aller dieser Schicksale in Händen.«

»Desroches, die Matifat, Beaudenord, die d'Aldrigger; d'Aiglemont?«

»Und hundert andere! ...«, sagte Bixiou,

»Lass sehen, wieso?«, fragte Finot. »Ich weiß gar manches, aber dieses Rätsels Auflösung kenne ich nicht.«

»Blondet hat euch in großen Zügen die zwei ersten Liquidationen Nucingens genannt, hier jetzt ausführlich die dritte«, entgegnete Bixiou. »Seit dem Frieden von 1815 hatte Nucingen begriffen, was wir erst heute wissen: dass Geld erst dann eine Macht ist, wenn es in unbegrenzten Mengen vorhanden ist. Er beneidete insgeheim die Brüder Rothschild. Er besaß fünf Millionen, er wollte zehn besitzen! Mit zehn Millionen hätte er es verstanden, dreißig zu gewinnen, mit fünf aber würde er es nur auf fünfzehn bringen. Er hatte also beschlossen, eine dritte Liquidation in Szene zu setzen. Der große Mann gedachte, das Geld seiner Gläubiger zu behalten und sie mit künstlich in die Höhe getriebenen Papieren abzufinden. An der Börse wird ein derartiger Einfall natürlich nicht so klar bezeichnet. Eine solche Liquidation besteht darin, den großen Kindern für einen Louisdor eine kleine Pastete zu verabreichen, wie dieselben Leute als Kinder für ihr Geldstück eine Pastete haben wollten, ohne zu wissen, dass sie für dasselbe Geldstück zweihundert hätten bekommen können.«

»Was redest du da, Bixiou?«, rief Couture, »aber nichts ist doch redlicher als das! Es vergeht heutzutage keine Woche, ohne dass man der Menge eine Pastete anbietet und einen Louis dafür verlangt. Ja, ist denn die Menge gezwungen, ihr Geld herzugeben? Hat sie nicht das Recht, sich Klarheit zu verschaffen?«

»Also«, fuhr Bixiou fort, »Nucingen hatte zweimal, ohne es zu wollen, das Glück gehabt, eine Pastete zu verabreichen, die sich später als wertvoller erwies als der dafür gezahlte Preis. Dieser empörende Glücksfall reute ihn. Derartige Glücksfälle vermögen einen Menschen umzubringen. Seit zehn Jahren wartete er auf die Gelegenheit, den Irrtum wieder gutzumachen, Aktien zu schaffen, die anscheinend etwas wert seien und die ...«

»Ja, wenn du das Bankwesen so darstellst«, sagte Couture, »so ist überhaupt jedes Geschäft unmöglich. Mehr als ein redlicher Bankier hat im Einverständnis mit einer redlichen Regierung die schlauesten Börsianer dahin gebracht, Aktien zu kaufen, die in gegebener Zeit wertlos befunden wurden. Ihr habt schon anderes gesehen! Hat man nicht mit Einverständnis, ja Unterstützung der Regierungen Werte in Umlauf gesetzt, um die Zinsen gewisser Summen aufzubringen, um den Kurs auf diese Weise zu halten und die Papiere los zu werden? Diese Maßnahmen haben mehr oder weniger Ähnlichkeit mit der Liquidation à la Nucingen.«

»Im Kleinen«, sagte Blondet, »kann die Sache seltsam scheinen; im Großen betrieben ist sie hohe Politik. Es gibt willkürliche Handlungen, die beim Einzelnen strafbar sind, die aber nichts bedeuten, sobald sie auf eine Mehrheit ausgedehnt sind, gleichwie ein Tropfen Blausäure in einem Wasserkübel unschädlich ist. Ihr tötet einen Menschen, man richtet euch hin; der Staat aber tötet aus irgendeiner Überzeugung heraus fünfhundert Menschen – man achtet das politische Verbrechen. Ihr nehmt aus meinem Schreibtisch fünftausend Franken, man schickt euch ins Bagno; schmiert ihr aber tausend Bankiers geschickt den Honig irgendeines Gewinnes ums Maul, so zwingt ihr sie, die Papiere von, ich weiß nicht welcher, verkrachten Republik oder Monarchie zu nehmen, Papiere, die, wie Couture sagte, ausgeworfen wurden, um die Zinsen ebendieser Papiere zu bezahlen: Niemand kann sich beklagen. Da habt ihr die wahren Grundsätze des goldenen Zeitalters, in dem wir leben!«

»Das In-Gang-bringen eines so ausgedehnten Apparates«, fuhr Bixiou fort, »verlangte eine Menge Hanswurste. Zunächst denn jede Liquidation muss begründet sein – hatte das Bankhaus Nucingen mit Absicht und Vorbedacht seine fünf Millionen bei irgendeinem amerikanischen Unternehmen angelegt, das, wie man weise berechnet hatte, erst viel später einen Gewinn abwarf. Man hatte sich also absichtlich seiner Barmittel entblößt. Das Bankhaus besaß an Privatgeldern und emittierten Werten etwa sechs Millionen. Unter den Privatgeldern befanden sich die dreihunderttausend Franken der Baronin d'Aldrigger, die vierhunderttausend von Beaudenord, eine Million von d'Aiglemont, dreihunderttausend Franken von Matifat, eine halbe Million von Charles Grandet, dem Gatten des Fräuleins d'Aubrion, usw. Wenn er selbst ein industrielles Aktienunternehmen gründete, mit dessen Aktien er seine

Gläubiger durch mehr oder minder geschickte Schachzüge abzufinden gedachte, so hätte Nucingen durchschaut werden können; aber er fing die Sache schlauer an: Er ließ einen andern den Gründer spielen! ... Nucingens Hauptstärke ist, die geschicktesten Leute am Platze seinen Plänen dienstbar zu machen, doch ohne sie ihnen kundzutun. Nucingen ließ also vor du Tillet die glänzende Idee verlauten, ein Aktienunternehmen zu gründen, dessen Kapital bedeutend genug sei, um den Aktionären in der ersten Zeit sehr hohe Zinsen einzubringen. Wenn man diese Papiere gerade dann auf den Markt würfe, wenn flüssiges Kapital im Überfluss vorhanden, so würde für die Aktien eine Hausse erfolgen und damit selbstredend auch eine gute Einnahme für den Bankier, der sie emittierte. Bedenkt, es war im Jahre 1826! Obgleich dieser ebenso geniale wie einträgliche Plan du Tillet reizte, so sagte er sich dennoch, dass es, falls das Unternehmen fehlschlüge, auch einen Reinfall geben musste. Er beschloss also, der neuen Handelsmaschine einen weithin sichtbaren Leiter zu geben. Heute kennt ihr alle das Geheimnis des Hauses Claparon, das – eine seiner schönsten Erfindungen – von du Tillet gegründet wurde! ...«

»Ja«, sagte Blondet, »der verantwortliche Herausgeber der Finanzen, der ›Spitzel‹ und Prügelknabe in einer Person; heute aber sind wir noch gewitzigter, wir schreiben: Man wende sich an den ›Verwaltungsausschuss‹, Straße ..., Nummer ..., dort findet dann das Publikum würdige Beamte in grünen Mützen und ist befriedigt.«

»Nucingen hatte das Haus Charles Claparon mit all seinem Kredit gestützt«, fuhr Bixiou fort. »Man konnte stets unbesorgt eine Million Papiere Claparon auf den Markt werfen. Du Tillet schlug also vor, sein Bankhaus Claparon vorzuschieben. Einverstanden! 1825 waren die Aktionäre noch nicht von gewerblichen Einfällen geplagt. Der ›tägliche Umsatz‹ war ihnen unbekannt! Die Geschäftsführer verpflichteten sich nicht, ihre wohltätigen Aktien nicht in Umsatz zu bringen, sie hinterlegten nichts bei der Bank und gaben keinerlei Garantie. Man wagte nicht, die Kommanditgesellschaft anzupreisen, indem man dem Aktionär nahelegte, dass man die Güte habe, nicht mehr als tausend oder fünfhundert oder gar nur zweihundert Franken von ihm zu fordern! Man veröffentlichte nicht, dass der Versuch in ›aere publico‹ nur sieben oder fünf oder gar drei Jahre dauern und die Auflösung darum nicht lange auf sich warten lassen werde. Die Kunst steckte noch in den Kinderschuhen! Man hatte nicht einmal die Öffentlichkeit durch jene Riesenanzeigen anzulocken gesucht, mit denen man die Fantasie reizt und aller Welt Geld abverlangt ...«

»Das geschieht, wenn keiner etwas hergeben will«, sagte Couture.

»Kurzum, in dieser Art Unternehmungen herrschte noch nicht die Konkurrenz von heute«, fuhr Bixiou fort. »Die Papp- und Kattunfabrikanten, die Bleigießer, die Theater und die Zeitungen rauften sich nicht um die Aktionäre wie gierige Hunde um einen Knochen. Die netten, so harmlos angezeigten Aktien gingen nur ganz verschämt in den stillsten Winkeln der Börse. Sie gingen piano, piano infolge flüchtiger, von Ohr zu Ohr geflüsterter Bemerkungen über die gute, sichere Sache. Sie fingen den Aktionär nur so nebenbei – zu Hause, an der Börse oder in Gesellschaft – durch das geschickt in die Welt gesetzte Gerede, das sachte anwuchs zu einem Tutti einer vierstelligen Zahl im Kurszettel ...«

»Wir sind zwar unter uns und brauchen kein Blatt vor den Mund zu nehmen«, sagte Couture, »trotzdem möchte ich auf das eben Gesagte noch zurückkommen.«

»Man merkt die Absicht und wird verstimmt!«, sagte Finot.

»Finot kommt immer klassisch«, bemerkte Blondet.

»Ja, ich bin verstimmt«, nahm Couture wieder das Wort. »Ich behaupte, dass die neue Methode bedeutend weniger heimtückisch, weniger mörderisch ist, als die alte, vielmehr ehrlich und bieder. Die öffentlichen Kundmachungen gestatten ein Prüfen und Überlegen. Wird ein Aktionär gewonnen, so ist er aus freien Stücken gekommen, man hat ihm nicht die Katze im Sack verkauft. Die Industrie ...«

»Hallo, da hätten wir ja die Industrie!«, rief Bixiou.

»Die Industrie gewinnt dabei«, fuhr Couture fort, ohne den Einwurf zu beachten. »Der Staat, der sich in die Handelsgeschäfte einmischt und ihnen keine freie Entwicklung gönnt, begeht eine kostspielige Dummheit: Das führt stets zu unerhörten Preissteigerungen oder zum Monopol. Nach meinem Dafürhalten gibt es nichts den Grundsätzen der Handelsfreiheit Entsprechenderes, als eben die Aktiengesellschaften! Daran rühren, hieße eine unverantwortliche Eselei begehen. Bei jedem Geschäft steht der Gewinn im entsprechenden Verhältnis zum Einsatz! Was geht es den Staat an, auf welche Weise das Geld ins Rollen kommt; wenn es nur in beständiger Bewegung bleibt. Was bedeutet es, dass dieser reich und jener arm ist; wenn nur stets die gleiche Anzahl Steuerpflichtiger vorhanden ist. Übrigens sind es nun zwanzig Jahre, dass die Aktien-, die Kommanditgesellschaften im handelstüchtigsten Lande der Welt üblich sind – in England, wo alles angefochten wird, wo die Parlamente in jeder Session zwölfhundert Gesetze ausbrüten, und wo sich dennoch niemals ein Mitglied des Parlaments erhoben hat, um gegen die Methode ...«

»Die Heilmethode der vollen Kassen loszuzuziehen«, sagte Bixiou; »jaja, die Engländer sind große Freunde von Gemüse, von Karotten[5] besonders!«

»Lasst sehen!«, rief Couture entflammt. »Ihr habt zehntausend Franken, ihr kauft dafür zehn Aktien von zehn verschiedenen Unternehmen. Ihr seid neunmal hereingefallen ... (das gibt's übrigens nicht, denn das Publikum ist schlau und vorsichtig, aber ich nehme es also an!) Nun seht, der Spieler, der seine Massen so klug zu verteilen verstand, trifft unerwarteterweise auf eine ganz prächtige Anlage, wie es allen denen erging, die Wortschiner Minenaktien kauften. Gestehen wir es uns doch ein, Freunde: Die Leute, die sich beklagen, sind Heuchler, die sich ärgern, weil sie weder einen günstigen Einfall haben, noch die Gabe, ihn in Szene zu setzen, noch die Geschicklichkeit, ihn auszubeuten. Der Beweis wird nicht auf sich warten lassen. Über kurz werdet ihr die Aristokratie, die Hofleute und Minister in geschlossenen Kolonnen herabsteigen sehen in das Lager der Spekulation, und sie werden noch krummere Finger machen und noch verrücktere Einfälle haben als wir, ohne doch unsere Erfahrung und Überlegenheit zu besitzen. Welch ein Kopf gehört dazu, um in einer Zelt, da die Habsucht der Aktionäre der der Gründer gleichkommt, etwas Gewinnbringendes zu erfinden und durchzuführen! Welch eine suggestive Macht muss doch der Mann besitzen, der einen Claparon ›hochbringt‹ und immer neuen Rat weiß! Wollt ihr die Moral von alledem wissen? Unsere Zeit ist nicht mehr wert als wir selber! Wir leben in einer habgierigen Zeit, in der man dem Wert der Dinge nicht nachfragt, wenn man nur dabei etwas gewinnen kann!«

»Der Couture ist prächtig, wirklich prächtig!«, sagte Bixiou zu Blondet; »er wird noch verlangen, dass man ihm, als dem Wohltäter der Menschheit, ein Denkmal setzt.«

»Man müsste ihn dahin bringen, den Schluss zu ziehen, dass das Geld der Dummen nach göttlichem Recht das Erbteil der Geistvollen ist«, sagte Blondet. »Kinder«, fuhr Couture fort, »lasst uns hier einmal lachen

---

[5] Unübersetzbares Wortspiel: ›Karotte‹ heißt im Französischen nicht nur ›Mohrrübe‹, sondern auch ›Prellerei‹.

über all den Ernst, mit dem wir sonst anzuhören pflegen, dass man die willkürlichsten Gesetze heiligspricht.«

»Er hat recht. Welch eine Zeit, meine Freunde«, sagte Blondet, »in der das Feuer der Intelligenz, kaum dass es erscheint, sofort mittels irgendeines Gesetzes ausgelöscht wird! Die Gesetzgeber, die fast alle aus der Provinz stammen, wo sie die menschliche Gesellschaft nach den Zeitungsberichten studierten, sperren das Feuer gewaltsam in die Maschine zurück. Wenn diese dann explodiert, so gibt es Tränen und Zähneknirschen! Eine Zeit, in der es weder polizeiliche noch staatliche Gesetze gäbe! Wollt ihr den Ausspruch hören, der die Ereignisse begründet? Es ist keine Religion mehr im Staat!«

»Ah!«, rief Bixiou, »Bravo, Blondet! Du hast den Finger in Frankreichs Wunde gelegt: das Fiskalwesen, das unserm Lande mehr Eroberungen weggenommen hat als die Plackereien des Krieges! Im Ministerium, wo ich sieben Jahre Galeerendienste tat, mit Spießbürgern an eine Bank geschmiedet, gab es einen begabten Beamten, der beschlossen hatte, das ganze Finanzsystem zu reorganisieren ... Jawohl, den haben wir schön vor die Tür gesetzt! Frankreich wäre zu glücklich geworden, es hätte sich erdreistet, Europa zurückzuerobern, und wir sorgten für die Ruhe der Nationen. Ich brachte Rabourdie durch eine Karikatur um!« (Siehe ›Der Beamte‹!)

»Wenn ich das Wort ›Religion‹ anwende, so meine ich damit nicht die Frömmelei, sondern hohe Politik«, ergänzte Blondet.

»Sprich deutlicher!«, sagte Finot.

»Also«, fuhr Blondet fort, »die Affäre von Lyon, die Kanonade in den Straßen der Republik, ist viel besprochen worden, keiner sagte die Wahrheit. Die Republik hatte sich des Aufruhrs bemächtigt, wie ein Aufständischer eines Gewehrs. Ich will euch die Wahrheit erzählen. Der Lyoner Handel ist ein Handel ohne Seele, der keine Elle Seide herstellt, ohne dass sie ausdrücklich bestellt und ihre Bezahlung gesichert ist. Bleibt die Bestellung aus, so stirbt der Arbeiter Hungers, verdient er doch bei der Arbeit kaum den Lebensunterhalt; die Sträflinge sind glücklicher daran als er. Nach der Julirevolution erreichte das Elend den Höhegrad, dass die Seidenarbeiter die Flagge hissten: ›Brot oder Tod!‹, ein Aufruf, der den Staat zum Nachdenken hätte bringen können, denn die Kostspieligkeit des Lebens in Lyon hatte ihn veranlasst. Lyon will Theater erbauen und Großstadt werden, daher die unsinnigen Steuern. Die Republikaner haben diesen Hungeraufstand vorausgeahnt, und sie haben die Seidenarbeiter organisiert. Lyon hatte seine drei Tage, aber alles kam wieder in Ordnung und der Arbeiter in sein Kerkerloch. Der bis dahin redliche Arbeiter aber, der die Seide, die man ihm in Gebinden zuwog, als Gewebe zurückgab, setzte von nun ab die Redlichkeit beiseite, denn er hatte erkannt, dass die Kaufherren ihn ausbeuteten. Er netzte seine Finger mit Öl, und der französische Seidenmarkt war von fettigen Stoffen überschwemmt, was den Sturz Lyons und überhaupt des ganzen französischen Seidenhandels hätte herbeiführen können. Statt dass nun die Fabrikanten und die Regierung die Ursache des Übels abschafften, machten sie es wie gewisse schlechte Ärzte und sorgten, dass die Sache wieder nach innen schlug! Man hätte einen geeigneten Mann nach Lyon entsenden müssen, einen jener Leute, die man unmoralisch nennt, einen Abbé Terray, aber man nahm die Sache von der militärischen Seite! Infolge der Wirren kam Neapolitaner Seide auf den Markt, die Elle zu vierzig Sous. Diese Neapolitaner Seiden sind, man darf es sagen, heute verkauft, und die Fabrikanten haben natürlich irgendeine Kontrolle eingeführt. Eine derartige Fabrikationsweise durfte sich in einem Lande ereignen, das einen Richard Lenoir, einen der bedeutendsten Männer, die Frankreich besessen, sein eigen nannte. Dieser Mann richtete sich zugrunde, aus Ehrgeiz, sechstausend Arbeitern, auch ohne ausdrückliche Bestellungen, Arbeit und Nahrung zu verschaffen; und gerade er wusste Ministern zu begegnen, die dumm genug waren, ihn 1814, bei dem Umsturz in den Gewebepreisen, untergehen zu lassen. Da habt ihr den einzigen Fall, wo ein Kaufmann ein Denkmal verdient hätte. Nun, der Mann ist heute Gegenstand einer Subskription ohne Subskribenten, obschon man für die Kinder des Generals Foy eine Million gespendet hat. Lyon ist konsequent: Es kennt Frankreich und weiß, dass es kein religiöses Empfinden, keine Gewissenhaftigkeit hat. Die Geschichte Richard Lenoirs ist ein Fehler, den Fouché für schlimmer als ein Verbrechen bezeichnen würde.«

»Mag sein, dass es lm Geschäftsleben scheinbar viel Schwindeleien gibt«, nahm Couture die Rede da wieder auf, wo er vor der Unterbrechung stehen geblieben war, »doch frage ich, wo beginnt eigentlich der Schwindel und wo hört er auf; was ist überhaupt Schwindel? Ein Wort, das stets zwischen Recht und Unrecht die Grenze hält und bald hier-, bald dorthin schwankt. Tut mir die Liebe und nennt mir einen, der kein Schwindler ist! Zeigt doch ein wenig guten Willen! Ein Handel, der des Nachts suchen gehen wollte, was er bei Tage verkauft, wäre ein Unsinn. Selbst ein Streichholzhändler hat Wucherinstinkte. Eine möglichst hohe

Einnahme! Das ist die Sehnsucht sowohl des als tugendhaft verschrienen Krämers aus der Rue Saint-Denis wie auch des ›frechen‹ Spekulanten. Sind die Lager voll, so ist es nötig, zu verkaufen. Um zu verkaufen, muss man den Kunden einheizen; daher im Mittelalter das Firmenschild und heute der Prospekt! Auch solche marktschreierischen Aufforderungen üben einen gewissen Zwang aus. Es kann, ja es muss zuweilen vorkommen, dass der Kaufmann verdorbene Waren erhält, denn der Verkäufer übervorteilt den Wiederverkäufer, soviel er kann. Nun, wendet euch an die achtbarsten Leute von Paris, an die Spitzen der Kaufmannschaft ..., sie alle werden euch triumphierend die List erzählen, mit der sie ihre schlecht eingekaufte Ware in Umlauf setzen. Die bekannte Firma Minard machte mit derartigen Verkäufen den Anfang. Die allerehrbarsten Kaufleute werden mit der ehrlichsten Miene den Ausspruch frechster Unredlichkeit tun: ›Aus einem schlechten Handel zieht man sich heraus, so gut es eben geht.‹ Blondet hat euch die Ereignisse in Lyon in ihren Ursachen und Folgen geschildert; ich werde die Anwendung meiner Theorie mit einer Anekdote beweisen. Ein mit einer geliebten Frau und vielen Kindern gesegneter Wollarbeiter glaubt an die Republik. Mein Mann kauft also rote Wolle und verfertigt gestrickte Mützen, die ihr wohl auf den Köpfen sämtlicher Pariser Gassenjungen gesehen habt; nun hört, wie das gekommen. Die Republik ist abgetan. Nach der Affäre von Saint-Merri waren die Mützen unverkäuflich. Wenn ein Arbeiter sich in seinem Haushalt von Weib, Kindern und zehntausend roten Wollmützen umgeben sieht, die ihm kein Hutmacher von beiden Ufern der Seine abnehmen will, so gehen ihm ebenso viel Gedanken durch den Kopf wie einem Bankier, der in einer faulen Sache zehn Millionen Aktien unterzubringen hat. Wisst ihr, was unser Arbeiter, unser Law[6] der Vorstadt, unser Nucingen der Mützen, tut? Er suchte einen Kneipbruder auf, so einen Witzbold, der bei den öffentlichen Tanzgelegenheiten und Schaustücken der Schrecken der Schutzleute ist, und bat ihn, die Rolle eines Ramschkäufers aus Amerika, wohnhaft Hotel Maurice, zu spielen und bei einem gewissen reichen Hutmacher zehntausend rote Wollmützen zu verlangen, der in seiner Auslage nur noch eine einzige besitze. Der Hutmacher vermutet ein glänzendes Geschäft, läuft zu dem Arbeiter und versieht sich gegen Barzahlung mit sämtlichen Mützen. Ihr begreift: kein amerikanischer Ramschkäufer mehr, aber viele Mützen! Wollte man solcher ungehöri-

---

[6] Berüchtigter Finanzmann um 1700 in Paris.

gen Vorkommnisse wegen die Handelsfreiheit angreifen, so hieße das unserer Justiz den Vorwurf machen, dass es Vergehen gibt, die sie nicht ahndet. Auch an der Bank und im Aktienverkehr gibt es solche Mützengeschichten! Nun fahrt fort!«

»Couture, eine Krone!«, rief Blondet aus und wand dem Redner seine Serviette ums Haupt. »Ich gehe noch weiter, meine Herren! Sind die Theorien von heute lasterhaft – wen trifft die Schuld? Das Gesetz! Das Gesetz in seiner gesamten Anlage, die Gesetzgebung! Die großen Männer aus der Provinz, die aufgeblasen von moralischen Anschauungen hierherkommen, voll weiser Gedanken, die für ihre Lebensführung unerlässlich sind, die sie aber verhindern, sich zu der Größe aufzuschwingen, wie ein Gesetzgeber sie haben sollte. Mag auch das Gesetz diese und jene Ausschweifung untersagen (z. B. das Spiel, die Lotterie, die Ninons von der Straße), die Leidenschaft an sich wird es niemals auslöschen. Die Leidenschaft töten, hieße die Gesellschaft töten, die, wenn sie Erstere auch nicht verursacht, sie doch zur Entwicklung bringt. So hemmt man durch Vorschriften die Sucht nach dem Glücksspiel, die im Grunde allen Herzen gemeinsam ist: dem Backfisch wie dem Provinzjüngling oder dem Diplomaten; da alle Welt Geldgewinne liebt, so entwickelt sich das Spiel nun einfach in andern Bahnen. Man unterdrückt dummerweise das Lotteriespiel, aber die Köchinnen bestehlen ihre Herrschaft darum nicht weniger, sie tragen ihre Ersparnisse auf eine Sparkasse, und der Einsatz ist eben zweihundertfünfzig Franken anstatt vierzig Sous, denn die industriellen Unternehmungen, die Kommanditgesellschaften, sind nun die Lotterie, das Spiel, das zwar nicht am grünen Tisch vor sich geht, aber dennoch ein unsichtbares Glücksrad schwingt, das durch berechnetes Hinschleppen in Bewegung gehalten wird. Die Spielsäle sind geschlossen, die Lotterie besteht nicht mehr; da rufen denn die Dummköpfe, Frankreich sei moralischer geworden, als seien die Trümpfe aus der Welt geschafft! Man spielt immer, nur dass der Gewinn nun nicht mehr dem Staat gehört, der eine gern gegebene Abgabe durch eine ungern gegebene ersetzt, ohne doch den Selbstmord zu vermeiden; denn stirbt jetzt auch nicht der Spieler, so doch sein Opfer! Ich rede nicht vom Kapital, das nach dem Auslande geht und für Frankreich verloren ist, noch von den Frankfurter Lotterien, auf deren Einführung der Staat die Todesstrafe gesetzt hatte. Da habt ihr den Sinn der blöden Philanthropie der Gesetzgeber. Der Ansporn, der so den Sparkassen zuteilwird, ist eine große politische Dummheit. Gesetzt, es ereignete sich im Gang der Geschäfte irgendeine Störung, so hätte die

Regierung den Sturm nach dem Gelde geschaffen, wie sie zur Zeit der Revolution den Sturm nach dem Brot gezeitigt hat. So viel Kassen, so viel Sturmlauf! In irgendeinem Winkel pflanzen drei Gassenbuben eine Fahne auf – und schon ist eine Revolution da. Aber diese Gefahr, so groß sie auch sein mag, scheint mir weniger zu fürchten, als die Demoralisierung des Volkes. Eine Sparkasse ist eine Impfanstalt, die alle von der Gewinnsucht erzeugten Laster Leuten einimpft, die weder durch Erziehung noch durch Vernunft von ihren unbewusst verbrecherischen Berechnungen zurückgehalten werden. Das sind die Wirkungen der Philanthropie. Ein großer Politiker muss in seiner Art ein Schurke sein, andernfalls wird das Gemeinwesen schlecht geleitet. Ein ehrenhafter Politiker wäre einem Lotsen vergleichbar, der, die Hand am Steuerrad, einer Dame die Cour schneidet: Das Schiff ginge daran zugrunde! Ist nicht ein Ministerpräsident, der hundert Millionen beiseite bringt und Frankreich groß und glücklich macht, einem auf das Staatsgehalt angewiesenen Minister, der sein Vaterland zugrunde richtet, vorzuziehen? Könnte euch wirklich die Wahl schwerer fallen zwischen einem Richelieu, Mazarin, Potemkin, von denen jeder sich zu seiner Zeit mit dreihundert Millionen zu bereichern wusste, und dem tugendsamen Robert Lindet, der weder aus den Assignaten noch aus den Nationalgütern Nutzen zu ziehen wusste? – Erzähle weiter, Bixiou!«

»Ich werde euch die Art des Unternehmens, das Nucingens Genie erfunden, nicht näher beschreiben«, entgegnete Bixiou; »es wäre um so unangebrachter, als es noch heute besteht; seine Aktien notieren an der Börse. Die Berechnungen waren so sicher, das ganze Unternehmen so lebenskräftig, dass die Aktien, die mit dem Nennwert von tausend Franken ausgegeben, durch königliche Verordnung eingesetzt, auf dreihundert Franken herabgesunken waren, wieder auf siebenhundert hinaufstiegen, und nachdem sie die Stürme der Jahre 1827, 1830 und 1832 überstanden, bis pari kamen. Die finanzielle Krise von 1827 ließ sie im Wert sinken, die Julirevolution drückte sie ganz nieder, aber die Sache hatte Lebenskraft (Nucingen könnte gar nicht auf eine schlechte Idee kommen). Kurz, da mehrere erste Bankhäuser sich daran beteiligt haben, wäre es unparlamentarisch, auf weitere Einzelheiten einzugehen. Der Nennwert des Kapitals war zehn Millionen, der reale sieben, drei Millionen gehörten den Gründern und den mit der Emission der Aktien beauftragten Banken. Alles war so berechnet, dass die Aktie in den ersten sechs Monaten durch Verteilung einer hohen Scheindividende zweihundert Franken Gewinn brachte; zehn Millionen brachten also zwanzig Prozent. Die Zinsen, die du Tillet einheimste, betrugen fünfhunderttausend Franken. Nucingen beabsichtigte, mit seiner aus einer Handvoll rosa Papier mithilfe eines lithografischen Steines hergestellten Million hübsche kleine, leicht anzubringende Anteilscheine zu machen, die er sorgsam in seinem Geldschrank aufbewahrte. Diese reellen Aktien sollten dazu dienen, das Geschäft zu begründen, ein prächtiges Haus zu erbauen und die Tätigkeit zu beginnen. Nucingen beschaffte sich noch Aktien von, ich weiß nicht welchen, Bleigruben und Steinkohlenbergwerken und von zwei Kanalbauten, Vorzugsaktien, die ausgegeben wurden, um diese vier Unternehmungen mit voller Kraft ins Werk zu setzen; sehr hohe und gesuchte Aktien, deren Dividende vom Kapital genommen wurde. Nucingen konnte, wenn die Aktien stiegen, auf ein Agio rechnen; aber der Baron ließ das in seinen Kalkulationen außer Acht. Er hatte also seine Kapitalien in geschlossenen Massen aufgestellt, wie Napoleon seine Truppen, um während der drohenden Krise, die in den Jahren 1826 und 1827 den europäischen Markt befiel, zu liquidieren. Aber er hatte keinen Vertrauten, denn du Tillet sollte ihm nicht in die Karten blicken. Die beiden ersten Liquidationen hatten unserm großen Baron gezeigt, wie nötig er es hatte, einen ergebenen Menschen zu finden, der bei den Gläubigern für ihn eintrat. Nucingen hatte keinen Neffen, keinen Vertrauten; er bedurfte eines intelligenten, wohlerzogenen Claparon, eines wahren Diplomaten, eines Mannes, der es wert war, Minister und sein Freund zu werden. Solche Beziehungen knüpfen sich nicht in einem Tag, auch nicht in einem Jahr. Rastignac wurde also damals von dem Baron so eifrig umworben, dass er, der sich von ihm und ihr geliebt sah, vermeinte, in Nucingen einen großen Esel gefunden zu haben. Nachdem er so zuerst über diesen Mann, dessen wahres Wesen ihm lange verborgen blieb, gelacht, endete er damit, ihm eine tiefe Hochachtung zu zollen, denn er hatte in ihm die Kraft erkannt, die er allein zu besitzen glaubte. Seit seinem ersten Auftreten in Paris war Rastignac dahin gelangt, die ganze Gesellschaft zu missachten. Seit 1820 hatte er dieselben Anschauungen wie der Baron: er wusste, es gab nur scheinbar ehrenhafte Leute, und die große Welt erschien ihm wie die Zusammenrottung aller Verderbtheit, aller Nichtswürdigkeit. Wenn er auch hier und da den Einzelnen ausnahm, so verdammte er doch die Gesamtheit: Er glaubte an keine Tugend, nur an Zufälle, in denen der Mensch sich tugendhaft erwies. Diese Wissenschaft errang er sich in einem einzigen Augenblick der Erkenntnis: er erwarb sie auf der Höhe des Père-Lachaise, am Tage, als er einen armen Greis dorthin geleitet, den Vater seiner Delphine, der als ein Opfer unserer Gesellschaft, ein Opfer seines innigen Gefühlslebens, von seinen Töchtern und Schwiegersöhnen verlassen, gestorben war. Da beschloss Rastignac, der ganzen Welt zu spotten und ihr im Gewand der Tugend und Redlichkeit den Fuß auf den Nacken zu setzen. Der junge Edelmann hatte sich von Kopf bis zu Fuß mit Egoismus gewappnet. Als er nun Nucingen in gleicher Rüstung sah, achtete er ihn gerade so, wie ein mittelalterlicher Ritter beim Turnier den ebenbürtigen Gegner achtet. Eine Zeit lang allerdings verweichlichte er in den Armen der Liebe. Die Freundschaft einer Frau, wie die Baronin von Nucingen, kann einen jungen Mann wohl veranlassen, dem Egoismus abzuschwören. Nachdem Delphine in ihrer ersten Liebe, die sie dem seligen von Marsay geweiht, betrogen worden war, musste sie natürlich dem jungen reinherzigen Provinzler Rastignac eine grenzenlose Hingabe entgegenbringen. Diese Zärtlichkeit rührte Rastignac. Als Nucingen dem Freunde seiner Frau das Zaumzeug übergestreift, das jeder Ausbeuter seinem Opfer anlegt, was übrigens genau zur selben Zeit geschah, als er seine dritte Liquidation ins Auge fasste, bekannte er ihm seine Lage, indem er ihn darauf hinwies, dass er, gewissermaßen als Entgelt für seine Vertraulichkeiten, die Rolle des Genossen zu übernehmen habe. Der Baron hielt es für gefährlich, seinen ehelichen Mitarbeiter in seinen Plan einzuweihen. Rastignac glaubte an ein Unglück, und der Baron gönnte ihm den Glauben, dass er das Schiff noch retten könne. Doch wenn ein Strang so viele Fäden hat, gibt es leicht Knoten. Rastignac zitterte für Delphines Vermögen; er setzte vertragsmäßig eine Gütertrennung zwischen den Eheleuten fest und nahm sich selber vor, seine Rechnung mit der Baronin durch Verdreifachung ihres Vermögens ins reine zu bringen. Da Eugen für sich selber nichts verlangte, bewog ihn Nucingen dazu, im Falle eines vollen Erfolges, fünfundzwanzig Anteilscheine der Bleigruben, deren jeder auf tausend Franken lautete, anzunehmen. Um ihn nicht zu beleidigen, sagte Rastignac zu. Einen Tag, ehe unser Freund Malvina angeraten, sich zu verheiraten, war er von Nucingen für seine Zwecke zugerichtet worden. Beim Gedanken an die hundert glücklichen Familien, die da ahnungslos ihre Tage lebten, die Godefroid von Beaudenord, die d'Aldrigger, die d'Aiglemont usw., wurde Rastignac von einem Schauer ergriffen, wie er wohl einen jungen General befallen mag, der vor einer entscheidenden Schlacht zum ersten Mal ein Heer vor Augen sieht. Die arme kleine Isaure und Godefroid in ihrem Liebesspiel – waren sie nicht wie Acis und Galathea unter dem Felsblock, den der plumpe Polyphem auf sie herabschleudern würde? ...«

»So ein Kerl, der Bixiou«, sagte Blondet, »er hat beinahe Talent.«

»So, fasele ich also nicht mehr?«, sagte Bixiou und blickte sein Auditorium triumphierend an. »Seit zwei Monaten«, fuhr er nach dieser Unterbrechung fort, »überließ sich Godefroid all den kleinen Freuden eines baldigen Ehemannes. Solche Leute sind wie Vögel im Lenz, die kommen und gehen, Strohhalme sammeln, sie im Schnabel forttragen und ihr Nest, die Heimstätte ihrer Eier, flechten. Der Zukünftige Isaures hatte in der Rue de la Planche für tausend Taler ein kleines Haus gemietet, ein gemütliches kleines Haus, das er alle Tage aufsuchte, um den Arbeitern zuzuschauen und die Farben des Anstrichs anzugeben. Er suchte hier das einzig Gute, was aus England kommt, die wahre Behaglichkeit, heimisch zu machen. Es gab einen Heizapparat, der dem ganzen Hause eine gleichmäßige Temperatur mitteilte, vornehm hübsche Möbel ohne aufdringliche Eleganz, wohltuend frische und zarte Farben, an allen Fenstern doppelte Vorhänge, Silberzeug und neues Fuhrwerk. Er hatte den Stall, die Sattelkammer, die Remisen bauen lassen, wo Toby, Joby, Paddy wie ein losgelassenes Füllen herumsprang und glücklich schien, zu wissen, dass es von nun ab im Hause Frauen und sogar eine ›Lady‹ geben sollte. Wie herzerfreuend ist der Eifer so eines Hausstandsbegründers, der Uhren und Kunstgegenstände einkauft, mit den Taschen voll Stoffproben bei seiner Zukünftigen erscheint, sie betreffs der Schlafzimmereinrichtung um Rat fragt; der, wenn er kommt und geht, aus Liebe kommt und geht – wie herzerfreuend, sage ich, ist so ein Mann für seine Mitmenschen, vor allem für die Lieferanten. Und da der Welt nichts besser gefällt, als die Heirat eines hübschen jungen Mannes von siebenundzwanzig Jahren mit einem reizenden jungen Mädchen von zwanzig, beschloss Godefroid, dem das Brautgeschenk Kopfzerbrechen machte, Rastignac nebst Frau von Nucingen zum Frühstück zu laden, um sie in dieser wichtigen Angelegenheit um Rat zu bitten. Er hatte die großartige Idee, auch seinen Vetter d'Aiglemont und Gemahlin sowie Frau von Sérizy zu laden. Die Damen von Welt haben es gern, gelegentlich einmal bei einem Junggesellen vorzusprechen zu frühstücken.«

»Ja, auch die großen Mädchen gehen gern einmal hinter die Schule«, sagte Blondet.

»Es galt also, Rue de la Planche das kleine Heim der zukünftigen Gatten in Augenschein zu nehmen«, fuhr Bixiou fort. »Die Frauen lieben solche kleinen Besuche, wie die Menschenfresser frisches Fleisch; sie ergötzen sich an dieser jungen Freude, die noch nicht am Genusse welkte. Die Tafel war in dem kleinen Salon gedeckt, der für diese Beerdigung des Junggesellentums geschmückt war wie ein Pferd für einen Prunkzug. Das Frühstück war in einer Auswahl bestellt, die alle die netten kleinen Dinge aufwies, welche die Frauen des Vormittags zu beißen und zu knabbern lieben. ›Und warum ganz allein?‹, fragte Godefroid, als er Rastignac begrüßte. ›Frau von Nucingen hat Kummer, ich werde dir alles erzählen‹, erwiderte Rastignac, der verdrießlich dreinblickte. ›Habt ihr Streit?‹, rief Godefroid. ›Nein‹, sagte Rastignac. Als um vier Uhr die Damen ins Bois de Boulogne enteilt waren, blieb Rastignac im Salon sitzen und blickte melancholisch durchs Fenster auf Toby, Joby, Paddy, der stolz vor dem am Tilbury angeschirrten Pferde stand und mit gekreuzten Armen tiefsinnig dreinsah wie Napoleon; er konnte das Pferd nur vermittelst seiner schrillen Stimme im Zaume halten; das Pferd aber fürchtete Joby, Toby. ›Nun, was ist dir, mein Lieber?‹, sagte Godefroid zu Rastignac. ›Du bist verstimmt, unruhig; deine Heiterkeit ist gemacht. Ja, dein Glück ist nur halb, und das nagt dir am Herzen! Es ist auch wirklich traurig, mit dem Weibe, das man liebt, weder staatlich noch kirchlich getraut zu sein.‹ - ›Hast du den Mut, mein Junge, anzuhören, was ich dir zu sagen habe, und wirst du verstehen, wie sehr man einem andern zugetan sein muss, um die Indiskretion zu begehen, deren ich mich jetzt schuldig machen will?‹, sagte Rastignac mit einem Tone, der wie ein Peitschenschlag erschreckte. ›Was?‹, sagte Godefroid erbleichend. ›Ich war traurig über deine Freude, und ich habe nicht den Mut, nun ich alle diese Vorbereitungen, dieses blühende Glück sehe, mein Geheimnis zu bewahren.‹ - ›So sage schnell, in drei Worten, um was es sich handelt.‹ - ›Schwöre mir bei deiner Ehre, dass du stumm sein willst wie das Grab!‹ - ›Wie das Grab.‹ - ›Dass, selbst wenn ein dir Nahestehender mit dieser Sache zu tun hätte, du sie ihm nicht verraten willst!‹ - ›Nicht verraten will.‹ - ›Nun also: Nucingen ist heute Nacht nach Brüssel abgereist; wenn man nicht liquidieren kann, muss man zusammenpacken. Delphine hat heute Morgen sogleich Gütertrennung beantragt. Du kannst dein Vermögen noch retten.‹ - ›Wie?‹, fragte Godefroid, der fühlte, wie ihm das Blut in den Adern erstarrte. ›Schreibe ganz einfach dem Baron einen um vierzehn Tage zurückdatierten Brief, in dem du ihm den Auftrag gibst, alle deine Gelder in Aktien anzulegen‹ – und er nannte ihm die Firma Claparon. ›Du hast vierzehn Tage, einen – ja vielleicht drei Monate, um sie über Wert zu verkaufen, sie werden noch steigen.‹ - ›Aber d'Aiglemont, der mit uns frühstückte, d'Aiglemont, der bei Nucingen eine Million hat!‹ - ›Höre, ich weiß nicht, ob genug dieser Aktien vorhanden sind, um ihn zu decken, und da ich ja nicht sein Freund bin, kann ich das Geheimnis Nucingens nicht preisgeben, du darfst ihm nichts davon sagen. Wenn du ein Wort sagst, bist du mir für die Folgen verantwortlich.‹ Godefroid blieb zehn Minuten vollständig unbeweglich. ›Nimmst du an, ja oder nein?‹, sagte Rastignac unbarmherzig, Godefroid nahm Tinte und Feder und schrieb und unterzeichnete den Brief, den Rastignac ihm diktierte. Mein armer Vetter!‹, rief er aus. ›Jeder sorge für sich‹, sagte Rastignac, als er Godefroid verließ. - Hört nun, welchen Anblick die Börse damals bot, als Rastignac in Paris seine Maßnahmen traf. Ich habe einen Freund aus der Provinz, einen dummen Jungen, der mich, als wir zwischen vier und fünf an der Börse vorüberkamen, fragte, weshalb die Leute so in Gruppen beisammenständen, was sie einander wohl zu sagen hätten, und was so ein Auf- und Abwandeln für einen Sinn habe, nachdem die Kurse unwiderleglich festgesetzt seien. ›Mein Freund‹, erwiderte ich ihm, ›sie haben gespeist, und jetzt verdauen sie; währenddessen klatschen sie über den lieben Nachbar. Hier werden die großen Geschäfte eingeleitet, und es gibt Leute, Palma zum Beispiel, dessen überlegene Herrschaft der Sinards an der Königlichen Akademie der Wissenschaften gleichkommt. Er sagt: Es werde die Spekulation! ... Und die Spekulation ist gemacht.‹«

»Welch ein Mann, Freunde«, sagte Blondet, »dieser Jude, der nicht nur Universitäts-, sondern Universalbildung besitzt! Bei ihm schließt Vielseitigkeit nicht Tiefe aus; was er weiß, weiß er gründlich; und wie erfinderisch ist er in Geschäftsdingen. Er ist das große Licht, das allen Börsenspekulanten voranleuchtet, die kein Ding unternehmen, ehe Palma es geprüft hat. Er horcht, studiert, überlegt und sagt zu seinem Gegenüber, das, da es ihn so aufmerksam sieht, schon vermeint, ihn am Gängelband zu haben: ›Das passt mir nicht.‹ Was ich am sonderbarsten finde, ist, dass er zehn Jahre lang mit Werbrust assoziiert gewesen, ohne dass sich jemals eine Wolke zwischen ihnen erhoben hätte.«

»Das kann sich nur zwischen sehr starken oder sehr schwachen Menschen ereignen. Da wird jedes Vorkommnis zum Streitobjekt und zeitigt unversöhnliche Feindschaft«, sagt Couture.

»Ihr begreift«, fuhr Bixiou fort, »dass Nucingen schlauerweise von geschickter Hand in die Kolonne der Börsianer eine Granate schleudern ließ, die gegen vier Uhr zum Platzen kam. ›Wissen Sie die bedenkliche Neuigkeit?‹, sagte du Tillet zu Werbrust, indem er ihn in einen Winkel zog. ›Nucingen ist in Brüssel, seine Frau hat beim Gericht eine Eingabe um Gütertrennung gemacht.‹ - ›Sind Sie sein Kompagnon bei der Liquidation?‹, fragte Werbrust lächelnd. ›Keine Späße, Werbrust‹, sagte du Tillet. ›Sie kennen die Leute, die Papiere von ihm haben; hören Sie zu, wir können da ein Geschäft machen! Die Aktien unserer neuen Gesellschaft bringen zwanzig Prozent, Ende des Quartals werden sie fünfundzwanzig bringen. Sie wissen weshalb; man verteilt eine glänzende Dividende.‹ - ›Pfiffikus!‹, sagte Werbrust, ›nur zu, reden Sie nur weiter! Sie sind ein Teufel mit langen, spitzen Krallen und - tauchen sie in Butter!‹ - ›Aber lassen Sie mich doch ausreden, oder wir haben keine Zeit mehr zum Handeln! Soeben, als ich die Neuigkeit erfuhr, kam mir ein Gedanke, und ich habe tatsächlich Frau von Nucingen in Tränen gesehen; sie hat Angst um ihr Vermögen.‹ - ›Arme Kleine!‹, sagte Werbrust ironisch. ›Nun, und?‹, fragte der elsässische Jude, als du Tillet schwieg. ›Nun - bei mir liegen tausend Aktien zu je tausend Franken, die Nucingen mir übergeben hat, damit ich sie ihm unterbringe, verstehen Sie?‹ - ›Gut!‹ - ›Kaufen wir mit zehn oder zwanzig Prozent Provision für eine Million Papiere des Hauses Nucingen; wir werden an dieser Million ein schönes Agio gewinnen, denn wir sind dann gleichzeitig Gläubiger und Schuldner; das wird eine gute Verwirrung geben! Aber wir müssen schlau vorgehen, die Aktienbesitzer könnten glauben, wir handelten im Interesse Nucingens.‹ Werbrust begriff nun den Streich, der zu spielen war, und drückte du Tillet die Hand mit dem Blick einer Frau, die einer andern einen Schabernack spielt. ›Wissen Sie schon das Neueste?‹ Mit dieser Frage trat Martin Falleix an sie heran. ›Das Haus Nucingen stellt seine Zahlungen ein!‹ - ›Pah!‹, erwiderte Werbrust; ›das müssen Sie nicht herumerzählen, lassen Sie die Leute, die seine Papiere haben, nur weitermachen!‹ - ›Kennen Sie die Ursache des Zusammenbruchs?‹, fragte Claparon dazwischentretend. ›Du weißt ja gar nichts‹, sagte du Tillet zu ihm, ›es gibt nicht den geringsten Zusammenbruch, vielmehr eine glatte Zahlung auf Heller und Pfennig. Nucingen wird von vorne beginnen und bei mir so viele Gelder finden, als er bedarf. Ich kenne die Ursache der Zahlungseinstellung: Er hat seine ganzen Barmittel zugunsten Mexikos verwendet, das ihm Metall zurückschickt, spanische Kanonen, die so schlecht gegossen sind, dass sich in der Masse Gold vorfindet, Uhren, Kirchensilber, alle die Trümmer, welche die spanische Zerstörungswut in Westindien geschaffen hat. Die Rücksendung dieser

Wertsachen verzögert sich. Der liebe Baron ist in Verlegenheit, das ist alles.‹ - ›Es ist wahr‹, sagte Werbrust, ›ich nehme seine Papiere mit zwanzig Prozent Diskont.‹ Die Neuigkeit verbreitete sich nun schnell wie ein Feuer im Strohschuppen. Es verlauteten die widersprechendsten Dinge. Aber man hatte infolge der zwei vorangegangenen Liquidationen ein solches Vertrauen zum Hause Nucingen, dass jedermann die Papiere Nucingen behielt. ›Palma muss uns in die Hand spielen‹, sagte Werbrust. Palma war für die Firma Keller, die mit Nucingen-Papieren vollgepfropft war, eine Autorität. Ein Wort des Alarms von ihm genügte. Werbrust erreichte von Palma die Zusage, dass er die Sache an die große Glocke bringen wolle. Am andern Morgen tobte an der Börse der Alarm. Die Keller gaben, dem Rate Palmas folgend, ihre Papiere mit zehn Prozent Nachlass ab, und ihnen folgte die ganze Börse, denn man kannte sie als sehr pfiffig. Taillefer gab daraufhin dreihunderttausend Franken zu zwanzig Prozent, Martin Falleix zweihunderttausend zu fünfzehn Prozent. Gigonnet erriet den Streich! Er schürte das Feuer, um sich mit Nucingen-Papieren zu versehen und zwei oder drei Prozent beim Wiederverkauf an Werbrust zu gewinnen. Er erblickte in einem Winkel der Börse den armen Matifat, der bei Nucingen dreihunderttausend Franken hatte. Der zitternde Drogist sah nicht ohne Erbleichen den schrecklichen Gigonnet, den Bankier aus seinem früheren Stadtviertel, auf sich zukommen: ›Es geht schlecht, die Krise zeigt sich an. Nucingen ist bedenklich! Aber das braucht Sie ja nicht zu kümmern, Vater Matifat, Sie haben ja mit dergleichen nichts mehr zu tun.‹ - ›Da täuschen Sie sich, Gigonnet, ich bin mit dreihunderttausend Franken belastet, mit denen ich auf spanische Renten rechnete.‹ - ›Sie sind gerettet; spanische Renten hätten Ihnen alles vernichtet, während ich Ihnen für Ihre Nucingen-Papiere so etwa fünfzig Prozent geben werde.‹ - ›Lieber möchte ich die Liquidation sehen‹, erwiderte Matifat. ›Hat jemals ein Bankier nur fünfzig vom Hundert gegeben! Ja, wenn es sich nur um zehn Prozent Verlust handelte‹, sagte der frühere Drogist. ›Nun, geben Sie sie zu fünfzehn?‹, fragte Gigonnet. ›Sie scheinen es sehr dringend zu haben!‹, sagte Matifat. ›Guten Abend‹, sagte Gigonnet. ›Wollen Sie sie zu zwölf?‹ - ›Gut‹, sagte Gigonnet. Zwei Millionen wurden am selben Abend von du Tillet zurückgekauft und von ihm bei Nucingen ausgeglichen, auf Rechnung der drei vom Zufall gewonnenen Verbündeten, die am andern Tage ihr Agio einzogen. – Die alte hübsche kleine Baronin d'Aldrigger saß mit ihren zwei Töchtern und Godefroid beim Frühstück, als Rastignac kam und die Unterhaltung auf die finanzielle Krise lenkte.

Der Baron Nucingen habe eine große Zuneigung zur Familie d'Aldrigger, er habe dafür Sorge getragen, im Fall eines Unglücks das Konto der Baronin mit seinen besten Wertpapieren zu decken, mit Aktien der Bleigruben; zu ihrer eigenen Sicherheit aber müsse die Baronin ihn ersuchen, ihr Vermögen derart anzulegen. ›Der arme Nucingen‹, sagte die Baronin, ›und was passiert ihm nun?‹ - ›Er ist in Belgien; seine Frau verlangt die Gütertrennung; aber er ist fort, um bei einigen Bankhäusern Hilfe zu suchen.‹ - ›Mein Gott, das erinnert mich an meinen armen Mann! Lieber Herr Rastignac, wie weh muss Ihnen das tun, der Sie dem Hause so eng verbunden sind.‹ - ›Vorausgesetzt, dass alle Misshelligkeiten beigelegt werden, werden seine Freunde später ihren Lohn bekommen; er ist ein geschickter Mann, er wird sich schon herausziehen.‹ - ›Ein Ehrenmann vor allem!‹, sagte die Baronin. Nach einem Monat war die Liquidation der Passiva des Hauses Nucingen vollendet, ohne andere Maßnahmen als der Briefe, mit denen ein jeder die Anlage seines Kapitals in angegebenen Wertpapieren verlangte, und ohne jede andere Formalität vonseiten der Bankhäuser als den Umtausch der Nucingen-Papiere gegen Bleiaktien, die im Kurs stiegen. Während du Tillet, Werbrust, Claparon, Gigonnet und noch ein paar Schlauberger aus dem Auslande gegen ein Prozent Agio die Papiere Nucingen zurücknahmen (sie gewannen noch dabei!), indem sie sie gegen die hoch im Kurs stehenden Aktien austauschten, war der Aufruhr an der Pariser Börse um so größer, als niemand mehr etwas zu fürchten hatte. Man schwatzte über Nucingen, man belauerte, verurteilte, verleumdete ihn! Sein Luxus, seine vielen Unternehmungen! Wenn ein Mann so vieles will, kommt er unter die Räder!, usw. Als der Lärm am stärksten war, erstaunten manche Leute nicht wenig, Briefe aus Genf, Basel, Mailand, Neapel, Genua, Marseille und London zu erhalten, in denen ihre Korrespondenten nicht ohne Verwunderung mitteilten, dass man ihnen für Nucingen-Papiere, deren Sturz ihre Pariser Firma ihnen gemeldet, ein Prozent Agio biete. ›Es geht etwas vor!‹, sagten die Börsenspekulanten. Das Gericht hatte zwischen Nucingen und seiner Gattin die Gütertrennung verfügt. Die Sachlage verwirrte sich noch viel mehr: Die Zeitungen verkündeten die Rückkehr des Herrn Barons von Nucingen, der in Belgien gewesen war, um sich dort mit einem bekannten Großindustriellen betreffs der Ausbeutung alter Steinkohlenlager in den Wäldern von Bossut, die lange Zeit brach gelegen, ins Einvernehmen zu setzen. Der Baron erschien wieder an der Börse, und ohne sich auch nur die Mühe zu nehmen, die Verleumdungen, die über sein Haus in Umlauf gewesen, zu widerlegen – er hielt einen Widerruf in der Zeitung für unter seiner Würde –, kaufte er für zwei Millionen einen herrlichen Grundbesitz vor den Toren von Paris. Sechs Wochen später verkündeten die Zeitungen von Bordeaux das Einlaufen zweier für das Haus Nucingen bestimmter Dampfer mit einer Metallladung im Werte von sieben Millionen. Palma, Werbrust und du Tillet begriffen, dass der Streich glücklich zu Ende geführt war, aber sie waren die Einzigen, die das begriffen. Sie erkannten die großartige Inszenierung dieses Finanzcoups, erkannten, dass er seit elf Monaten vorbereitet gewesen, und feierten Nucingen als den größten Finanzmann Europas. Rastignac begriff nichts davon, aber er hatte vierhunderttausend Franken gewonnen, die Nucingen durch Rastignac den Pariser Schafen abscheren ließ und mit denen dieser die Mitgift seiner beiden Schwestern bestritt. D'Aiglemont, von seinem Vetter Beaudenord aufmerksam gemacht, hatte Rastignac angefleht, ihm gegen zehn Prozent seiner Million dazu zu verhelfen, dass diese Million in Kanalaktien angelegt werde; dieser Kanal ist noch heute zu bauen, denn Nucingen hat die Führung in dieser Angelegenheit so glänzend betrieben, dass die Konzessionäre des Kanals ein Interesse daran haben, ihn nicht zu beenden. Charles Grandet beschwor den Geliebten Delphines, dass er ihm sein Geld gegen Aktien eintausche. Kurz, Rastignac hat zehn Tage lang die Rolle Laws gespielt, den die hübschesten Herzoginnen um Aktien bestürmten, und heute kann der Bursche vierzigtausend Livres Rente haben, deren Stamm aus den Bleigrubenaktien entstand.«

»Wenn alle Welt gewinnt, wer verliert denn da eigentlich?«, fragte Finot.

»Schluss der Geschichte!«, fuhr Bixiou fort. »Angelockt von der Pseudodividende, die sie sich einige Monate nach dem Umtausch ihrer Bargelder in Aktien auszahlen ließen, behielten der Marquis d'Aiglemont und Beaudenord – ich nenne euch als Beispiel nur diese beiden – ihre Papiere; sie hatten drei Prozent mehr, als ihr Kapital betragen hatte, und sangen Nucingens Lob, ja verteidigten ihn sogar, als man ihn der Zahlungseinstellung verdächtigte. Godefroid heiratete seine liebe Isaure und erhielt für hunderttausend Franken Minenaktien. Bei Gelegenheit der Trauung gaben die Nucingen einen Ball, dessen Pracht alle Erwartungen überstieg. Delphine überreichte der jungen Braut einen kostbaren Rubinschmuck. Isaure tanzte nicht mehr als junges Mädchen, sondern als glückliches Weib. Die kleine Baronin war mehr als je Sennerin. Malvina erhielt inmitten der Ballfreuden von du Tillet den trockenen

Rat, Frau Desroches zu werden. Desroches, angetrieben von Nucingen und Rastignac, versuchte, das Geschäft in Gang zu bringen. Als er aber hörte, dass die Mitgift in Bleigrubenaktien bestände, brach er die Beziehungen ab und wandte sich wieder den Matifat zu. In der Rue du Cherche-Midi fand der Advokat die verdammten Kanalaktien, die Gigonnet dem Matifat anstelle von Bargeld aufgehängt hatte. Da seht ihr, wie Desroches auf den beiden Wiesen, die er zu mähen gedacht hatte, der Sense Nucingens begegnete! Die Ereignisse ließen nicht auf sich warten. Die Gesellschaft Claparon ließ sich in zu viele Geschäfte ein, es ging ihr an den Kragen; sie bot keine Zinsen und keine Dividende mehr, trotzdem ihre Unternehmungen glänzend waren. Dies Unglück traf mit den Ereignissen von 1827 zusammen. 1829 war Claparon zu bekannt, um noch weiterhin der Strohmann der beiden Kolosse sein zu können, und er fiel von seinem hohen Sockel zu Boden. Von zwölfhundertfünfzig Franken sanken die Aktien auf vierhundert, obgleich ihr eigentlicher Wert sechshundert Franken betrug. Nucingen, der ihren wahren Wert kannte, kaufte zurück. Die kleine Baronin d'Aldrigger hatte ihre Grubenaktien, die nichts einbrachten, verkauft, und Godefroid verkaufte diejenigen seiner Frau aus demselben Grunde. Gleich der Baronin hatte Godefroid seine Grubenaktien gegen die Aktien der Gesellschaft Claparon vertauscht. Ihre Schulden zwangen sie, bei tiefster Baisse zu verkaufen. Von dem, was ihnen siebenhunderttausend Franken bedeutete, erhielten sie zweihundertdreißigtausend Franken. Sie wuschen ihre Wäsche rein, und der Rest wurde kläglich in dreiprozentigen Papieren angelegt. Godefroid, der einst glückliche Junggeselle, der so sorglos dahingelebt hatte, sah sich nun mit einer jungen Frau belastet, die so dumm war wie eine Gans, und überdies mit einer Schwiegermutter, die von Toiletten träumte. Die beiden Familien haben sich zusammengetan, um überhaupt existieren zu können. Godefroid war genötigt, alle seine inzwischen aufgegebenen vorteilhaften Konnexionen wieder aufzufrischen, um eine Tausendtalerstelle im Finanzministerium zu erhalten. Die Freunde? ... futsch! Die Verwandten? ... versichern erstaunt: ›Wie, mein Lieber? Natürlich dürfen Sie auf mich rechnen! Armer Kerl!‹ Eine Viertelstunde später ist alles vergessen. Beaudenord verdankte seine Anstellung Nucingen und Vandenesse. Die ganze so ehrenhafte und so unglückliche Familie wohnt heute Rue du Mont-Tabor im vierten Stock. Die arme Malvina besitzt nichts, sie gibt Klavierstunden, um ihrem Schwager nicht zur Last zu fallen. Schwarz, groß, dürr und welk, gleicht sie einer wiedererwachten Mumie, die hilflos durch Paris irrt. Im Jahre

1830 verlor Beaudenord seine Stellung, und seine Frau schenkte ihm ein viertes Kind. Acht Familienmitglieder und zwei Dienstboten (Wirth und seine Frau)! Geld: achttausend Livres Rente. Die Gruben geben heute so beträchtliche Dividenden, dass die Aktie zu tausend Franken tausend Franken Rente bringt. Rastignac und Frau von Nucingen haben die von Godefroid und der Baronin verkauften Aktien erworben. Nucingen wurde von der Julirevolution zum Pair von Frankreich und Großoffizier der Ehrenlegion ernannt. Obgleich er nach 1830 nicht liquidiert hat, besitzt er, wie man sagt, ein Vermögen von sechzehn bis achtzehn Millionen. Da er die Juliereignisse vorausgesehen, hatte er alle seine Werte verkauft und wiedergekauft, als die drei Prozent auf fünfundvierzig standen; er brachte denen im Schloss den Glauben bei, es geschehe aus Ergebenheit, und nahm währenddessen dem großen Hansnarren Philipp Brideau drei Millionen ab! Unlängst gewahrte unser Baron, als er die Rue de Rivoli hinunterschritt, um sich ins Bois de Boulogne zu begeben, unter den Arkaden die Baronin d'Aldrigger. Die kleine Alte trug ein rosenverziertes Häubchen, ein geblümtes Kleid, eine Mantille, kurz, sie war mehr als je die kokette Sennerin, denn sie konnte die Ursachen ihres Elends ebenso wenig begreifen wie ehedem die Ursachen ihrer Wohlhabenheit. Sie lehnte sich auf die arme Malvina, die – ein Muster heldenmütiger Entsagung – die alte Mutter zu sein schien, während die Baronin das junge Mädchen spielte; und Wirth folgte ihnen mit dem Regenschirm. ›Ta sehen Se Laite‹, sagte der Baron zu Herrn Cointet, einem Minister, mit dem er den Spaziergang machte, ›denen es mir nicht keklickt ist ain Vermegen ßu peschaffen. Der Zwischenfall ist tja wohl wieder peikelegt, keben Se doch dem armen Beaudenord wieder aine Anstellung.‹ Beaudenord wurde dank Nucingens Fürsprache wieder im Ministerium angestellt; und die d'Aldrigger preisen den treuen Freund, der noch heute die kleine Sennerin und ihre Töchter auf seine Bälle lädt. Keinem auf der ganzen Welt ist es möglich, darzutun, wie dieser Mann dreimal und ohne jede Gewaltsamkeit die wider seinen Willen durch ihn reich gewordene Menge hat bestehlen wollen. Keiner kann ihm einen Vorwurf machen. Wer da sagen wollte, das höhere Bankwesen sei oftmals eine Gurgelabschneiderei, beginge die empörendste Verleumdung. Wenn die Effekten steigen und fallen, wenn die Wertpapiere steigen und stürzen, so ist diese Ebbe und Flut eine Folge atmosphärischer Einflüsse, die mit dem Mond in Beziehung stehen, und selbst der große Arago[7] könnte über dieses bedeutsame Phänomen keine wissenschaftliche Theorie aufstellen. Lediglich eine finanzielle Lehre folgt aus dem Ganzen, eine Lehre, die ich noch nirgends aufgeschrieben fand ...«

»Welche?«

»Der Schuldner ist stärker als der Gläubiger.«

»Oh«, sagte Blondet, »ich erblicke in dem Gesagten eine Paraphrase über einen Ausspruch Montesquieus, in dem er den ›Geist der Gesetze‹ zusammengefasst hat.«

»Welchen?«, fragte Finot.

»Die Gesetze sind Spinnennetze, aus denen die großen Fliegen sich herausarbeiten, in denen die kleinen aber hängen bleiben.«

»Wo möchtest du denn hingelangen?«, fragte Finot Blondet.

»Zur absoluten Regierung, der einzigen, die der Vergewaltigung des Gesetzes durch den Geist Einhalt tun kann. Ja, die Willkür rettet das Volk, indem sie der Gerechtigkeit zu Hilfe kommt. Der König, der den betrügerischen Bankrotteur begnadigen kann, gibt dem gerupften Opfer nichts zurück. Die Gesetzmäßigkeit tötet die Gesellschaft von heute.«

»Mach das mal den Wählern begreiflich!«, sagte Bixiou.

»Es gibt einen, der das übernommen hat.«

»Wer?«

»Die Zeit. Wie der Bischof von Leon gesagt hat: ›Wenn die Freiheit alt ist, so ist die Königswürde ewig‹; jedes Volk, das gesunden Geistes ist, wird unter dieser oder jener Form darauf zurückkommen.«

»Horch, es waren Leute nebenan«, sagte Finot, der uns hinausgehen hörte. »Es sind immer Leute nebenan!«, erwiderte Bixiou, der wohl betrunken war.

---

[7] Berühmter Physiker, 1786-1853.

Pierre Grassou

Wer als ernsthafter Betrachter die Kunstausstellungen, die nach der Revolution von 1830 stattfanden, besucht hat, wird sich beim Anschauen der endlosen, überhäuften Galerien kaum eines Gefühls des Unbehagens und der Langeweile, vielleicht sogar der Trauer haben erwehren können. Seit 1830 gibt es keinen »Salon« mehr. Der Louvre ist ein zweites Mal erstürmt worden durch die Künstler; und sie haben es verstanden, sich dort zu behaupten. Die Zulassung zum »Salon« bedeutete ehemals für den kleinen Kreis, der infrage kam, bereits eine hohe Auszeichnung, und über die bedeutendsten der etwa zweihundert Bilder, die ausgewählt worden, entspann sich beim Publikum und bei der Kritik ein leidenschaftlicher Widerstreit der Meinungen. Die Überfülle der Gemälde, vor die sich heute der Besucher gestellt sieht, erschöpft seine Aufmerksamkeit, und die Ausstellung wird geschlossen, bevor er aus der Menge das wenige Gute ausfindig gemacht hat. Statt eines Ritterspiels haben wir einen Volksjahrmarkt, statt eines künstlerischen Ereignisses ein lautes Warenhaus, statt sorgfältiger Auslese – alles. Was ist die Folge? In der Menge verliert sich das Genie. Der Katalog ist zu einem dicken Buch angewachsen, in dem mancher Name auch dadurch nicht bekannter wird, dass zehn oder zwölf ausgestellte Bilder dahinter aufgeführt sind. Unter allen aber am unbekanntesten ist vielleicht derjenige des Malers Pierre Grassou aus Fougères, den man in der Künstlerwelt einfach Fougères nennt.

Fougères wohnte 1832 im vierten Stockwerk eines jener hohen, schmalen Häuser der Rue de Navarin, die aussehen wie der Obelisk von Luxor. Sie besitzen einen Hausflur, eine enge, düstere, halsbrecherische Wendeltreppe, in jedem Stock nicht mehr als drei Fenster und einen Hof, der nicht mehr als ein viereckiger Schacht ist.

Über den drei oder vier Räumen, die Grassou von Fougères bewohnte, lag ein Atelier, dessen Fenster auf Montmartre hinausgingen. Die Wände waren rot gestrichen, der Boden braun gewachst, auf jedem Stuhl lag ein gesticktes Deckchen, das altmodische Sofa war sauber wie das im Schlafzimmer einer Krämerin. Alles ließ auf das wohlgeordnete Dasein eines gesetzten Bürgers von engem Horizont schließen. Das Atelier enthielt außerdem eine Kommode zum Aufbewahren der Malgeräte, einen Frühstückstisch, einen Schreibtisch und einen großen Ofen, ferner die zum Malen erforderlichen Gegenstände. Alles dies war sauber und in guter Ordnung.

Eines Tages zu Anfang Dezember, dieses für den Porträtisten besonders günstigen Monats, war Pierre Grassou frühzeitig aufgestanden, hatte den Ofen angezündet, die Palette hergerichtet, und wartete nun, dass die Scheiben des Atelierfensters auftauen würden, um das Tageslicht ungehindert einzulassen. Unterdessen verzehrte er gedankenlos sein Frühstück, ein in Milch getunktes Hörnchen.

Da klang von der Treppe her ein wohlbekannter Schritt. Als der Maler eben mit der Arbeit beginnen wollte, überraschte ihn Elias Magus, Bilderhändler und Leinwandwucherer.

»Wie geht's, alter Halunke?«, begrüßte ihn Grassou. Elias nahm ihm seine Gemälde ab, das Stück für zwei- bis dreihundert Francs. Sie liebten es, im Verkehr miteinander sich des sogenannten Künstlertons zu bedienen.

»Schlechte Geschäfte«, sagte Elias. »Ihr Künstler stellt unverschämte Forderungen. Wenn Ihr für sechs Sous Farbe auf die Leinwand kleckst, verlangt Ihr gleich zweihundert Francs dafür. Aber Sie, Fougères, sind ein anständiger Kerl. Darum lasse ich Ihnen auch etwas Gutes zukommen.«

»Timeo Danaos et dona ferentes«, sagte Fougères; »verstehen Sie lateinisch?«

»Nein.«

»Nun, das heißt soviel, als dass die Griechen den Trojanern nichts anboten, ohne selbst einen Profit dabei zu haben. Und so wird's wohl auch heute noch sein, Herr Odysseus-Magus!« Diese Worte waren eine Musterwendung des unter den Malern gebräuchlichen Atelierstils, den Fougères, wie man sieht, vollkommen beherrschte.

»Ich verlange doch nicht, dass Sie mir Ihre Bilder umsonst geben sollen! Sie sind ein ehrenwerter Künstler.«

»Nun – und?«

»Also kurzum: Ich bringe Ihnen einen Vater, eine Mutter und eine Tochter.«

»Alle drei auf einen Schlag?«

»Meiner Treu, ja! Sie wollen sich porträtieren lassen. Diese Spießbürger, die sich für Kunst begeistern, haben es noch nie gewagt, ein Atelier zu betreten. Übrigens hat die Tochter eine Mitgift von hunderttausend Francs zu erwarten. Malen Sie die Leute nur ruhig. Vielleicht werden es einmal Ihre Familienbilder.« Dieser alte Klotz von Mensch, Elias Magus genannt, unterbrach sich hier mit einem so heiseren Lachen, dass der Maler erschrak. Es war ihm, als hätte der Teufel selbst diese Worte vom Heiraten gesprochen. »Fünfhundert Francs sind für jedes Porträt gezahlt. Sie können also drei Bilder machen.«

»Natürlich, mit Freuden!«, rief Fougères.

»Und sollten Sie die Tochter heiraten, so erinnern Sie sich hoffentlich meiner.«

»Ich heiraten!?«, rief Pierre Grassou. »Wo ich gewohnt bin, ganz allein schlafen zu gehen und mit der Morgensonne aufzustehen? Ich, der sein Leben geregelt hat ...«

»Hunderttausend Francs«, sagte Magus, »und ein entzückendes Mädchen, mit Goldton wie ein echter Tizian.«

»Was für Leute sind es?«

»Der Alte war Kaufmann. Jetzt ist er Kunstliebhaber und Besitzer eines Landhauses in Ville d'Avray mit zehn – bis zwölftausend Pfund Rente.«

»Und worin bestand sein Handel?«

»In Flaschen.«

»Beim Himmel, hören Sie auf! Mir ist, als hörte ich schon Pfropfen knallen ...«

»Darf ich die Leute herbringen?«

»Drei Porträts ... Ich werde sie in den ›Salon‹ schicken ... Ich werde ins Fach des Porträtisten übergehen. Nun denn, in Gottes Namen!«

Der alte Elias entfernte sich, um die Familie Vervelle zu verständigen. Werfen wir inzwischen einen Blick auf die Vergangenheit Pierre Grassous de Fougères, um ermessen zu können, von welcher Bedeutung ein solcher Auftrag für ihn sein konnte und welchen Eindruck das Ehepaar Vervelle mit seiner einzigen Tochter auf ihn machen musste.

Bei Servin, der in der Künstlerwelt den Ruf als Meister des Stiftes genoss, hatte Fougères zeichnen gelernt und war dann als Schüler zu Schinner gegangen, um von ihm in das Geheimnis seiner wunderbaren Farben eingeweiht zu werden. Aber der Meister gab seinem Schüler nichts von diesem Geheimnis preis – Pierre entlockte ihm nichts. Hierauf besuchte er das Atelier Sommervieux, um die Gesetze der Komposition zu studieren, aber sie blieben ihm ein versiegeltes Buch. Er ging zu Granet und Drolling, um ihnen die Technik ihrer effektvollen Interieurs abzusehen, doch vergebens, auch ihnen war nichts zu entreißen. Endlich beschloss Fougères seine Studienzeit bei Duval-Lecamus. Sein stilles, gemäßigtes Wesen wurde in den Ateliers zur Zielscheibe des Spottes, doch entwaffnete seine Bescheidenheit und rührende Geduld bald die Kameraden. Bei den Lehrern fand er wenig Sympathie; sie bevorzugten das exzentrische, übermütige, sprühende Temperament, oder aber den ernsten, grüblerischen Charakter, der das Zeichen des Genies ist; bei Fougères fanden sie nichts als Mittelmäßigkeit.

Sein Äußeres entsprach seinem Namen, er war fett und plump, mittelgroß von Gestalt und von blasser Gesichtsfarbe. Er hatte schwarze Haare, braune Augen, lange Ohren, eine aufwärts gebogene Nase und einen breiten Mund. Keinem dieser Merkmale seines gesunden aber ausdruckslosen Gesichtes verlieh sein mildes, leidendes, resigniertes Wesen irgendwie eine besondere Bedeutung. Ihn beunruhigte weder das leidenschaftliche Drängen des Blutes, noch die Übermacht der Gedanken, noch die mächtige Begeisterung, die das Zeichen der genialen Künstler sind.

Geboren, ein ehrenwerter Bürger zu sein, war dieser junge Mann nach Paris gekommen, um hier bei einem Farbenhändler Gehilfe zu werden; aber in seiner bretonischen Hartnäckigkeit hatte er es sich in den Kopf gesetzt, Maler zu werden, Gott mag wissen, was er aushielt, wie er es zuwege brachte, sich durch seine Studienjahre durchzudarben. Er durchlitt die Entbehrungen der Großen, die das Unglück verfolgt und die wie wilde Tiere von der Meute der Mittelmäßigkeit und der Neider verfolgt werden. Kaum meinte er auf eigenen Füßen stehen zu können, so nahm er ein Atelier in der Rue des Martyrs und fing an, zu arbeiten. Im Jahre 1819 trat er mit seinem ersten Werk an die Öffentlichkeit. Das der Jury zur Ausstellung im Louvre eingereichte Gemälde stellte eine Bauernhochzeit dar und war eine wohlgelungene Nachahmung des bekannten Bildes von Greuze. Es wurde zurückgewiesen. Fougères, als er diese enttäuschende Mitteilung erhielt, tobte nicht, wie es die Großen tun, verfiel auch nicht einer jener epileptischen Anwandlungen, die so häufig mit einer Herausforderung des Direktors oder des Sekretärs der Ausstellung oder mit blutdürstigen Drohungen enden. Nichts von alledem geschah, sondern Fougères nahm seelenruhig seine Leinwand zurück, bedeckte sie mit seinem Taschentuch und trug sie wieder in sein Atelier zurück. Aber er schwur es sich zu, ein großer Künstler zu werden. Das Bild stellte er auf eine Staffelei und begab sich zu seinem früheren Lehrer Schinner, einem Maler von außerordentlichem Talent, einem weichen und geduldigen Menschen, dem die letzte Ausstellung des »Salons« seinen Erfolg garantiert hatte. Grassou bat ihn, er möge das zurückgewiesene Werk seiner Kritik unterziehen. Der große Maler kam sofort von seiner Arbeit weg. Kaum hatte er das Bild mit einem Blick gestreift, drückte er dem armen Fougères die Hand: »Guter Junge, du hast ein Herz von Gold, man darf dich nicht hintergehen. Also höre: Du hast alles gehalten, was du als Schüler versprachst. Mein lieber Fougères, statt dass man etwas Derartiges zusammenpinselt, tut man besser, den andern nicht Farbe und Leinwand zu stehlen. Sattle um, solange es noch Zeit ist! Zieh dir eine Schlafmütze über und kriech um neun Uhr ins Bett. Morgen aber, gegen zehn, gehst du zu irgendeinem Bureau und suchst dir einen Posten. Von der Kunst aber lass die Finger!«

»Mein Freund«, sagte Fougères, »mein Werk ist bereits verurteilt worden, und ich bat dich nicht, es zu tadeln, sondern mir die Gründe für seine Ablehnung auseinanderzusetzen.«

»Nun also: Du hast keine Farbe, du malst alles grau und tot, du siehst die Natur durch einen Schleier. In der Zeichnung bist du grob und ungeschickt, in der Komposition kopierst du Greuze, den zu verbessern du nicht berufen bist.« Als Schinner die Fehler des Bildes aufzählte, bemerkte er in den Zügen des jungen Malers den Ausdruck einer so tiefen Traurigkeit, dass er ihn zum Mittagessen einlud und ihn zu trösten suchte.

Am nächsten Tage saß Fougères schon um sieben in der Frühe vor der Staffelei und pinselte an seinem verworfenen Bilde herum. Er vertiefte die Farben, beseitigte die von Schinner gerügten Mängel und arbeitete die Köpfe besser heraus. Als ihn die Korrekturarbeit anwiderte, trug er das Bild zu Elias Magus. Dieser Herr Magus war ein holländisch- belgischer Flame, und in dieser Mischung lag wohl die dreifache Vorbedingung für das, was er geworden war: geizig und reich. Von Bordeaux nach Paris gekommen, eröffnete er auf dem Boulevard Bonne- Nouvelle eine Gemäldehandlung. Das erste Bild, das Pierre ihm brachte, betrachtete er sehr genau; dann zahlte er ihm fünfzehn Francs dafür.

Fougères, der von der Palette leben musste, und, wie es die Jahreszeit brachte, Brot und Nüsse oder Brot und Milch oder Brot und Kirschen oder Brot und Käse verzehrte, lächelte und meinte: »Fünfzehn Francs verdienen und tausend Francs verbrauchen, damit kann man es weit bringen.«

Elias Magus zuckte die Achseln. Er nagte an den Fingernägeln und dachte, dass er das Bild auch schon für hundert Sous hätte erhandeln können.

Jeden Morgen spazierte Fougères nun von der Rue des Martyrs nach dem Boulevard Bonnes-Nouvelle hinab und mischte sich der Gemäldehandlung gegenüber unter die Passanten. Seine Augen hingen an dem Bilde, das aber selten einmal die Aufmerksamkeit eines Vorübergehenden auf sich lenkte. Aber eines Morgens, gegen Ende der Woche, war das Bild verschwunden. Fougères schlenderte die Straße zurück, ging auf die andere Seite hinüber und schritt gerade auf den Laden zu, indem er tat, als führe ein Zufall ihn des Weges. Der Händler stand auf der Schwelle.

»Nun, haben Sie mein Bild verkauft?«

»Nein«, sagte Magus, »ich lasse einen Rahmen darum machen, damit ich es einem anbieten kann, der glaubt, er verstehe etwas von Bildern.«

Fougères wagte nicht mehr, sich auf dem Boulevard zu zeigen. Er arbeitete an einem neuen Gemälde. Mit der Unermüdlichkeit eines Mannes plagte er sich zwei Monate lang wie ein Galeerensklave. Eines Tages ging er, fast ohne es zu wollen, wieder zum Laden des Magus. Das Bild war nicht mehr da.

»Ich habe Ihr Bild verkauft«, sagte der Händler.

»Zu welchem Preise?«

»Ich habe meine Unkosten eingebracht und noch eine Kleinigkeit daran verdient. Malen Sie mir flämische Interieurs, eine Anatomiestudie, eine Landschaft. Ich werde sie Ihnen abkaufen«, sagte Magus.

Fougères wäre dem Alten am liebsten um den Hals gefallen. Er blickte zu ihm wie zu einem Vater auf. Freude im Herzen, kehrte er heim. Also hatte der große Schinner sich doch in ihm getäuscht. Noch gab es in dieser Riesenstadt Herzen, die in gleichem Takt mit seinem eigenen schlugen. Man erkannte und schätzte seine Begabung. Dieser arme Bursche von siebenundzwanzig Jahren besaß die Einfalt eines sechzehnjährigen Jünglings. Jedem andern würde die diabolische Miene des Elias Magus aufgefallen sein. Das Beben der Bartspitzen, die Haltung des Kopfes wären ihm nicht entgangen.

Wie ein Schüler, der eine Dame begleiten darf, stolzierte Fougères mit freudestrahlendem Gesicht durch die Straßen. Er begegnete seinem ehemaligen Mitschüler Josef Bridau, einem vom Unglück verfolgten, vielversprechenden Talente. Da Bridau, wie er erklärte, noch ein paar Sous in der Tasche hatte, nahm er Fougères mit in die Oper. Aber Fougères sah nichts von dem Ballett, hörte nichts von der Musik; er entwarf Bilder, er malte. Noch während der Vorstellung verabschiedete er sich von seinem Freunde und eilte nach Hause. Er fing an, beim Schein der Lampe zu skizzieren, erfand dreißig Bilder voll von Reminiszenzen und hielt sich für ein Genie.

Gleich am andern Morgen kaufte er Farben und Leinwand in allen Größen. Brot und Käse stellte er auf den Tisch, füllte den Krug mit frischem Wasser und häufte Brennholz auf. Dann ging er an die Arbeit. Er hatte einige Modelle, und Magus lieh ihm ein paar Gewänder. Nach zwei Monaten vollkommener Zurückgezogenheit hatte der Bretone vier Gemälde vollendet. Wieder bat er Schinner um sein Urteil und lud auch Josef Bridau dazu ein. Die beiden Maler bezeichneten die Bilder als treue Kopien der Holländischen Landschaften und der Interieurs von Metsu, während das vierte eine missratene Nachbildung von Rembrandts Anatomie sei.

»Nichts als Nachahmungen«, sagte Schinner; »Fougères wird es schwerlich dazu bringen, etwas Eigenes zu geben.«

»Du solltest etwas anderes tun als Bilder malen«, sagte Bridau.

»Was denn?«, fragte Fougères.

»Wirf Dich auf die Literatur«, sagte Bridau.

Fougères ließ den Kopf hängen wie ein Schaf im Regen. Dennoch ließ er sich einige technische Winke geben und arbeitete danach noch an seinen Bildern, bevor er sie zu Elias brachte. Dieser zahlte ihm fünfundzwanzig Francs für das Stück. Fougères verdiente dabei nichts, verlor aber auch nichts, denn er lebte sehr anspruchslos.

Wieder nahm er nun seine Spaziergänge auf, um das Schicksal seiner Bilder zu verfolgen. Da hatte er eine merkwürdige Halluzination: Seine so klar und genau gemalten Bilder, die von der Haltbarkeit des Eisenblechs und glänzend wie Porzellan waren, schienen wie von einem grauen Nebel überzogen; sie glichen alten Gemälden. Elias war ausgegangen, und so konnte sich Fougères keine Erklärung dieses Phänomens einholen. Er dachte, es müsse eine Täuschung sein. Er kehrte heim und fing von Neuem an, alte Bilder zu malen.

Nach sieben Jahren unermüdlicher, eifriger Arbeit brachte Fougères es so weit, dass er erträgliche Bilder komponieren und ausführen konnte. Er leistete etwas Mittelmäßiges, wie viele andere Maler auch. Elias kaufte und verkaufte alle diese Bilder des armen Bretonen, der jährlich mühsam hundert Louis verdiente, während er kaum zwölfhundert Francs verbrauchte. Bei der Ausstellung des Jahres 1829 wurden Leon de Lora, Schinner und Bridau, die von großem Einfluss waren und an der Spitze der künstlerischen Bewegung standen, so ergriffen von der Beharrlichkeit und der Armut ihres einstigen Kameraden, dass sie eines seiner Bilder zum großen Salon der Ausstellung zuließen. Dies Gemälde zeigte einen jungen Sträfling, dem die Haare geschoren wurden. Er saß zwischen einem Priester und einem jungen und einem alten Weibe, die weinten, während ein Schreiber ein gestempeltes Schriftstück las. Unberührt standen auf einem schmutzigen Tische Speisen; zwischen den Gitterstäben eines hochgelegenen Fensters fiel das erste Tageslicht herein. Ein Etwas in diesem Bilde musste die Bürger erschauern lassen – und sie erschauerten. Unverkennbar war Fougères von Gérard Dous bekanntem Meisterwerk beeinflusst worden; er hatte die Gruppe im Gemälde »Die wassersüchtige Frau« zum Fenster gedreht, statt sie von vorne zu zeigen und die Sterbende durch den Verurteilten ersetzt; es war dasselbe fahle Gesicht, derselbe Blick, derselbe Aufschrei zu Gott. Statt des flämischen Arztes hatte er den schwarzgekleideten Schreiber mit seiner kalten Amtsmiene hingemalt, und dem Mädchen auf dem Bilde Gérard Dous ein greises Weib zugesellt. Beherrscht wurde die Gruppe von dem brutal gleichgültigen Gesicht des Henkers. Das Plagiat war raffiniert ausgeführt, und niemand erkannte es als solches. Der Katalog vermerkte: »No. 510. Grassou de Fougères, Pierre, 2 Rue de Navarin. Toilette eines im Jahre 1809 zum Tode verurteilten Verbrechers«.

Trotz seiner Talentlosigkeit wurde dem Bilde ein beispielloser Erfolg zuteil; erinnerte es doch an den Fall der Heizer von Mortagne. Das Publikum sammelte sich. Tag für Tag vor dem Bilde, das die Sensation von Paris bildete. Auch Karl X. blieb davor stehen. Madame, der man von dem kümmerlichen Dasein des Bretonen erzählt hatte, begeisterte sich für ihn. Der Herzog von Orleans bemühte sich um das Gemälde. Von Prälaten hörte Madame la Dauphine, dass das Bild eine gute Moral enthalte, und es war in der Tat von sympathischen religiösen Gedanken erfüllt. Monseigneur le Dauphin bewunderte, wie der Staub auf den Mauersteinen gemalt sei, worin er übrigens irrte, denn Fougères hatte durch grünliche Reflexe die schimmlige Feuchtigkeit der Wände andeuten wollen. Madame erwarb das Bild für tausend Francs, und der Dauphin erteilte dem Künstler den Auftrag auf ein zweites, ähnliches. Fougères, dessen Vater 1799 für die Sache des Königs gefochten hatte, wurde von Karl X. durch Verleihung des Ehrenkreuzes ausgezeichnet, während Josef Bridau, der große Künstler, leer ausging. Der Minister des Innern übertrug Fougères die Ausführung zweier Kirchengemälde. Somit bedeutete diese Ausstellung des Salon für Pierre Grassou Reichtum, Ruhm und Zukunft. Schöpfer sein, heißt am langsamen Feuer schmoren; nachahmen, das heißt leben!

Eine Goldquelle hatte sich Grassou eröffnet. In seinem skrupellosen Missbrauch der Kunst war er wieder einmal ein Beispiel dafür, dass die überwältigende Mehrheit der Unfähigen in unseren Tagen überall das Aufkommen der wahrhaft Begabten erschwert und einen erbarmungslosen Kampf gegen das wirkliche Talent führt. Fougères wunderte sich selbst über seinen Erfolg, und seine Bescheidenheit und Schlichtheit ließen Neid und Missgunst verstummen. Außerdem hatte er alle Grassous, die schon ihr Glück gemacht hatten, auf seiner Seite, mehr aber noch jene, die darauf hofften. Einige waren von der Willenskraft dieses Mannes, den nichts hatte niederwerfen können, begeistert und sagten: »Man muss seinen Willen zur Kunst anerkennen! Grassou hat sein Glück nicht gestohlen; der arme Kerl hat sich zehn Jahre lang hart darum geschunden!« Alle Glückwünsche, die dem Maler dargebracht wurden, klangen aus in diesem Ausruf: »Der arme Kerl!« Vom Mitleid wird ja ebenso viel Mittelmäßigkeit erhoben, als vom Neid Größe und Bedeutung gestürzt. Die Zeitungen hatten in ihren Kritiken nicht mit bitterer Schärfe gespart, aber Fougères schluckte sie, ebenso wie die verbessernden Ratschläge seiner Kameraden, mit Engelsgeduld hinunter.

Nachdem er sich nun im Besitz von fünfzehntausend Francs sah, die sauer genug verdient worden waren, richtete er sich in der Rue de Navarin seine Wohnung und sein Atelier ein und gab sich an das vom Dauphin in Auftrag gegebene Gemälde. Auch die vom Ministerium bestellten beiden Kirchenbilder lieferte er so genau am festgesetzten Termin ab, dass der Minister ebenso wie seine Kasse von der unerwarteten Pünktlichkeit des Künstlers aufs Höchste überrascht und in Verlegenheit gebracht wurde. Allein den ordnungsliebenden Leuten ist das Glück wohlgesonnen. Hätte Grassou mit der Ablieferung gesäumt, so wäre er wohl infolge der Julirevolution niemals bezahlt worden. Mit siebenunddreißig Jahren hatte Fougères für Elias Magus nahezu zweihundert Bilder fabriziert. Sie blieben zwar gänzlich unbekannt, aber er war zufrieden damit, und diese Arbeit hatte sein Schaffen so zum Handwerk gemacht, dass die Künstler die Achseln zuckten. Die Bürger liebten ihn. Die Freunde schätzten Fougères wegen seines biederen und mitfühlenden Wesens, wegen seiner Freundlichkeit und Anhänglichkeit. Während sie seine Palette missachteten, achteten sie doch den Mann, der sie hielt. »Ein Jammer, dass Fougères dem Laster des Malens verfallen ist«, sagten die Freunde untereinander.

Trotz seiner Talentlosigkeit war Grassou ein schätzenswerter Berater, wie es auch in der Literatur Leute gibt, die selbst kein brauchbares Buch zustande bringen, aber einen guten Blick für die Fehler anderer Werke haben. Dennoch war zwischen dieser Art literarischer Kritik und der Fougères ein Unterschied; Grassou war im höchsten Grade empfänglich für das Schöne, er war dankbar dafür, und so kamen seine Ratschläge aus einem aufrichtigen Empfinden, dem man wirklich vertrauen durfte.

Seit der Julirevolution schickte Fougères zu jeder Ausstellung ein Dutzend Bilder, von denen vier oder fünf durch die Jury zugelassen wurden. Der Maler lebte äußerst bescheiden und hielt sich zur Bedienung nur eine Haushälterin. Seine einzige Unterhaltung fand er in Besuchen bei seinen Freunden, im Anschauen von Kunstsammlungen und hin und wieder in einer kleinen Reise, die ihn aber nie über die Grenzen Frankreichs hinausführte. Er beabsichtigte aber, sich demnächst in der Schweiz neue Anregung zu holen. Unser Künstler war ein durchaus einwandfreier Staatsbürger, der seiner Wehrpflicht genügte, sich zu den Musterungen einstellte und seine Steuern, ebenso wie seine Miete, mit peinlicher Pünktlichkeit entrichtete.

Da sein Leben in Arbeit und Sorgen aufgegangen war, hatte er keine Zeit gefunden, an die Liebe zu denken. Dem armen Junggesellen kam es auch gar nicht in den Sinn, sein einsames Leben aufzugeben, und da er nicht wusste, wie er sein Geld nutzbringend anlegen könne, brachte er jeweils die Ersparnisse des Quartals zu seinem Notar Cardot. Als die Summe auf tausend Taler angewachsen war, legte dieser sie als erste Hypothek an. Der Maler wartete auf den glücklichen Augenblick, wo seine Papiere die imposante Summe von zweitausend Francs Rente abwerfen würden, um sich das otium cum dignitate des Künstlers zu geben und Bilder zu malen, oh, wirkliche, vollendete Kunstwerke. Seine Zukunft, seinen Traum von Glück, seiner Hoffnungen Superlativ – wollt ihr ihn hören? Mitglied des Instituts werden und die Rosette der

Offiziere der Ehrenlegion erwerben. Seite an Seite mit Schinner und Leon de Lora sitzen, früher als Bridau. Eine Rosette im Knopfloch tragen! Welcher Traum! – Welch kleiner Geist, der nur an diese Dinge denkt! ...

Als Fougères Schritte aus der Treppe vernahm, fuhr er sich durch das Haar, knöpfte seine flaschengrüne Sammetweste zu und war nicht wenig entsetzt, als er gleich darauf ein Gesicht vor sich sah, das man in der Sprache der Ateliers treffend »Melone« nennt. Diese Frucht saß auf einem mit blauem Tuch bekleideten und mit einem Gehänge klingender Berlocks geschmückten Kürbis, dem zwei Steckrüben, die man nur irrtümlicherweise als Beine bezeichnen konnte, zum Gehen dienten. Die Melone schnaufte wie ein Walross. Ein echter Künstler hätte den hiermit charakterisierten kleinen Flaschenhändler unverzüglich vor die Tür gesetzt, mit dem Bedauern, dass er leider kein Gemüse male. Fougères aber sah sich seine Kundschaft erst, ohne eine Miene zu verziehen, an, denn im Vorhemd des Herrn Vervelle prangte ein Diamant von tausend Talern Wert. Der Blick, den hierauf Fougères dem Magus zuwarf, bedeutete etwa: »Ein feister Brocken!«, während Herr Vervelle die Stirn runzelte. Der Ehrenmann führte noch zwei andere Gemüsesorten in Gestalt seiner Frau und seiner Tochter mit sich. Die Gattin glich mit ihrem mahagonifarbenen Gesicht einer auf unförmlichen Füßen stehenden Kokosnuss, die nur mit einem Kopf gekrönt und von einem Gürtel eingeschnürt war. Sie trug ein gelbes Kleid mit schwarzen Streifen. Ihre geschwollenen Hände staken kokett in unvorstellbaren Fausthandschuhen, die einem Korporal hätten gehören können. Ihren riesigen Hut überfluteten mächtige Straußenfedern, und ihre runden massigen Schultern waren mit Spitzen geschmückt. Dergestalt war die elfenhafte Erscheinung der Kokosnuss. Die Füße, die man treffender als Wurzelklötze bezeichnen würde, quollen in sechs Wülsten über die Lackschuhe hervor. Wie waren sie nur in die Schuhe hineingekommen?! Man weiß es nicht.

Ihr folgte ein junger, grün-gelber Spargel, dessen kleinen Kopf eine von Schleifchen gehaltene, rübenrote Lockenfrisur zierte. Sie hatte spindeldürre Arme, einen leidlich weißen Teint, der mit Sommersprossen übersät war, große Unschuldsaugen mit fahlen Wimpern, fast gar keine Augenbrauen, einen Florentiner Strohhut, den züchtig zwei von weißen Satinlitzen eingefasste Rosetten garnierten, die roten Hände der Tugend und die Füße der Mutter.

Aus der beglückten Miene, mit der diese drei Wesen in dem Atelier des Malers Umschau hielten, verriet sich ihre ehrfürchtige Begeisterung für die Kunst.

»Sie also werden uns malen, mein Herr?«, fragte der würdige Vater.

»Ja, mein Herr!«, antwortete Grassou.

»Vervelle, er hat das Ehrenkreuz!«, flüsterte die Frau ihrem Manne zu, als der Maler ihnen den Rücken zuwandte.

»Glaubst du, ich würde unsere Bilder von einem Maler ohne Auszeichnung malen lassen?«, sagte der gewesene Flaschenhändler.

Elias Magus verabschiedete sich von der Familie Vervelle und ging. Grassou begleitete ihn zur Treppe.

»Das war auch nur Ihnen möglich, solche Kugeln aufzufangen«, sagte er.

»Hunderttausend Francs Mitgift!«, sagte Magus.

»Ja, aber was für eine Familie!«

»Dreihunderttausend Francs späteres Erbteil, ein Haus in der Rue Boucherat und ein Landhaus in Ville d'Avray. Sie wären für Lebenszeit versorgt«, sagte Elias.

Dieser Gedanke durchzuckte Grassous Gehirn wie die Morgensonne seine Mansarde.

Während er dem Vater des jungen Mädchens behilflich war, die richtige Stellung zum Porträtieren einzunehmen, erfreute er sich an dem gutmütigen Ausdruck dieses Mannes und bewunderte die violetten Farbtöne dieses Gesichts. Mutter und Tochter flatterten um den Maler herum und beobachteten voller Entzücken seine Vorbereitungen; er erschien ihnen wie ein Gott. Fougères gefiel sich in dieser Bewunderung. Das goldne Kalb strahlte sein fantastisches Licht über diese Familie.

»Sie müssen unheimliche Summen verdienen, nicht wahr?«, sagte die Mutter. »Aber Sie geben das Geld wahrscheinlich ebenso schnell, wie Sie es verdienen, wieder aus.«

»Nein, gnädige Frau«, erwiderte der Maler, »ich gebe es nicht aus, denn ich wüsste nicht, wozu. Mein Notar arbeitet mit dem Gelde und führt Buch darüber; und sobald ich es ihm gegeben habe, denke ich nicht mehr daran.«

»Ich habe mir sagen lassen«, rief Papa Vervelle, »Ihr Künstler wäret wie die Siebe.«

»Wer ist Ihr Notar, wenn es erlaubt ist?«, fragte Frau Vervelle.

»Oh, ein guter Kerl, der runde Cardot.«

»Aber nein, wie komisch!«, lachte Vervelle. »Cardot ist auch unser Notar.«

»Sie dürfen sich nicht bewegen«, sagte der Maler.

»Aber so bleibe doch ruhig«, rief die Gattin. »Du wirst schuld sein, wenn der Herr einen Fehler macht. Du solltest ihn nur bei der Arbeit sehen, so würdest Du verstehen ...«

»Ach Gott! Warum habt Ihr mich nicht im Malen unterrichten lassen!«, sagte Fräulein Vervelle zu den Eltern.

»Virginie«, rief die Mutter, »es gibt gewisse Dinge, die ein junges Mädchen nicht kennen darf. Bist Du erst einmal verheiratet – gut! Aber bis dahin gib Dich zufrieden.«

Diese erste Sitzung genügte, um den ehrenwerten Künstler mit der Familie Vervelle schon recht befreundet werden zu lassen. In zwei Tagen sollten die Vervelles wiederkommen. Vater und Mutter ließen Virginie auf dem Heimweg ein wenig vorausgehen, aber trotz der Entfernung erlauschte sie folgende Worte, die ihre Neugier erweckten: »Ein dekorierter Mann ... siebenunddreißig Jahre ... ein Künstler mit Aufträgen, dessen Geld von unserm Notar verwaltet wird ... wie wäre es, wenn wir Cardot zurate zögen? Ha! Madame de Fougères wäre nicht übel! ... Er sieht nicht aus wie ein übler Mensch ... Du meinst, besser ein Großhändler? Aber bei einem Kaufmann kannst Du, wenn er sich nicht bereits vom Geschäft zurückgezogen hat, nie wissen, wie es Deiner Tochter ergehen wird. Ein sparsamer Künstler dagegen ... außerdem lieben wir die Kunst ... kurz und gut ...«

Während die Familie Vervelle ihre Eindrücke über den Maler austauschte, bildete sich auch Fougères seinerseits sein Urteil über die drei. Aber das Atelier war ihm zu eng und still dazu. Er begab sich auf die Straße und musterte die rothaarigen Frauen unter den Vorübergehenden, wobei er die seltsamsten Schlussfolgerungen zog: Gold sei das schönste der Metalle, und die gelbe Farbe kennzeichne das Gold, die Römer liebten Frauen mit goldrotem Haar und er fühle wie ein Römer ... und dergleichen mehr. Welcher Mann kümmert sich, nach zwei Jahren der Ehe noch um die Haarfarbe seiner Frau? Schönheit vergeht, aber die Hässlichkeit besteht. Geld ist der halbe Weg zum Glück.

Als der Maler abends zur Ruhe ging, fand er Virginie Vervelle bereits entzückend.

Als die drei Vervelles zur zweiten Sitzung das Atelier betraten, empfing der Maler sie mit einem liebenswürdigen Lächeln. Der Schelm hatte heute seinem Bart besondere Aufmerksamkeit gewidmet; seine Wäsche war blütenweiß; anmutig hatte er sein Haar geordnet, und er trug eine sehr kleidsame Hose und puterrote Hausschuhe. Sein Gruß wurde von der Familie ebenfalls mit einem gewinnenden Lächeln beantwortet. Virginie, die so rot wurde wie ihr Haar, senkte die Augen und wandte den Kopf ab, als versenke sie sich in die Studien. Pierre Grassou war von diesen kleinen Ziererein entzückt; er fand Virginie graziös und glücklicherweise weder ihrem Vater noch ihrer Mutter ähnlich.

Während der Sitzung entspann sich eine angeregte Unterhaltung zwischen der Familie und dem Maler, der so kühn war, den Vater Vervelle geistvoll zu finden. Die Vervelles nahmen mit ihren Schmeichelworten das Herz des Künstlers im Sturm. Er schenkte Virginie eine seiner Skizzen und der Mutter eine Studie. »Umsonst?«, fragten sie. Pierre Grassou musste lachen. »Sie dürfen Ihre Bilder nicht so wegschenken«, sagte Vervelle, »das ist doch so gut wie bares Geld.« –

Bei der dritten Sitzung erzählte Papa Vervelle von einer schönen Gemäldegalerie, die er sich in seinem Landhaus in Ville d'Avray zugelegt habe. Sie enthalte Werke von Rubens, Gèrard Dou, Mieris, Terborch, Rembrandt, Paul Potter, einen Tizian und anderes. »Herr Vervelle hat sich eine Torheit geleistet«, sagte Frau Vervelle sehr wichtig, »er besitzt für hunderttausend Francs Bilder.« – »Ich bin eben Kunstliebhaber«, sagte der ehemalige Flaschenhändler.

Als der Maler das Porträt der Frau Vervelle begann, nachdem das ihres Gatten nahezu vollendet war, fand die Bewunderung der Familie kein Ende. Der Notar hatte von dem Maler eine geradezu glänzende Schilderung gegeben: Pierre Grassou war in seinen Augen der ehrenwerteste Mann der Welt, einer der bestsituierten Künstler, der sich bis jetzt sechsunddreißigtausend Francs zusammengespart habe; die Tage des Elends seien für ihn vorbei, er habe eine Jahreseinnahme von zehntausend Francs; alles in allem, es sei ausgeschlossen, dass er eine Frau unglücklich machen werde. Diese Schlussbemerkung fiel entscheidend in die Wagschale. Die Vervelles unterhielten ihre Freunde nur noch mit Gesprächen über den berühmten Fougères. An dem Tage, da Fougères das Bild Virginies in Angriff nahm, galt er schon als der zukünftige Schwiegersohn der Familie. Die drei Vervelles blühten und gediehen in der Atmosphäre dieses Ateliers, das sie nun schon als eine ihrer Residenzen ansahen. Eine unerklärliche Anziehungskraft ging von diesem sauberen, freundlich geordneten Raum auf sie aus. Abyssus, abyssum – der Bürger zieht den Bürger an.

Als die Sitzung zu Ende ging, erzitterte die Treppe unter heraufstürmenden schweren Schritten. Die Türe wurde aufgerissen und Josef Bridau trat ein. Er war erhitzt und aufgeregt, seine Haare wehten, sein dicker Schädel glühte. Wie Blitze flogen seine Blicke umher und er wirbelte alles im Atelier durcheinander, um sich dann plötzlich an Grassou zu wenden, während er versuchte, den über den Bauch zusammengezogenen Rock zuzuknöpfen, was nicht gelang, da von dem betreffenden Knopf nur noch der leere Stoffüberzug vorhanden war. »Das Holz ist teuer«, sagte er zu Grassou.

»Ah!«

»Die Gläubiger sind hinter mir her … Aber sag, malst Du dies Zeug da?«

»So schweig doch!«

»Ach so! Ja!«

Familie Vervelle fühlte sich durch das ungewöhnliche Auftreten dieses Menschen im tiefsten verletzt. Ihre natürliche Röte steigerte sich ins Kirschfarbene und endlich zu flammendem Purpur.

»Allerdings, so etwas bringt was ein!«, begann Bridau wieder. »Hast Du Geld?«

»Brauchst Du viel?«

»Fünfhundert … Ich bin einem Bluthund von Wucherer in die Finger gefallen. Wenn so eine Bestie einmal zugepackt hat, so lässt sie nicht locker, bis sie den Bissen geschluckt hat. Welche Rasse!«

»Ich werde Dir ein paar Zeilen an meinen Notar mitgeben …«

»Was, Du hast einen Notar?«

»Ja!«

»Nun, dann weiß ich doch wenigstens, warum Du die Wangen mit Rosentönen malst, die einen Parfümeur begeistern würden.«

Grassou konnte es nicht verhindern, dass er errötete. Virginie verzog das Gesicht.

»Warum hältst Du Dich nicht an die Natur?«, fuhr der große Maler fort. »Das Fräulein ist rot – nun also, ist denn das so schlimm? In der Kunst ist alles schön. Tu Zinnober auf Deine Palette und belebe die Wangen damit. Pinsele getrost die kleinen braunen Tüpfelchen hin und gib dem Ganzen etwas mehr Fettglanz. Willst Du mehr Geist haben als die Natur?«

»Hier …«, sagte Fougères, »Du kannst mich ja solange vertreten, während ich schreibe.«

Vervelle schob seinen Kugelkörper leise an den Tisch heran und beugte sich zum Ohr des Malers herab. »Dieser Brausekopf wird aber doch alles verderben!«, flüsterte der besorgte Kaufmann.

»Wenn er das Bild Ihrer Virginie malte«, erwiderte Fougères entrüstet, »so würde es tausendmal besser als meine Arbeit.«

Auf diese Auskunft hin zog Vervelle sich vorsichtig wieder zurück und begab sich an die Seite seiner Frau, die über diesen Berserker einfach sprachlos war und sich nur höchst beunruhigt darüber zeigte, dass er an dem Porträt ihrer Tochter herumwerkelte.

»So – halte Dich an diese Angaben«, sagte Bridau, als er die Palette gegen das Schreiben eintauschte. »Ich danke Dir nicht weiter! Nun kann ich doch nach Chateau d'Arthey zurückkehren, wo ich einen Speisesaal auszuführen habe; Leon de Lora macht die Türfüllungen. Wahre Meisterwerke! Du solltest uns einmal besuchen!« Er ging ohne Gruß; er hatte von dem Anblick Virginies genug bekommen.

»Wer ist denn dieser Mensch?«, fragte Madame Vervelle. – »Ein großer Künstler«, antwortete Grassou. Nach einer Minute des Schweigens fragte Virginie: »Sind Sie auch sicher, dass er an meinem Bilde nichts verdorben hat? Er hat mich erschreckt!«

»Er hat es verbessert«, antwortete Grassou. – »Wenn dieser ein großer Künstler ist«, sagte Madame Vervelle, »so muss ich doch sagen, dass ich die großen Künstler Ihrer Art vorziehe.« – »Aber Mama, Herr Grassou ist doch ein viel größerer Maler; er malt mich in ganzer Figur«, plapperte Virginie. Diese braven Leute fühlten sich durch die Allüren des Genies vor den Kopf gestoßen. –

Es war im Spätsommer, als Vervelle sich ein Herz fasste und den Maler zum nächsten Sonntag auf sein Landhaus einlud. »Ich weiß ja«, sagte er bescheiden, »dass wir Bürgersleute einem Künstler nicht viel Anziehendes bieten können. Die Künstler brauchen Anregung, Schaugeprängge und eine Umgebung geistvoller Personen. Bei mir werden Sie nichts finden als einen guten Wein; ich hoffe aber auch, dass meine Gemäldegalerie Ihnen hilft, die Langeweile zu verscheuchen, die einen Künstler wie Sie unter so einfachen Leuten befallen könnte.«

Es entzückte den armen Pierre Grassou, der so wenig an Lobeserhebungen gewöhnt war, sich so gefeiert zu sehen. Dieser gütige Mensch, dieser kaum mittelmäßige Künstler, dies goldene Herz, diese treue Seele, dieser miserable Zeichner und brave Junge, den der königliche Orden der Ehrenlegion zierte, warf sich in Gala, um die letzten schönen Tage des Jahres in Ville d'Avray zu genießen. Er fuhr bescheiden im Omnibus. Das Schlösschen des ehemaligen Flaschenhändlers, das auf der Höhe von Ville d'Avray, dem schönsten Punkt der Ortschaft, mitten in einem fünf Morgen großen Park lag, erregte Grassous höchste Bewunderung. Virginie heiraten, hieß also, eines Tages Besitzer dieser schönen Villa werden!

Von den Vervelles wurde er mit so begeisterter Freude, Liebenswürdigkeit und ungeschickter Herzlichkeit aufgenommen, dass er sich beschämt fühlte. Es war ein Tag des Triumphes für ihn. In den zu Ehren des hohen Besuches sorgfältig geharkten Wegen führte man seine Zukunftspläne spazieren.

Sogar die Bäume sahen aus, als ob sie gekämmt worden wären. Die Rasenplätze waren frisch gemäht. Durch die reine Landluft schwebten verheißungsvoll wunderbare Küchengerüche herüber. Alles im Hause schien sich zuzuflüstern: »Wir haben einen großen Künstler zu Gast!« Papa Vervelle kugelte wie ein Apfel durch seinen Park, die Tochter schlängelte sich wie ein Aal daher, und die Mutter folgte mit wichtigtuerischer Miene hinterdrein.

Unermüdlich beschäftigten die drei Leute sich ohne Unterbrechung sieben Stunden lang um ihren Gast. Auf das Diner, das sich in seiner köstlichen Reichhaltigkeit sehr in die Länge zog, folgte der große Coup des Tages, die Besichtigung der Galerie. Drei Nachbarn, ehemalige Kaufleute, ein Erbonkel, den man zu Ehren des großen Künstlers eingeladen hatte, ein altes Fräulein Vervelle und die Gastgeber selbst folgten dem Maler in die Galerie. Sie waren alle begierig, sein Urteil über die berühmte Sammlung des kleinen Papa Vervelle zu hören und über den fabelhaften Wert der Bilder Gewissheit zu erlangen. Es schien, dass der Flaschenhändler mit König Louis Philipp und den Galerien von Versailles hatte wetteifern wollen. An den kostbaren Rahmen waren kleine

Täfelchen angebracht, die auf goldenem Grund schwarze Aufschriften trugen. Sie lauteten: »Rubens, Tanz der Faune und Nymphen.« – »Rembrandt, Inneres eines Anatomiesaales. – Dr. Tromp mit seinen Schülern.« Die Galerie wurde durch Lampen erhellt, die besondere Beleuchtungseffekte erzielen sollten. Sie enthielt hundertfünfzig alte, verstaubte Gemälde. Vor einigen hingen grüne Vorhänge, die man in Gegenwart der jungen Leute geschlossen ließ. Der Künstler stand da, die Arme verschränkt und mit offenem Munde; er war sprachlos: In dieser Galerie fand er die Hälfte seiner eigenen Bilder wieder. Rubens, Paul Potter, Mieris, Gerard Dou, – zwanzig der größten Meister waren Werke seiner Hand.

»Mein Gott! Was fehlt Ihnen? Wie bleich Sie geworden sind! Schnell ein Glas Wasser, Kind!«, rief Mutter Vervelle. Der Maler zog Papa Vervelle am Rockknopf in einen Winkel der Galerie, unter dem Vorwand, einen Murillo betrachten zu wollen; die Bilder der Spanier waren damals in Mode. »Sagen Sie, haben Sie diese Gemälde bei Elias Magus erstanden?« – »Ja, lauter Originale!«

»Unter uns gesagt, zu welchem Preise hat er Ihnen diejenigen verkauft, die ich Ihnen jetzt bezeichnen werde?« Sie machten nebeneinander einen Rundgang durch den Raum. Die Gäste waren entzückt davon, mit welchem Ernst der Künstler sich an der Seite seines Gastgebers dem Studium der Meisterwerke hingab. »Dreitausend Francs!«, sagte Vervelle mit flüsternder Stimme, als sie vor dem letzten Bilde angelangt waren, »aber ich gab ihm viertausend dafür.« – »Einen Tizian für viertausend Francs?«, sagte der Maler mit erhobener Stimme; »aber das wäre ja geschenkt!« – »Wie ich Ihnen sagte. Ich besitze hier für zusammen hunderttausend Taler Bilder!«, rief Vervelle.

»Alle diese Bilder habe ich gemalt«, sagte Pierre Grassou ihm ins Ohr, »und ich habe für alle zusammen nicht mehr als zehntausend Francs bekommen.«

»Beweisen Sie mir das«, sagte der Flaschenhändler, »und ich werde die Mitgift meiner Tochter verdoppeln, denn dann sind Sie ja Rubens, Rembrandt, Terborch, Tizian in einer Person!«

»Und unser Magus ist ein höchst talentierter Bilderhändler!«, meinte der Maler, der nun endlich begriff, warum seine Bilder im Laden des Elias ein so merkwürdiges Aussehen bekamen und weshalb der Alte immer so sonderbare Motive von ihm verlangt hatte.

Wollte man nun annehmen, dass Herr von Fougères – auf diesen Namen bestand seine Familie – bei seinen Bewunderern an Hochachtung eingebüßt hätte, so irrte man darin. Sein Ansehen stieg über alles Maß. Die Porträts der Familie Vervelle führte der Glückliche aber nun unentgeltlich aus und brachte sie seinem Schwiegervater, seiner Schwiegermutter und seiner jungen Gattin als Geschenk dar ... Pierre Grassou, der heute bei keiner Ausstellung fehlt, gilt in der Welt der Kleinbürger als ein guter Porträtmaler. Er hat ein Einkommen von zwölfhundert Francs im Jahre und bekleckst für fünfhundert Francs Leinwand. Seine Frau hat eine jährliche Rente von sechstausend Francs als Mitgift bekommen und die Eheleute wohnen im Hause der Schwiegereltern. Die Vervelles und die Grassous verstehen sich ganz ausgezeichnet miteinander; sie halten sich eine gemeinsame Equipage und sind die glücklichsten Menschen von der Welt. Wo Pierre Grassou in bürgerlicher Sphäre eine Gesellschaft besucht, wird er als der größte Künstler seiner Zeit gefeiert. Von der Barrière du Trône bis zur Rue du Temple wird kein Familienbild in Auftrag gegeben, das nicht dieser große Maler ausführt und sich mit mindestens fünfhundert Francs bezahlen lässt. Fragt man die Bürger, warum sie gerade ihm den Vorzug geben, so antworten sie: »Man mag sagen, was man will, er ist ein Mann, der im Jahre seine zwanzig- tausend Francs zum Notar bringt!«

Da Grassou sich bei den Aufständen am 12 Mai trefflich gehalten hatte, wurde er zum Offizier der Ehrenlegion ernannt. Er ist Bataillonschef der Nationalgarde. Es blieb nicht aus, dass das Museum von Versailles einem so ausgezeichneten Staatsbürger ein Schlachtengemälde in Auftrag gab. Fougères trug seine Freude vor ganz Paris zur Schau und erzählte seinen ehemaligen Kameraden, die ihm begegneten, mit gleichgültiger Miene: »Der König hat ein Schlachtengemälde bei mir bestellt.«

Frau von Fougères, die ihren Gatten mit zwei Kindern beschenkt hat, betet ihn an. Ein ausgezeichneter Gatte und guter Vater ist dieser Maler, aber er kann nicht den schmerzlichen Gedanken verwinden, dass die Künstler sich über ihn lustig machen, sein Name in den Ateliers nur als abschreckendes Beispiel genannt wird, die Presse sich nicht mit seinen Werken beschäftigt. Doch er arbeitet unentwegt weiter und hegt die Hoffnung, dass man ihn in die Akademie aufnehmen werde. Und, ein Akt herzerfreuender Rache, den berühmten Malern kauft er, wenn sie in Geldverlegenheit sind, ihre Bilder ab. Auf diese Weise tauscht er die elenden Schinken der Galerie in Ville d'Avray aus gegen wirkliche Meisterwerke, die nicht von ihm stammen.

Weitere Titel im
EUROPÄISCHEN LITERATURVERLAG

www.elv-verlag.de

Balzac, Honoré de
Ausgewählte Novellen - Band 1

Der vorliegende Band enthält drei der frühen Novellen Balzacs: "Sarrasine" (1830), "Vendetta" (1830) und "Die Börse" (1832).

1. Aufl. 2011, 140 Seiten, Deutsch, Paperback, 19,90 €

ISBN/EAN: 9783862671137

Honoré de Balzacr
Die Lilie im Tal

Der Roman "Die Lilie im Tal", welcher erstmals 1835 erschien, erzählt die Geschichte des Gymnasiasten Felix de Vandernesse, dessen leidenschaftliche Liebe zu der zwanzig Jahre älteren und verheiratete Henriette de Mortsauf gegen die strikten gesellschaftlichen Konventionen und Moralvorstellungen seiner Zeit verstößt.

1. Aufl. 2011, 260 Seiten, Deutsch, Paperback, 21,90 €

ISBN/EAN: 9783862671113